忘れられたその場所で、

In the
forgotten place

Shigeru Kurakazu

倉数茂

ポプラ社

忘れられたその場所で、

装丁　bookwall
装画　カワタアキナ

1

髪の毛の先をツッとかすめた。

つづけて幾つも白い影が落ちた。

目をあげると暗い空から尽きることなく雪片が落ちてくる。しばらくのあいだ空を眺めてから、本降りになる前に帰らなくちゃと足を速めた。

最初のひとひらが落ちてくる瞬間を見てみたい。滴《しず》原《はら》美《み》和《わ》はそう思っていた。けれども降り出したと気づいて頭をあげたときには空の奥まで一面の雪で真っ白だ。いつのまにか降りはじめ、いつのまにか降りやむのが雪であって、天から落ちてくる最初と最後のひとひらは、誰にも見ることが叶わないのだった。

それでも降りはじめの数分はわくわくする。学校でそう言うと、滴原さんは都会っ子だからとみんなが笑った。生まれたときから北国に住んでると、寒いし暗いしどこにも行けないし、冬なんてほーんとうんざり。わたし、いつか沖縄に住んでみたい。それじゃなければソウルに住みたい。

なんでソウルなんだよと誰かがまぜっかえし、だってほら、韓国の男ってみんなイケメンじゃんとクラスメートは返事をする。んなわけねーだろ、それって韓流ドラマの見過ぎだろ。でもさほら韓国の男って兵役あるからさ、ガタイがいいよね、筋肉がセクシーだよね。出た、サユミの筋フェチ、筋エロ。

　こんなとき、美和はうまく周りに合わせることができない。笑うタイミングが一拍ずれるし、態度がなんだかぎこちないと言われたこともある。最初は注目の的だった東京からの転校生も、とっくに暗くてとっつきにくいただの人に変わっただろうと思っている。そっちの方が気楽でずっといい。

　それでもあきらめずになんとか仲良くなろうと粘る子もいて、その中でも一番強引なのが春奈《はるな》だった。今日はその春奈の誘いを断りきれず、フードコートのたこ焼きをつつきながら三十分、見込みのない恋の話に付き合わされて帰る途中だった。

　美和は幼いころ不思議な影を見ることがあった。街角にすっと佇《たたず》んでいる人。建物の隙《すき》間《ま》で背中を向けてうつむく人。やがて他人にそうした姿は見えないのだと気づいてから、見たことをいちいち口にしないようになった。二度ほど奇妙な事件に巻き込まれた経験も、何も言わない方がいいのだという気持ちを後押しした。そのうち自然に人影を見なくなっていたのだが、十六になったころからまた目にするようになった。

　そのことと、朝になると激しい腹痛に襲われて、起き上がれなくなったのとはどのように関わるのか、あるいは関わらないのか。学校のある日に限って、朝からシーツの上で腹部をおさえて丸くなった。歯を食いしばり、うめき声が漏れないように気をつける。脂汗がこめかみに浮かぶのがわかる。

　内科医も婦人科医も検知可能な異常はないと言い、精神科の医師はしばらく学校を休むしかないでしょうと言った。そして美和本人は、祖父の家のある町への転校を申し出た。今その家には盛岡《もりおか》の大学に通っている兄が一人で暮らしており、祖父自身は二年前に亡くなっている。美和にとっては思い出のある家だった。両親は顔を見合わせたが、学校に行けないのでは仕方がない、引きこもりになるよりはいいだろうということで、転校手続きが始まった。

　入って一年半で最初の高校を辞める結果になった。一応志望校だった。周りはみんな賢く美しくセンスのいい女の子たちばかりだった。そのことに引け目を感じていたのだろうか。そうかもしれないし、そうではないかもしれない。

　引越し先は以前住んでいたところと比べればずっと建物も人も少ない小さな町だったが、そのことは嫌ではなかった。人の歩いていない街道、刈り取りの終わった田んぼ、放置されたままの農機具、窓ガラスの曇った洋品店。

　なぜだかその荒涼とした風景がしっくりと心になずむ。

　十一月の声を聞いてから頻繁に雪が降るようになった。なるほど雪というのは厄介なものだとだんだんわかってきた。東京では一晩で消えてしまう魔法も、ここでは日々分厚く積み重なっていく逃げようのない現実だ。ゆっくり慎重にしか歩けないし、うっかり転べば怪我《けが》だってする。インドア派だとばかり思っていた兄の千秋《ちあき》が、意外と達者に雪下ろしに励むのには感心した。自分も屋根に登ってみたいと頼んだが、あっさり無視された。

　秋が深まり徐々に冬に移ってゆくに連れて、本当に冬が越せるのか少し不安になってくる。まず大気の硬さ、冷たさが東京とは全然違う。家を出た瞬間に、鉄の板に体をぶつけたような衝撃がある。クラスメートたちは凍結した道を自転車ですいすい走っていくが、自分にはとても無理だ。時間をかけて歩いて通うしかない。

　だから放課後あまり寄り道しないように気をつけていたのに、今日はうっかりしてしまったと美和は後悔した。太陽が山の端に沈むのが四時半ごろ、五時を回ると本格的に暗くなる。

　ちらつく雪の向こう側に見慣れぬ建物が幾棟も並んでいるのに気づいて困惑する。ここは一本道だから迷ったはずはない。なんだか不思議と懐かしい感じのする町並みだった。同じ形をしたクリーム色の平屋建て。古い公団のような四角い集合住宅。車止めポールのある細い道と常緑の植木。父母の子供時代のアルバムから抜け出してきたような風景で、なんだかここだけ時間が止まっているみたい、と美和は思う。

　どこかの団地に迷い込んでしまったのだろうか。見わたして、いつもの通学路が建物と植木の隙間から見えていることを確認して安心した。よかった。ちょっと道を逸《そ》れただけ。それにしてもこんな建物ここにあったっけ？　毎日通っている道なのに気がつかないなんてなんだかおかしい。

　以前に読んだ萩原《はぎわら》朔太郎《さくたろう》の『猫町』を思い出す。

　散歩ばかりしている詩人が道に迷う話だ。家の近くで迷っているうちに見慣れぬ美しい街に行きあう。清潔な街路と素敵な街並み。生《お》い茂った花樹と品のある人々。陶酔した詩人はしばらく彷徨《さまよ》ったあとに、自分は普段見慣れた通りをいつもとは違う方角から歩いてきただけだと気がつく。その途端、魅惑の街は一気に近所の平凡な通りへと色褪《あ》せる。錯覚が生んだひとときの白日夢。いま自分が体験しているのもきっとそれだ。たぶんもうじきよく知っている場所だと気がついて、なあんだ、と思うのだ。

　だけどいつまで経っても幻想の風船は破裂《はれつ》せず、街は古色を保ったまま両側に広がっていた。そればかりかあちこちの建物の窓から、美和を眺めて微笑《ほほえ》む影さえある。汚れたガラスやカーテンのせいでよく見えないけど、眉のない顔、いびつに曲がった手、普通の人とはちょっぴり違った姿形の年寄りたちが集まってこちらを見ている。

　あまり見かけない女の子がやってきたよ、誰だろ、可愛《かわい》らしいねえ、そんな音のない囁《ささや》きが聞こえる気がして美和は少し照れ臭い。手を振り返したらやっぱりおかしいだろうか。あえてなにも気づいてないふりをして歩いていく。

　だが杉並木のあいだを通り過ぎ、団地めいた建物群の外れまで来たとき、美和は鋭い視線を感じてハッとした。これまでとは違う、強い、敵意さえ加わったまなざし。ぽつねんと建った木造平屋建てから年配の男がまっすぐにこちらを睨《にら》んでいる。

　なにか怒られるようなことをしただろうかと歩きながら忙《せわ》しく考える。ここは私有地で余所《よそ》者は立ち入り禁止とか。だけど掲示があったわけではないし、意図して入りこんだわけでもない。どうしたってこちらに落ち度があるとは思えない。無視してさりげなく歩き過ぎよう。

だがそのうち男がこちらを見ているのかどうかすら怪しくなってきた。彼女が位置を変えても、男は身じろぎひとつしないのだ。まるで木彫りの彫像か何かのように男は細い身体《からだ》を窓際で支えている。窓のある側が陰《かげ》になっていて、男の顔立ちや表情はわからない。

近づくにつれて、奇妙な印象はますます強まった。窓が開けっ放しのため、男の髪の毛にどうやら雪が積もりかけているようだ。雪を払うのも忘れるほど、一生懸命に何かを見つめているのだろうか？　だが視線の先をたどっても何も見当たらない。病人なのか、認知症が進んで動けないのか。

美和はそれまで横目で男の姿をうかがっていたのをやめて、はっきりと進む方角を変えた。男のまなざしがずっと遠くに向けられているのを感じる。アスファルトに積もった薄い雪を踏みしめて家屋に近づいていくと、男の顔が怒りとも痛みともつかないもので歪《ゆが》んでいるのが見分けられた。そして、相変わらず数メートル手前の美和には目もくれない。靴の下でなにかが鳴った。ガラスの破片だ。半ば雪に埋もれている。

おかしい。ようやく美和ははっきりと自覚した。これは普通の状態ではない。ガラスがほとんど割れ落ちた窓際に置かれた椅子《いす》に座って男は外を眺めている。ちらちらと舞う雪が直接男の顔にぶつかってもよけようとしない。

美和は屋根に積もった雪がいまにも落ちそうになってきているのに注意しながら軒下に立った。そしてふりかえって息を呑《の》んだ。

背後の町並みがすっかり消えている。建物の姿がひとつもなく、何もない空間で雪がぐるぐると渦を巻いている。風がずいぶんと強くなっていることに気がついた。刺すような風が顔のそばを音を立てて吹き抜けるが、美和がはっきりと感じているのは、それよりも体の底から這《は》い上がってくる震えだった。

　ゆっくりと男の方に向き直る。

　ずいぶんと年寄りだ。ずっとかっと見開かれていると思いこんでいた両眼は、実のところ白く濁《にご》っている。睫毛《まつげ》に細かい霜《しも》がついてキラキラ光っていた。凍りついているのだ。睫毛も眼球も、おそらくは内部の組織も。

　美和はもう一歩近づいて、男の方に手を伸ばした。その瞬間、足元がすべってバランスを崩し、手の甲が男のふくらはぎにぶつかった。その衝撃を受けて、男は椅子から滑り落ちると、鈍い音を立てて仰向けに横たわった。思わず飛び退いた美和は、身動きもできずに宙を睨む男の顔を眺めていた。

2

〈七重《ななえ》市蓮台《はすだい》で死体発見。他殺の可能性〉

　車載無線からそのような音声が流れてきたとき、麻戸《あさど》浩明《ひろあき》は花巻《はなまき》市の現場から戻る途中だった。助手席にいた川野《かわの》絵美《えみ》がとっさにマイクを取り上げる。

〈了解。ただちに現場に向かいます〉

「花巻の方はいいんですか。一応強盗なんだし」

「明日あたり所轄《しょかつ》が近所のアルコール依存の爺《じい》さんを捕まえるだろ」

花巻の事件は町の酒店にドライバーを持った強盗が押し入ったというもので、被害はパック入り日本酒二本、額面にして三千二百円。そもそも万引き目的だったのが店員に見《み》咎《とが》められて開き直ったものらしく、どう見ても計画的犯行とは言い難かった。ついさっきも花巻署の課長から、本署からわざわざ出張ってくるとはご苦労さまですな、と嫌みを言われたばかりだ。

「ほら、早くUターン」と絵美に急かされて、浩明はハンドルを切った。

四方は真っ白に変わった田んぼで、その先は真っ黒な山。これから山道を高速で飛ばすのかと思うと少し憂鬱《ゆううつ》になる。ひと月前、同僚が夜道で飛び出しにあって左のヘッドライトを大破している。幸い相手は人ではなくカモシカだったが、轢《ひ》いてしまった直後は生きた心地がしなかったと同僚は言っていた。カモシカの方は片足をひきずりひきずり闇《やみ》の中に消えていったそうだが、その後どうなったことか。

ちらりと隣に目をやると絵美はスマホを開いて熱心に見ている。ゲームでもやってるのかと思ったが、一瞬見えた画面はグーグルマップだった。どうやらこれから向かう現場を下調べしているらしい。

「千佳《ちか》ちゃんは？」

「あ？」

それがどうした、という抑揚で反応する。

「いま、なにしてるかと」

「そろそろご飯だろ」

ダッシュボードのデジタル時計は午後六時を示している。

「七重までどれくらいかかると思う？」絵美が尋ねた。

「一時間弱でしょうか」

「三十分で行けよ」と再びスマホに目を落としながら言う。浩明はかすかにため息をついてアクセルを踏みこんだ。

死体発見現場となった建物は周囲を黄色いテープで囲われていた。年季の入った木造住宅で、すぐ間際まで森が迫っている。そして付近には他の民家がない。それだけのことを車を停めた場所から見てとると、浩明たちはテープをくぐって敷地内に踏み込んだ。

「今現場保存《ゲンジョウホゾン》中なんで、待機願います」

入り口で制服警官に制止される。

「県警本部の麻戸だが君は？」

浩明が問いかけると、まだ若い警官は律儀に敬礼した。

「交番勤務の藤野《ふじの》です。通報があって最初に駆けつけました」

「第一発見者は？　まだここにいるのか」

「滴原美和、十七歳、付近の高校の生徒であります」

十七歳。どうして女子高生が。浩明は驚いて絵美と顔を見合わせる。

「その発見者は被害者の家族なのか？」

警官はどう応じたものか一瞬逡巡《しゅんじゅん》してから返事をした。

「本官にはわかりません。けれども違うように思います」

そして向かいの道路のパトカーを指差した。

「ただいま、七重署に向かうところです、ほら」

浩明は振り向いて、パタンと後部ドアが閉まるのを見届けた。刑事につきそわれて車に乗りこむ少女の横顔の印象がかろうじてとどめられた。

玄関の扉が開き、ブルーの作業着を着た中年男性が現れた。

「入っていいぞ。でもまだ作業中なんだから配慮しろよ」

軽く会釈して屋内に入っていく絵美にそっと尋ねる。

「誰なんです」

「七重署の鑑識課長」

その部下らしき男から渡されたビニールキャップとシューズシートを装着する。いずれも現場に不必要な痕跡を残さないためだ。

すでに二台のＬＥＤ投光器が運びこまれ、内部を明々と照らし出していた。

「電源は通じてないの」

絵美がかたわらにいた男に尋ね、男はあからさまに、誰だこいつは、という顔をする。

「盛岡の川野だけど、電源は通じてないのと聞いてるの」

一瞬で男の表情が変わり、「通じてません」と返事をする。目に浮かぶ輝きは〈こいつが有名な盛岡の女刑事か〉という好奇心だ。これまでに何度も見てきた光景だが、そのたびに浩明は複雑な気持ちになる。だが絵美はいっそ小気味がいいと思っている気配がある。

部屋の中では次々にフラッシュが焚《た》かれている。鑑識課員たちが現場の状況を写真に収めているのだった。そのあいだを縫って死体の側まできて屈みこむ。男性。年齢は七十代半ば。カーキ色のジャンパーにスラックス。白い髪を短く刈り込んでいる。

「おそらく死後数日経ってます。この気温なんでほとんど腐敗してません」

写真を撮っていた鑑識課員が声をかけてきた。浩明はうなずき、かたわらの椅子を指差した。

「これは？」

「第一発見者が見たとき、この椅子に座ったまま事切れていたんだとさ」

口を挟んできたのは先ほど電源が切れていると言った男だった。タメ口なのは浩明ならば階級差はないと踏んでいるからだろう。

「七重署の谷《たに》だ。よろしく」

「盛岡署の麻戸です。よろしく」

谷は声を落として囁きかけてきた。

「お宅の川野さんってだいぶイメージと違うな。もっと女っぽいのかと思ってたが」

浩明は無視して窓際に立った。窓ガラスは内側から割られている。つまり侵入経路はここではないということだ。それならばなぜわざわざ窓を割る必要があったのだろう。

「さっき死後数日は経っていると言いましたね」と鑑識課員に話しかける。

「ええ、検死結果が出るまで正確なことは言えませんが」

「じゃあそのあいだ誰も気づかなかったということですね。窓まで割られているのに」

「こちら側は道路から見えませんからね。人家もないですし」

「第一発見者はなんのためにこちらに回りこんできたんだろう。道路からはずいぶん離れている」

鑑識課員も谷という刑事もこれといった答えは持ち合わせていないようだった。浩明は投光器を一台持ってきて外向きに窓際に置いた。真っ白な雪野原が暗闇から浮かびあがる。そこに点々と小ぶりの足跡がついている。

「こちら側の写真も撮っておいてもらえませんか。雪の足跡は保存するわけにはいかないから」

鑑識課員がやってきて二回シャッターを切った。耳元でストロボライトが充電されるキュイーンという音が響く。

「この場所はなんなんです。今は雪に覆われているけれど」

「ただの空き地です。以前は建設会社が資材置き場にしていたけれど、ここ数年は何にも使われていない」

建物のあちこちを見てまわっていた絵美が帰ってきた。

「おかしな家だね。冷蔵庫は空っぽ。食器もほとんどない。テレビも本も雑誌もなければ身元のわかるような郵便物もない。電気かガスの領収書くらいあるはずだけどな」

「ゴミはどうですか」と浩明は尋ねた。ゴミにこそ住人の生活が表れる。

「ないね。弁当がらひとつない」

「燃やしたのかもしれないですね。もしかしたら犯人が」と口を開いたのは聞いていた谷だった。「外に焚き火の跡がある。被害者の特定につながるようなものをまとめて焼いてしまったのかもしれません」

なるほど、というように絵美はうなずいた。室内の様子を見るかぎり、この男が日に三度自炊していたようには思えない。だとしたら食事はコンビニ弁当でも買っていたと考える方が自然だと絵美は考えたのだろう。

外に車が停まる音がしたのを聞きつけて浩明は建物の外に出た。大型のバンと黒っぽいセダンから複数の男たちが降りてくるところだった。その中に自分の上司の安藤《あんどう》誠司《せいじ》が混じっているのを見て室内に戻る。

絵美に「安藤課長きましたよ」と囁いたところで、当の安藤捜査第一課長が検視官の木《き》崎《ざき》を引き連れて入ってきた。戸口で「みなさん、お疲れさま」と挨拶《あいさつ》するとそのまま絵美のところに歩いてきた。

「どうだ、何かわかったか」

「他殺はまちがいないと思います。家のなかに生活臭がないのも気になります」

「そうか。報告の中に少し気になったところがあったので木崎を連れてきた。どうだ？　木崎」と声をかける。

木崎は手に持ったボールペンで死体の袖口《そでぐち》やスラックスの裾《すそ》をまくったりしていたが、数行メモ帳に何か書きつけたあと、頭をあげた。

「死因は絞殺。針金様の何か細いもので締めつけられています。ただし手首と足首にも拘《こう》束《そく》された痕《あと》がある。おそらく粘着テープでしょうね、さらに殴られた痕跡《こんせき》も」

「ということはつまり？」

「被害者は長時間にわたって拘束され、身体の自由を奪われて殴られていた。こりゃあ残酷な犯行だ」

浩明は身内に緊張が走るのを感じた。拘束、拷問《ごうもん》、そして殺人。絵美の表情も引き締まっている。これは体験したことのない事件になると確信する。


二十九歳の浩明が殺人、強盗、放火などの強行犯を扱う捜査一課に配属されてから七ヶ月になる。戸惑うことは少なくなかったが、最大の驚きは川野絵美と組まされたことだった。県内でも数名しかいない女性刑事、それも離婚歴のあるシングルマザー。こちらは新米で、向こうは窃盗《せっとう》を担当していた二課から異動したばかり。異色の組み合わせだったが、すぐに半端もの同士をくっつけたのだと気がついた。自分がまだ半人前なのは仕方がないとして、絵美の変人ぶりはよそで聞いていた話を超えていた。

警察ではやたらと〈清潔感のある服装を〉と強調されるのだが、絵美はいつも何ヶ月もハサミを入れていないような髪の毛をして、だぶっとしたパンツスーツにスタジャンを羽《は》織《お》っている。あまり笑顔を見せることはなく、基本的にぶっきらぼうである。

そのくせ男に興味がないわけではないらしく、あるとき大っぴらに出会い系アプリをいじっているのを見かけて唖《あ》然《ぜん》としたことがある。女性警察官としてリスクが大きいのではないかと忠告すると、ガキは黙ってろと鼻で笑われた。もっとも実際に会っているのかどうかはわからない。

それでも仕事ができるのはまちがいなかった。検挙成績も立派だったが、順調に昇進を重ねているのだから筆記試験もかなりのものなのだろう。三十五歳で七つの娘がおり、盛岡市内で母と同居している。

その絵美はいま隣の座席でしきりに考えこんでいる。さっきは母親に今日は遅くなると電話をしていた。千佳ちゃんは幸い大人しく眠りについたらしい。

「あの家が気になるんだよ」と突然口にする。

「はい？」

「雰囲気からいって何年も住んでいる感じじゃないだろう。最近越してきた借家だとしてもなんであんな辺《へん》鄙《ぴ》なボロ家に住むんだ？」

「そう言われればそうですね」

そう答えながら、浩明は先をゆくバンのテール・ランプに目を凝《こ》らした。あの内側にはビニール製のボディバッグに収められた先ほどの死体が横たわっている。一度七重署に運ばれてもう一度入念に検査されたあと、解剖のためどこかの病院に行くことになるだろう。そしてバンのシルエットに邪魔されて見えないが、その向こうには、安藤課長らの乗ったセダンもあるはずだ。

七重署に着いてフロアを上がると刑事課には静かな興奮が充ちているように感じられた。普段にない大事件が起きたときの緊張と不安と昂揚《こうよう》と期待。これは警察に属するものにしかわからない。

「第一発見者は？」と尋ねると刑事の一人が応接室を示した。本格的な取調室ではないのは、聴取の前に怯《おび》えさせてはいけないという配慮だろう。いまも一応女性の警官が付き添っているらしい。

「さあ、誰が話を聞く」と中央に立った恰幅《かっぷく》のいい男が周囲を見渡した。七重署刑事課長の水木《みずき》だということは浩明も知っていた。

並みいる刑事たちの列から、「わたしにやらせてもらえませんか」と絵美が一歩前に出た。七重署の刑事たちの顔が、驚きと不満のために一瞬曇る。捜査本部は立っていないから指揮系統はまだ二本立てだが、ここが所轄である以上、本部の人間は一歩退くべきだと思っているのだ。

水木もまた一瞬困惑したようだが、すぐに考え直したみたいだった。

「女同士のほうがいいかもしれないな」そして他の課員を納得させるつもりか「おまえらみたいないかつい男ばかりじゃビビらしちゃうだろう」と笑う。

そのあと、水木は黙って近くにいた安藤を「ちょっとすみません」と手招きして空いている会議室に入っていった。二人で今後の捜査方針を検討するのだろう。

一方絵美は急ぎ足で応接室に向かう。取り残されるかと一瞬思ったが、目顔でついてこい、と合図をされてホッとした。

会議室の椅子に滴原美和は制服姿でぽつんと座っていた。孤《こ》影《えい》悄《しょう》然《ぜん》という言葉が思い浮かぶ。部屋に入ってきた二人に小さく頭を下げる。会議室の隅でお茶を淹れていた女性警官が追加の二人分の湯呑みを取り出した。

「大変だったね、疲れたでしょう」と絵美が腰を下ろしながら声をかけた。少女はかすかにうなずいた。

「もう何度か聞かれていて繰り返しになっちゃうかもしれないけど、最初に名前と年齢、住所を教えてくれる？」とICレコーダーを取り出しながら言う。

滴原美和、十七歳――。

浩明は音を立てて邪魔にならぬよう注意しながら、彼女の言葉をパソコンに打ち込んでいった。美和は緊張はしているものの、混乱したりパニックの気配は感じられなかった。むしろ沈鬱といっていい。

「それじゃあ、どうしてあの男……被害者を発見したのか話してくれるかな」

美和は一度言葉を切ってから、とつとつとゆっくりした口調で話しはじめた。家へ帰るのがいつもより遅れてしまったこと、雪が降り出して焦ったこと、道に迷ったようになり、気がつけばあの家の前にいたこと、最初はただ窓から誰かがこちらを見ていると思い、近づいてから何だか変だと気づいたこと――。

「ちょっと待って、あの家は道路から少し離れていたよね。どうしてわざわざ家のあちら側まで回り込んだの？」と浩明は口をはさんだ。美和がさっとこちらを向き、言葉が途切れた。

「それは……。よくわかりません。少しぼうっとしていたのかも」

三人のあいだに沈黙が落ちる。浩明は絵美と目を見合わせた。

「いつも学校へは歩いて通ってるの？」

絵美が口を開いた。

「雪がそんなにひどくなければ。風が強かったり吹雪《ふぶ》いているときには兄が車で送ってくれます。時間が合えばだけど」

扉を外からノックする音がして、谷の顔が覗《のぞ》いた。浩明が立っていって応対する。

「その子を早く家に帰せと言ってきているのがいる」と小さな声で言う。

「誰です」

「家族らしい」

「僕が行きます」

一階のロビーに降りていくと、待っていた様子の男が近づいてきた。家族かと身構えたが、男の第一声は「死体が発見されたそうですね。発見者はまだ十代の女性だとか」というものだった。

浩明は開きかけていた口を閉じ、わざと視線をそらした。話す気はないという意思表示のつもりだった。だが相手の男は図々しく名刺を渡してくる。「みちのく日日《にちにち》」という地方紙の記者だとわかる。

「社会部の梶田《かじた》正信《まさのぶ》と言います。さっきの話まちがいありませんか」

浩明は名刺だけポケットに滑りこませてあとは聞こえないふりをした。それにしても情報が漏れるのが早すぎるが地方紙には地方紙の情報網があるのだろう。思わずイラついて引き返しかけたところで自分が階下に降りてきた用件を思い出した。しかしロビー全体を見渡しても、美和の両親らしき人影は見当たらなかった。隣ではまだ諦《あきら》めていないらしい梶田がハイエナの目つきでこちらの様子をうかがっている。そのとき、ふとロビーの壁際に立っている若者が美和とどことなく面立ちが似ていると気がついた。向こうもこちらの視線に気づいたようで早足にこちらに歩いてくる。

「美和の兄です」と彼は囁いた。まだ二十歳前後、鋭い目つきをした細身の若者だった。

浩明は梶田に話を聞かれぬよう彼を階段の方に導いた。一方で、警杖を持って警備中の警官に、梶田を指してあの男をここから先に入りこませないようにしてくれと頼んだ。

防火扉を押し開けた階段の踊り場で兄だという男と向き合う。

「いつ妹を帰してくれるんです」と若い男は詰問《きつもん》口調で尋ねる。

「あなたの名前は」

「滴原千秋です。もう十時過ぎです。美和はいつ解放されるんです」

浩明は忙しく頭を働かせた。

被害者が拘束されていることや殺害方法からいっても、滴原美和が容疑者になる可能性はほとんどないだろう。とはいえ、第一発見者として話を聞いておく必要はある。あと二十分――。

「もうしばらくしたら調査を終えることができると思います。時間を確認してきますのでお待ちいただけますか」

「どれくらいかかるんです」

「そうですね。三十分くらい」

浩明は梶田がいなくなったのを確かめて、ロビー奥のソファに座って待つように言った。自分はエレベーターで刑事課に戻る。電話の受話器を持った捜査員が、「滴原美和、七重高校二年二組、確認取れました」と叫んでいる。美和の話の裏取りも同時に進めているのだろう。

浩明は水木の課長席まで行って、聴取が終わったら美和を帰してもいいかと念を押した。

「彼女の兄が一階に来てるんです」

水木は腕を組んでうなずいた。

「そうだな。深夜まで署内にとどめておくのはまずいだろう。車で送ってやれ」

応接室の扉を開けると、絵美が美和を労っているところだった。

「お疲れさま。大変だったね。明日も学校でしょ。今夜はゆっくり休んでね」

傍目にも美和の疲労は明らかだった。顔が青ざめ、表情に生気がない。そういえば夕食も摂ってないのではないか。

「お腹空いてない？　コンビニで何か買ってこようか」

浩明が尋ねると美和はゆっくり首を横にふった。

「いいです。家で何か食べます」

「お兄さんが迎えにきている。一緒に車で送って行くよ」

「兄も車だと思うから大丈夫です」

浩明は彼の代わりにキーボードを叩《たた》いていた谷に耳打ちした。

「後で聴取のデータください。僕も見ておきたい」

谷は低く鼻を鳴らした。

「馬鹿言うな。どうせ明日の捜査会議でばらまくわ」

浩明は美和を連れて階段を降りていった。エレベーターを使わなかったのは、ロビーに再び梶田が現れる可能性が皆無ではないと思ったからだ。防火扉を開け、千秋を手招きする。裏手の通用口から駐車場にまわるつもりだった。

署の建物の外へ出ると夜の冷気が全身を包みこみ、隣にいた美和が小さく身震いするのがわかった。だいぶ前に雪はやんだらしく、いまではちぎれ雲がぽつりと浮かぶだけの空に冬の星々が豪勢にばらまかれている。都会から来た人間も、この冬の夜空の鮮烈さにだけは感嘆する。ふと美和と千秋の二人も口を開けて空を見上げているのを見て、地元の人間ではないのかもしれないと思った。

　千秋が指した車は、ずいぶんと古めかしいスズキアルトだった。これで夜道・雪道を走るのはそれなりに神経を使うにちがいない。さくさくと雪を踏んで近づく。駐車場に停めてある車がまばらなのは、一部の捜査員を除くほとんどの職員が帰ったからだろう。

　助手席に乗りこもうとする美和に頭を下げる。

「ご協力ありがとうございました。もしかしたらまた幾つか聞きたい点が出てきてご連絡するかもしれません」

　美和がうなずきかえした瞬間だった。目も眩むような光が三人を照らし出し、はっきりとシャッターの切られる音がした。浩明は車の陰から身を乗り出してカメラを構えている新聞記者梶田の姿を認めた。

　畜生、とっつかまえてやる。浩明がそう思うのよりも、千秋が雪を蹴《け》って駆け出す方が早かった。身を翻《ひるがえ》して梶田は逃げる。しかしカメラを抱えている分ハンデがある。浩明は二人の後を追った。ぶん殴ってやりたいのは千秋と一緒だが、暴力沙汰《ざた》にでもなったら立場上止めなければならない。

　梶田は駐車している車を障害にして、ジグザグを描くようにして逃げていた。千秋が徐々に距離を詰めていく。後、もう少し、というところで浩明は危ういと思った。雪の上ではもっと腰を落とした方がいい。駐車場の隅に据え付けられた水銀灯の白い光に照らされて、足を滑らせて転倒する千秋の姿が浮かびあがった。千秋の体は一瞬宙に浮き、それからスローモーションのようにアスファルトに叩きつけられた。

翌朝浩明は県警本部の自席に腰を下ろした途端に隣の岸田《きしだ》から肘《ひじ》でつつかれた。

「なんですか」

「これ見ろよ」

差し出されたパソコンのモニターを見てかっと顔が熱くなった。〈七重市で発見の変死体。発見者は高校生〉という見出しで、美和と千秋、そして浩明三人の写真が載っている。パソコンを奪い取るようにして長くもない記事を最後まで読んだ。高校生というだけで美和の名前は出ていないし、写真でも浩明の陰になって顔立ちまでは見分けられないが、若い女性だということくらいはわかる。それにフラッシュの眩《まぶ》しさに顔をしかめる浩明の様子ははっきりと写っている。

デスクの電話機に伸ばした手を岸田に止められた。

「馬鹿、なにすんだよ」

「みちのく日日に抗議するんです」

「俺たち下っ端がそんなことしてどうするよ」

「だって」

「抗議ならすでに広報担当官がしたんだよ。新聞社も折れて記事の削除を約束したってよ。警察と角つき合わせてもしょうがねえからな。まったくパパラッチみたいなことしやがって。最近の新聞社、経営不振が極まってちょっとどうかしちゃってんじゃねえのか」

岸田がコーヒーを淹れに立ち上がった隙にもう一度記事を読み返す。

確かに昨日の梶田のやり方は常軌《じょうき》を逸《いっ》している。普通警察とマスコミのあいだには阿《あ》吽《うん》の呼吸があり、取材はもちろんリークだってその線に沿って行われる。だまし討ちのようなやり方では関係が続かないし、記事にしたところで今回のように掲載不可になる。だいたい凶悪とも言える事件がらみで未成年者の写真を掲載するなんて報道各社の倫理規定にも引っかかるような気がする。

今ごろ新聞社の方でも問題になっているだろうと思ったが、別段気分は晴れなかった。

絵美が来て空いている岸田の席に腰かけた。彼女がちらりとモニターを眺めたので身構えたがネットの記事についてはなにも言わなかった。

「昨日のガイシャ、住民票から名前が割れたってよ。斗《と》南《なみ》昭三《しょうぞう》、七十一歳、四ヶ月前に仙台《せんだい》から転入している」

「四ヶ月前ですか」

今のところこの事件の関係者はよそものばかりだという感想がぼんやりと浮かぶ。

「だけど本籍は岩手にあるらしい。岩下《いわした》ってわかるか」

「昔鉱山があったところですよね」

「ああ、そこからずっと動かしてない。鉱山はとっくに閉山になっているから、子供のころそこにいたのかもしれないな」

「ちょっと待ってください。岩下鉱山が閉山になったのってだいぶ昔ですよね」

絵美は手帳を取り出した。今調べたところらしい。

「操業停止が一九七八年、しかしその数年前から規模は縮小するばかりだった。全盛期あのあたりには鉱夫とその家族、彼ら相手の商店や飲食店でかなりの住人がいたんだよ。最新の団地に住んで結構いい暮らしだったらしい」

「へえ。少し意外ですね」

「水道、ガス、水洗便所。そうしたものが揃《そろ》っていたからな。教育のない農家の息子や戦場帰りでもすぐに働けたし」

「詳しいですね」

「爺さんがあそこの鉱夫だったんだよ」

遠くを見る目つきになったが、それはほんの一瞬だった。

「戸籍を何十年も移していないというのはどういうことだと思う？」

「それだけ愛着があったんでしょうか」

「戸籍を移すのは就職したり結婚したりするときだろう。どこかの土地に根付くような生活をしてなかったんじゃないか」

「なるほど」

確かにあの住居から家族の影は感じ取れなかった。七重に来る前は仙台にいたというが、そこも仮の栖《すみか》だったということか。本当の故郷はいまは廃墟《はいきょ》となっている岩下のみ、と感じていたのだろうか。

安藤課長が入ってきたのに気づいて絵美は立ち上がった。安藤はすぐによく通る声で話し出した。

「もうみんな知っていると思うが、七重市で殺しの死体が見つかった。今日付で七重署に捜査本部を立ち上げる。うちからは六人、所轄三十四人の四十人体制で臨む」

岸田がさっと手を挙げた。

「指揮をとるのはどなたですか」

「七重署の水木刑事課長だ」

浩明は微《かす》かに落胆した。昨日自ら現場に乗り込んだ以上、安藤はかなり意気込んでいるのではないかと期待していたのだった。県警本部が指揮をとれば、自然に所轄よりも本部の捜査員に陽があたる。四十人体制というのも殺人事件であることを考えれば大きいとは言えない数字だった。しかしそうした浩明の思いをよそに安藤は一段と声を張り上げた。

「では今から七重署に行くものの名前を読み上げる」

次々に名前が呼ばれていくのを浩明は手に汗を握る思いで聞いた。昨日あそこまで関わった以上、犯人逮捕まで捜査に加わりたい。岸田が呼ばれ、絵美が呼ばれたあと、最後に麻戸浩明と読み上げられて、彼はほっと息をついた。

「じゃあ、呼ばれたものは早速所轄に向かってくれ」

捜査員が一斉に立ち上がり出口へ向かっていく。浩明もその列に加わったが、背後から肩を摑《つか》まれて驚いた。安藤課長が耳元に口を寄せて囁く。

「マスコミには気をつけろよ。特に最近はネットでの拡散につながるから面倒だ」

一度神妙に頭を下げると、部屋を出て駐車場へ急ぐ。歩いているあいだも心臓の動悸《どうき》は収まらなかった。さっき捜査本部に選ばれるか不安だったのも、今朝の不祥事があるからだった。安藤課長は滅多に大声をあげないが、こうやって心臓に針を突き立てるような叱《しっ》責《せき》をする。

今日は珍しく運転席の方に絵美が座っていた。待たせてすみません、と言うと絵美はにやりと笑っただけで何も言わなかった。何があったのか大体お見通しなのだろう。エンジンブレーキを外すとすぐにアクセルを踏んだ。

「昨日はあれからどうなったの？」

「あれから？」

「あたしが帰ったあと」

浩明はため息をつく。

「大変でした」

転倒した千秋をもう一度署に連れかえり、救護室で救急箱を与えて湿布を貼らせた。千秋は手伝おうとする浩明に最後まで指一本触れさせず、礼一つ言わなかった。代わりに頭を下げたのは美和の方だ。彼女は何か遠い風景でも見るように自分で手当てする兄の姿を見ていた。

　しかし、印象的な兄妹であることはまちがいない。二人とも愛想や愛嬌《あいきょう》の類《たぐい》の持ち合わせはなさそうだが、どこか大人びていて怜悧《れいり》な感じがある。特に千秋の方は短い言葉で、浩明の経歴や階級について矢継ぎ早に質問を重ねてきて驚いた。警官になりたいのかと言うとまさかという表情で笑った。たぶん昨日見せた唯一の微笑みだろう。年齢を考えると妙にシニカルな感じのする笑いだった。

「あの美和という子についてどう思います」

　こちらから尋ね返した。

「そうだな。やっぱり彼女から犯人につながる線はなさそうだな」

「ガイシャの人間関係から割り出していくしかないですかね」

「怨恨が動機ならばな。鑑《かん》を辿《たど》っていくほかない」

　それでも浩明の脳裏からは兄妹の影像が消えることはなかった。とりわけ昨夜水銀灯の光の中で見た千秋が空を切り、無様な姿で地べたに叩きつけられる姿。雪が積もっていたからいいようなものの、むき出しのアスファルトだったら打ち身では済まなかったかもしれない。何度かその情景を反芻《はんすう》してから、自分がそこに弟の姿を重ねていることに気がついて愕然《がくぜん》とした。地面で転ぶ弟、床に横たわる弟、奇怪な形に投げ出された手足、もがく弟、捻《ね》じ曲げられた首、見上げる顔、救いを求める眼。浩明はがっくりきてそれらのイメージを打ち消した。自分は千秋のことを考えているようでいて、実は弟を思い出していたのか。もういい加減にしよう。

不意に浩明は周りの風景に気づいて声をあげた。

「川野さん、これ七重署に向かう道ではないですよね」

絵美は素知らぬ顔でハンドルを握っている。

「まずいですよ。最初の捜査会議に遅れます」

「そうなったらそうなったで仕方がないさ」

車は平坦な田園風景のなかを走っている。どこに向かっているのか見当のつかないまま浩明は天井のグリップを握って一心に外を眺めた。絵美はまばらに民家が並ぶあいだをかなりの速度で車を走らせている。彼女が答えるつもりがない以上、自分でここがどこか見つけるしかない。徐々に商店の数が増えてきて市街地に入っていることがわかる。不意に昨日強盗現場として駆けつけた酒店が目に入って小さく声をあげた。しかし絵美は一瞥《いちべつ》もせずにその脇を走り過ぎる。

「一体どこへ行くんです」

「もう着いたよ」

絵美が車を停めたのは大きな橋を渡ったたもとの四角いモダンな建物の前だった。壁に〈法務局〉と大きく書いてある。浩明は一瞬で得心がいった。死体が発見された建物の持ち主を調べるつもりなのだ。

絵美は大股に中に入っていくと、カウンターにいた職員に警察手帳を見せた。

「ある建物の登記を調べたいんだが」

カウンターにいた白髪の女性はまず絵美を見て、次に隣の浩明を見て、再び絵美を見てから浩明に言った。

「どちらの建物ですか」

「七重市内です」と浩明が答える。

「ではそちらの用紙に必要事項を記入してください」

「捜査で必要なんだけど」と絵美。

「規則ですから」

「麻戸書いておいてくれ」と言って絵美はガラス扉から出ていった。浩明は「登記事項証明書交付申請書」という書類に住所を記入し手数料を添えて先ほどのカウンターに持っていった。

「急いでいるんです。どれくらいかかります？」

「十五分くらいですね」

待ち時間のあいだ外に出ると絵美は車に寄りかかってタバコを吸っていた。

「ここはタバコを吸ってもいいスペースなんですか」

「知らねえよ」

「タバコを吸ってはいけないと指定されている公有地で喫煙した場合の法的な処置はどうなるんですか」

「だから知らないってば」

絵美は大きく煙を吐き出した。

「なんであたしじゃなくておまえに話しかけるんだろうな。こっちの方が年上なのに」

さっきのカウンターにいた職員のことを言っているのだった。絵美が少しかわいそうになる。

「川野さんは捜査員に見えないんじゃないですか」

「そうなのか」

「知らなかったんですか」思わず噴き出しそうになる。

「まあ、知らないわけじゃないけどな」絵美はにやりと笑った。これが彼女のユーモアのセンスなのだろう。「出世したい気持ちはあるけど、長くこの組織にいればいるほど不自由になっていくな」

浩明はうなずいた。絵美の言いたいことはわかる気がする。この組織にはどうしようもなく権威的で男性的な体質が染みついている。絵美はタバコを捨てて靴先でにじり潰した。

浩明は登記簿謄本《とうほん》を受け取るために法務局に戻った。

明らかになった所有者の欄を見て絵美の眼は輝いた。マルゲン（株）。例の建物を手に入れたのは五ヶ月ほど前だ。それからひと月も経たないうちに斗南昭三が越してきている。

「知ってるんですか」

「何度か耳にしたことがある。土地取引に関連してね」

そのあと、二人は猛スピードで七重署に駆けつけた。署の大会議室にはパイプ椅子が所狭しと並べられ、刑事課のみならず地域課や生活安全課からも駆り集められた三十八名の捜査員が、ペンと手帳を片手に、水木刑事課長の言葉に聞き入っているところだった。

こういうとき、浩明は一瞬躊躇《ちゅうちょ》してしまうが、絵美は平気で堂々と入っていく。彼も絵美の後ろに続いたが、捜査員たちの視線が一斉に集まるのを意識せずにはいられなかった。前面の長机に座っている水木が眉根を寄せ、その隣のベテラン刑事が聞こえよがしに舌打ちをしたのがわかる。二人が唯一空いていた最前列の椅子に腰掛けると、すぐ後ろから谷が体を乗り出した。

「ずいぶん肝っ玉の太い新人さんだな、もしかして何か摑んでるんなら知らせろよ」

おそらく昨日データを見せろといったことの仕返しのつもりなのだろう。ちらりと絵美を見ると、何も言うなと小さく首を横に振った。

話の腰を折られた形になった水木が口を開いた。

「では、昨日行った聞き込みの結果を報告する。ただしこれはあくまでスピード重視で行ったものだから地割り担当者はあらためて再度の聞き込みをするように。近所の住人にとって、被害者である斗南昭三は極めて無愛想、ときには粗暴な人間と映っていたらしい。挨拶をしても返事もせず、酒瓶を指定以外の日に出したことでトラブルになったりもした」

捜査員の一人が手を挙げた。

「近所といっても付近数十メートルには民家がないですよね」

水木は手に持った資料にちらりと目を落とした。

「その通りだ。今の証言は百メートルほど離れた道路沿いで営業しているラーメン屋の店主のものだ。それから毎朝現場の前を通って犬を散歩させていた男性が、糞《ふん》の処理のことで怒鳴りつけられ、ルートを変更したという話もある。何にせよ周囲に民家がないこと、無愛想な老人でほとんど周辺住民と接触がなかったことから有力な証言を得るのはかなり困難だと予想される。えー、次は鑑識からの報告」

青い作業着の鑑識課員が立ち上がると早口で話しはじめた。

「ホトケはいま岩手中央医大で解剖中、明朝七時までには結果が届くものと思います。そのほかの所見としてはまず遺留物ですが、建物内からは指紋、毛髪その他は、被害者本人のものも含め見つかりませんでした。髪の毛ひとつ落ちていないというのは不自然ですから、犯人が退去前に入念に室内を掃除していったものと思われます。ここからも豪胆で計画的な犯行であったことがうかがえます。そのほか、建物の電線が切断されていました。鑑識からは以上です」

「ガイシャの家族関係、交友関係などで明らかになっていることはありませんか」と質問が飛ぶ。水木が返答する。

「それもこれからの調査にかかっている。ただいまのところ、あの家に誰かが出入りしていたという目撃証言はない。少なくとも斗南はいつでも一人でいたようだ」

「買い物などはどうしていたんでしょう」

「ガレージに中古のダイハツハイゼット一九九六年式がある。これに乗って近所のスーパーマーケットに買い物に来ていたという証言がある」

「斗南の写真はありますか。できれば正面を向いた」

「運転免許証で使用したデータを取り寄せるよう手配している。午後には渡せるものと思う」

「他に何か質問はあるか」水木の隣のベテラン刑事が声を張り上げた。「ないようだな。では、各自の班割りの資料を配るから受け取るように。解散」

　浩明は立ち上がっていってＡ４判の班割り表を受け取った。自分が「敷鑑」班に絵美と一緒に配置されているのを確認する。敷鑑は被害者の人間関係を犯人まで辿っていくのが仕事で、今回のように怨恨の線が強い場合は有力な捜査手法だ。他の班はそれぞれ地取りと呼ばれる目撃情報の聞き込み、ナシ割りという遺留物や凶器の捜査などにあたる。

　絵美の姿を捜して会議室を見回すと、彼女が廊下で誰かと話しこんでいるのが見えた。顔を近づけ、真剣な表情で言葉を交わしている。相手は浩明の知らない年かさの捜査員だった。

　浩明が歩み寄るよりも早く、絵美は話を切り上げ、ポンと相手の肩を叩いた。

「何から始めますか」

足早に去る男の背中を眺めてから、絵美に班割り表を見せながら言った。敷鑑といってもとりあえずいまのところ辿るべき人間関係がない。まずはその糸口を探す必要があったが、これといった妙案も浮かばない。あと考えどころは先ほど拾い上げた「マルゲン（株）」の名前だった。いずれ他の捜査員も法務局に向かうだろうから、さっさと自分たちの手柄にしてしまった方がいいのだが、絵美は現段階で上に報告するつもりはないらしい。

「ちょっとあたし用事があるから、あんた一人で行動していいよ」というのが絵美の答えだった。忙しく思考を回転させているらしく上の空でこちらを見ようともしない。抜け駆けするつもりかと一瞬カチンときたが、まあいつものことだとすぐに諦めがついた。

「そうですか。じゃあもう一度現場に行ってみようと思います。車使っていいですか」

「いいよ」

運転席のシートに落ち着いてから、ようやく絵美は何をするつもりなのだろうと訝《いぶか》った。マルゲンがらみで何かしようとしているのだろうか。もしも自分が絵美だったら次にどんな手を打つか？　しばらく考えて何も浮かばないのにがっかりする。やはりまだ自分は刑事半人前だ。

町の中央部の七重署から町外れの事件現場まで、法定速度で走って四分半だった。所詮《しょせん》小さな町だ。とつぜん降ってわいた殺人事件の報で人々の噂《うわさ》は持ちきりだろうか。果たしてそこから有力な目撃証言が飛び出すか。

そんなことを考えながら車を黄色いテープの張られたすぐ手前につけ、それから考え直してUターンをした。二百メートルほど離れた場所からあらためて建物を見る。周囲の地形も含めて全体像を確認したくなったのだった。

美和が歩いてきたという二車線の道路がまっすぐに延びている。片側は田んぼ、もう片側は森と道路に挟まれた、以前は資材置き場だったという空き地だ。その空き地の先は何を作っているのかわからないが工場になっている。工場と空き地のあいだには大人なら跳んで渡れそうなほどの小さな川が流れている。空き地には微かな傾斜があり、空き地と現場となった建物には低い段差がある。建物のすぐ後ろまで森が迫っており、その森はそのまま山の尾根へと続いている。

彼は一度、美和が歩いた道筋を歩いてみることにした。車を降りてまずは道路に沿って歩く。雪のうっすらと積もった細い歩道。そして途中で空き地の方に踏み込む。雪の厚さが十センチほど増した。地面に凹凸があって歩きづらい。遮るものが何もないので、現場の建物がはっきりと見てとれた。くすんだ灰色のモルタル、風雨に黒ずんだ木の柱、築四十年は経っていそうな木造平屋建てだ。意識して建物の西側の方に回りこむと、斗南が座っていた窓が正面から見えた。建物で一番大きな掃き出し窓で、なるほどあそこの椅子に座っていれば、こちらの方を睨んでいると勘違いするかもしれない。

浩明はその窓のすぐ手前まで来て建物の内側を覗きこんだ。昨夜、ＬＥＤの灯りで見たときよりも日の光の下での方が一段と荒《すさ》んで廃墟めいて見える。おそらく家具らしい家具がなく、床にもカーペットひとつ敷かれていないせいだろう。

　ぐるっと軒先を回って玄関から中に入る。三和土《たたき》を上がると廊下を挟んですぐ右手が四畳の和室、左手が死体があった部屋、さらに北東の角に便所と浴室があり、北西は台所になっていた。

　寝所として使っていたのは和室らしく、押し入れに安手の布団が一人分。部屋の隅には小ぶりの灯油ヒーターがあるきりで、これでは布団でぐるぐる巻きにならないと夜中に寒くて目が覚めてしまうだろう。それと学生アパートに置いてありそうなコタツ。衣装簞笥《だんす》の引き出しがどれも空なのは、捜査本部が遺留品鑑定のために持ち帰ったのだとして、漫画雑誌の一冊もないのはやはり不思議だった。斗南が一日家にいたのだとすれば、どうして時間を潰していたのだろう。

　浴室、便所、台所は老年男性の一人暮らしだとすれば、まあまあ片付いているのではないかという感じだった。絵美は食器の少なさを不審がっていたが、浩明の一人暮らしの部屋だって平皿と汁椀《しるわん》と茶碗《ちゃわん》の三点しかない。包丁は新しめのが一本、蛇口からは水が出、コンロをひねるとすぐに火がついた。思いついて外側に一度出て、プロパンガスのタンクに記されている業者の名前を書き取った。交換のときに斗南と言葉を交わしている可能性がある。

　台所の片隅に単身者用の小さなテーブルと椅子があった。おそらくこれが食卓がわりだったのだろう。窓枠にトランジスタラジオが一つ置いてあり、スイッチを入れるとＡＭ

放送の女性アナウンサーの声が流れてきた。それでは天気予報にひきつづき、現在の交通情報をお届けします。斗南は一人でこれを流しながら食事を作ったり食べたりしていたのだろうか。つかみどころのない灰色の影だった斗南の姿に一刷毛《はけ》、色彩が加わった気がした。

　残りはいよいよ死体の見つかった部屋だけだった。居間と呼ぶにはあまりに殺風景で荒涼とした部屋。寝室よりは大ぶりのヒーターが一台。古びたソファ。背もたれのない丸椅子がひとつ。カーテンは鈍重なダークグリーンで、割れた窓から吹き込む風のためにパタンパタンと単調な音を立てて揺れている。

　そういえばテレビもない。まるで世捨て人だな、と思わず呟《つぶや》いた。遺された家から浮かび上がってくる斗南の暮らしはどうにも孤独で潤《うるお》いのないものだ。湯呑みが一つきりのところを見ても、客も来なかったのだろう。

　では何のために、どういう経緯でこの場所に来て暮らしはじめたのか。故郷の近くだとしても、古い友人や親戚がいるわけではないとすると――。

目の前に斗南が死んでいた木の椅子があった。窓から一メートルほどの箇所に外を向いて置いてある。犯人は斗南の両手両足を拘束し、椅子に座らせた。きっと猿ぐつわもかませてあった。では犯人はどこにいたのか。

　浩明は犯人になったつもりで椅子のすぐ脇に立った。それからソファに腰掛けてみる。スポンジがやわになっているせいでスプリングが当たって尻が痛い。それでも体重を預けてみてから何か違うと思った。ソファからでは斗南の後ろ姿しか見えないのだ。犯人は苦しむ斗南の表情が見たかったのではないか。立ち上がり、もう一度木の椅子の脇に立った。空き地を抜けてくる風が直接顔に吹きつける。彼は一歩下がり、二歩下がってスナックにでもありそうな丸椅子に腰掛けた。こちらの方がしっくりくる。苦しむ斗南の姿を斜め横から見つめる形になる。

　彼はしばらくそのまま空っぽの椅子を眺めていた。背中を壁にもたせかける。無意識に首を揉《も》みほぐそうとしたとき、手が壁のざらつきに触れた。しばらくそれをなぞってから、何だろうと思った。顔を近づけて見ると、約五ミリ角の文字が刻まれている。〈トンカチ　カンナ　クギ〉と読めた。〈トンカチ〉の文字だけ上から二重線を刻んで消している。彼は考え込んだ。木の壁は古びてささくれができており、ナイフやドライバーのような鋭利な金属ならすぐに傷跡をつけることができそうだった。何ものかがここに文字を刻んだ。斗南かもしれないし前の住人かもしれない。そして犯人がやったのかもしれない。

　トンカチ、カンナ、クギ。その意味を推測してみる。早急に揃えるべき大工道具。つまり買い物リストか。それならトンカチだけは入手したのでリストから消したのか。しかしどこか不自然な感じがする。リストならメモ帳に書けばすむ話だからだ。

　彼は立ち上がり、入念に室内の壁を見てまわった。昨日この文字に誰も気づかなかったのは、投光器の光が届かず暗い部分にあったからだろう。

　家具などをぶつけた跡、画鋲《がびょう》の刺し跡などはたくさん見つかったが、文字と読めそうなものはなかった。念のため他の部屋も調べてみたが同じだった。

二十分ほど時間を使って結局意味不明の単語が三つ残っただけ。それでも一応手帳にその文字を字形まで真似て書き写し、さて、これからどうしたものかと腕を組んだ。

昨日の夜、ゴミがないのは燃やしたからではないかと谷が言っていたのを思い出した。家の外に出て、周囲を探してみると、家の裏手、台所の軒先に地面が黒く焦げた箇所があるのが見つかった。森との境目に近く、樹木が傘になって雪が積もっていない。

しばらく棒切れでつついてみたが、湿気た灰があるばかりで手がかりになりそうなものは出てこなかった。それでも谷の推測は正しいように思われた。たとえば犯人だって食事をする必要はあるはずだ。そこで出たゴミを放置すれば唾液からのDNAを抽出されると恐れたのかもしれない。

浩明はしばらくそこにしゃがみこんでいた。犯人は退去前に入念に室内を掃除している。そこで出たゴミを最後にここで燃やす。この場所なら家と森の陰になっているから道路を走る車に目撃されることはない。煙はどうか。夜間なら目に留まる恐れはまずないだろう。彼はスマホを取り出し、ここ一週間ほどの天気を調べた。雪が降っていれば野外で火を焚くのは難しい。ここ十日のあいだで、夜間晴天だった日が六日ほどあるのがわかった。昨日の火曜日をのぞいて、先週の月曜日、それから木曜からの五日間。このいずれかが犯人が退去した日ではないだろうか。彼はスマホをしまいながら、死亡時刻が判明する明日中にはこの推理が当たっているかわかるだろうと思った。

　森の奥で何かが動くのが見えて彼は目を凝らした。オレンジ色の何かがチラチラと暗い樹間をよぎっていく。どうやら人の姿のようだった。この森の奥に道があるのかと思って浩明は立ち上がる。

　移動していく人影に合わせて彼も森の縁《へり》に沿って歩きだした。しかし人影の動きはそれよりも速く、浩明は何度か樹々の影に紛《まぎ》れてその姿を見失った。やがて森の切れ目から、オレンジ色のダウンを着た男が姿を現した。黒い猟銃を肩にしょっている。浩明は五十メートルほど離れた男に向かって大きく手を振った。おーい、と呼びかけると、男も雪を踏んでこちらに歩いてきた。

「どうも。鴨猟《かもりょう》からの帰りですか」

　浩明は自分と背後の黄色いテープを張り巡らされた家とに交互に視線を投げている男に声をかけた。

「イノシシ」男は即座に答えた。「山ん中だからね。鴨猟はもっと開けたところじゃないと」

「成果はどうでしたか」浩明は話をつなぐために聞く。

「空振り」男はぶっきらぼうに言った。黒っぽいスノージャケットの上に派手なダウンを着ている。年齢は六十代だろうか。帽子の下の顔は雪からの反射で焼けて真っ黒だ。

「それより、あの家なに？　何かあったの」

　浩明はすばやく警察手帳を取り出して見せた。「ちょっと事件がありまして捜査中です」

「あそこにいた爺さん、どうしたの。無事なの」

浩明はゆっくりと首を横に振った。「残念ですが――」

「亡くなったの？」

「それで色々調べてるんです。こちらの家に住まれていた方と接点があったんですね。名前はご存知ですか」

「いや、知らね」と男は手を振った。「一回立ち話しただけだからな――」

「立ち話？　いつです？　どんな内容だったんですか」

「あー、シーズンになってすぐだから十月の初めだな。そんときはイノシシの若いのが取れてね、山ん中で解体して肉持って帰るところだった。いつもみたいに降りてきたら、ちょうどあの爺さんと目が合ったんだ。まあそれで何となく挨拶してな」

「そのとき、ここの住人――斗南昭三というんですが――は何してましたか」

「何って」と男は首をひねった。「別に何してたんでもないな。ぼんやり外を眺めてたよ。俺を見て家の外まで出てきてな」

　浩明は窓から森を眺めている斗南の姿を脳裏に刻んだ。わざわざ屋外に出たからには、彼も一人暮らしに飽いて人恋しかったのか。しかし深い森から男が現れる姿にはつい声をかけたくなる新鮮さがあるのも確かだった。無人と思われた自然の只中《ただなか》から人が出現する不思議さ。

「まあ、それでどこから来たんだとか、何して暮らしてるんだとか、数分話したかな」

「どこから来たと言ってましたか」浩明は息急き切って尋ねる。

男は考える風になった。

「はっきりしたことは言わんかったな。最近来たばかりだとか。それで別段することもなく家にいるということだった。何なら仕事紹介してやろうか、と言ったんだ」

「仕事？」

「ああ、ちょうど知り合いから倉庫の警備員が足りないって相談されていたところだったからよ。今はどこも人手不足だから。だけど断られちまった」

「なんて言って断ったんです？」

「俺はこの家にいれば金が入ってくるんだって。なあんかいかがわしい話だと思ったからそれ以上追及しなかったけどよ」

重大情報だった。斗南はこの家に暮らすことで金を得ていた、あるいはこの先金が貰《もら》えるはずだった。どういう状況が考えられるか？

「この家にいれば、と言ったんですね。この家にいることを条件として、という意味で」

浩明の昂《たかぶ》りに男は少したじろいだようだった。

「いや、細かいことは俺にはわかんねえけども」

「よくこの場所を通るんですか」と浩明は質問の方向性を変えた。

「そうだな。シーズン中は週に二回くらい。そうでないときはレタス作ってんだけど、雪の間は農家はやることなくなっちまうからな」

そしてようやく警官からいろいろと問いただされている現状に気づいたのか、目を細めて警戒の表情を作った。

「言っとくけど、俺がやってんのは役場の仕事だからな。頼まれてやってんだ」

「役場の仕事とは？」

「有害鳥獣駆除だよ。でなければイノシシ退治なんてろくに儲《もう》けもねえことに精を出さねえ」

「ああ」とうなずく。イノシシや鹿が増えすぎて山際《やまぎわ》の農地で被害が出ていることはこの辺りの住人なら誰もが知っている。過疎や林業の衰退で山に人が入らなくなる一方で、宅地開発が進んで人と獣の距離が近くなった。この秋にも民家付近に熊出没の報に数回県警が出動した。猟友会の到着を待てず、警官が拳銃で対処せざるを得ないケースもあったと聞いている。

「それはご苦労さまです」と頭を下げると男の表情がやわらいだ。和型章雄《わがたあきお》という男の名前と連絡先を書き取り、再度話を聞く必要があるかもしれないと説明してもう行って構わないと告げる。

去りかけた男に思わず声をかけた。

「そのオレンジのダウンとても目立つ色ですね」

男は動きを止め、振り返った。「イノシシは色盲だかんな。それより他のハンターの方がよっぽど怖いんだよ。茂みがガサガサと揺れただけでぶっ放すのいるからね。だからわざと派手なの着てんの」

雪の上をゆっくり移動していく男の後ろ姿を見ながら、長年山野で過ごしてきたものの歩き方だと思った。

着信音が鳴り、スマホを取り出すと絵美からの通話だった。

「もう昼飯食ったか」

「いえ、まだです」

「じゃあ駅前まで来てくれ。食いながら話そう」

時刻を確認すると午後二時を回っている。急に空腹を覚えながら浩明は七重駅のロータリーに車を走らせた。絵美は駅舎の前に立って待っていた。

ラーメンを啜《すす》りながら、浩明はさっきハンターから聞いた話を繰り返した。

「なるほど」と絵美は深くうなずく。「気になるな。これから行くところと関係がありそうだ」

「マルゲンですか？　どういう会社なんです」

「このあたりの土地をあちこち購入しては転売して利ざやを稼いでる。それだけなら非合法でもなんでもないが、社長の香田《こうだ》光雄《みつお》はこれまで二度公文書偽造と融資詐欺《さぎ》で逮捕されている。結局起訴までいかなかったけどな」

「公判を維持できないと判断されたわけですか」

「土地がらみはややこしいんだよね」と絵美はぼやいた。「さっき二課の知り合いからざっと説明を受けたが頭が痛くなった。しかしかなりいかがわしい人間であるのはまちがいない」

捜査二課は詐欺、偽造、贈収賄《ぞうしゅうわい》などの経済犯罪を扱う部署だった。ひたすら帳簿や書類を睨みながら時間をかけて犯罪者たちの意図と計画を明らかにする。捜査で重要なのは動機や凶器や血の痕跡などではなく、どこからどこに幾ら金が流れ、誰がどこの書類にハンコを押したかで、殺人、強盗、放火など暴力犯罪を対象にする一課とは自然に風合が異なってくる。いつでも地味なスーツを着込んで銀行マンのようなアタッシェケースをぶら下げた彼らは警察組織のなかでも幾らか異物なのだった。

車の中に移ってからも絵美の説明は続いた。

「香田のバックには広域暴力団もいる。組織犯罪対策課が二年越しで内偵しているけどまだ尻尾《しっぽ》が摑めない」

浩明は少し心配になった。

「これからそのマルゲンに乗り込むわけですよね。二課や組織犯罪対策課が激怒するんじゃないですか」

午前中単独行動の絵美が、独自の伝手《つて》を辿って警察内部の知り合いからマルゲン情報を引き出していたのはわかったが、これから直接アタックするとまで言ったかどうか。警察に目をつけられたと気づいたマルゲンが守りを固めるのは必至だし、そうすれば二課や組織犯罪対策課は歯嚙《はが》みして悔しがるだろう。

絵美は一蹴《いっしゅう》した。「こっちは殺しの捜査をしてるんだよ。連中の顔色までうかがってられないだろうが」

　絵美が乗り付けたのは駅から数分の二階建ての雑居ビルの前だった。周囲は似たようなビルが並ぶなか、ぽつりぽつりと飲み屋や居酒屋が混じっている。

　マルゲンはそのビルの二階にあった。狭い階段を上り、扉を押し開けると、六坪ほどのオフィスに机が並び、数人の社員がパソコンに向かって仕事をしていた。二人が入ってきたのを見て、黒いスーツを着た男が立ち上がった。

「何かご用ですか」

「香田光雄はいる？」

　黒いスーツの男は浩明たちの前に立ちふさがり、頭から足元までじっくり眺め回した。

「まずは用件を伺いましょうか」

　他の男たちも仕事の手を止めて浩明たちをじっと見つめていた。何かあればいつでも立ち上がれるといった空気だった。浩明も男たちを観察した。皆勤め人を装ってはいるものの微妙に雰囲気が違う。目つきが鋭く、スーツも質は良いがどこか着崩れている。

「県警本部から来たの。入らせてもらうよ」

　絵美は警察手帳を見せると目の前の男を押しのけようとした。しかし男は一歩後ろに下がると、「いやいや、警察だったらますますきちんと理由を言ってくれないと。令状があるわけじゃないんでしょう？　任意ですよね」と大声を出した。

そのとき、オフィスの奥の扉が開き、スポーツ刈りの男が顔を出した。

「おい、もういいよ。入っていただけ」

「捜査一課の川野です。あなたが香田光雄？」

絵美がデスクの向こうに腰を下ろした男に問いかける。

男はうなずいてから「ほお、捜査一課ですか」とこちらを検分する視線になった。

「うちはそんな物騒な人間はいないはずですがね」

来るなら二課だと思っていたという意味だろうか、香田はふてぶてしい笑みを浮かべた。

「もうわかってるんでしょう。おたくが所有している物件で殺人事件が起きている」

絵美は登記簿謄本をデスクにすっと差し出した。

「この物件に斗南昭三がどういう経緯で住むようになったのか説明して欲しい」

香田は謄本を片手で持つと一瞥してから「どうしてって、あそこは貸家ですからね。条件的に折り合いがつけば希望者には貸しますよ」と答えた。

「折り合いのつく条件とは」

「家賃とかね」

「斗南から家賃は幾ら取ってたの？　敷金・礼金は？　それから保証人がどうなっていたかも知りたい」

香田はうんざりした顔で謄本を投げ出した。

「そういう細かい事務はうちはやってないんだ。提携している管理会社に任せてるんですよ。ここでやってるのは物件の売り買いでね」

　絵美は謄本を取り上げ、香田を睨《ね》めつけた。

「そもそもなんであんな物件を入手したわけ？　古い上に交通の便も悪い。貸家にするなら幾らでももっといい物件があるでしょう。あえてあそこを買う理由がわからない」

「月に何件も土地を売ったり買ったりしていると、クズみたいなのがいつの間にか澱《おり》のように溜《た》まっていくんですよ。あそこも抱き合わせで押し付けられたんだ。遊ばせておくのは勿体《もったい》無いから、入居者を募集した。何もおかしなところはないでしょう」

「斗南に会ったことは？」

「ありませんよ。いちいち入居者に会うわけがない」

「本当に？　あなたがあの物件を入手してからわずかひと月で斗南が入居している。クズ物件にしては早すぎない？」

「偶然でしょう。運が良かっただけだ」

「その提携している管理会社を紹介してもらえますね」

　香田はデスクにあった電話の受話器をとると、短縮ボタンを押した。

「あ、マルゲンの香田だが、これから刑事さんがそちらに行きたいそうだ。斗南昭三というこの前亡くなった入居者のことを知りたいと」

「賃貸契約書が見たい」と絵美が口を挟んだ。

「賃貸契約書を見せられるようにしておいてくれ」

受話器を置いてから、香田は絵美を見上げるようにして「これでご満足ですかね。当社としてはできる限りの協力をしているつもりなんですけどね」と言いながら、一枚の名刺を差し出した。〈ナナエハウジング　代表取締役　杉田《すぎた》秀雄《ひでお》〉と書いてある。

「そこに行ってください。徒歩でも十五分ほどです」

マルゲンのオフィスを出て階段を降りながら、「どう思います」と浩明は絵美に囁いた。

「あたしはまだ何か隠していると思う。もっとつつけば出てくるかもしれない」

「でも今はやらないということですか」

「そうだな」と絵美は考えている様子だった。「まずはこっちの不動産屋に行って契約書をコピーする。それから考えよう」

しかし車に戻ってエンジンをかけても、絵美はアクセルを踏み込まず、助手席の方に顔を向けた。

「悪いがナナエハウジングにはあたしが行くから、麻戸はしばらくマルゲンを見張っててくれ」

「見張る？」

「ああ、うちらが来たことで何か動きがあるんじゃないかという気がする」

浩明は車を降りると、周囲に人目がないことを確かめて早足でマルゲンのオフィスがあるビルの向かいに渡った。ちょうどそこにあった一軒の理容室に入る。

「いらっしゃいませ」と奥で週刊誌を読んでいた理容師が店に出てきた。店内に他に客はない。理容師は胸ポケットに差していた老眼鏡をかけると「カットのみですか、それともメンズコースにしますか。コースだとシャンプーと髭剃《ひげそ》りとマッサージがついてます」と言った。

　浩明は肘掛のついた理容椅子に腰掛けながら、「いや、カットはいいです。切るふりだけで」

　理容師はしばらく黙り込んでから、眼鏡《めがね》を外して胸ポケットにしまった。

「お客さん、うちそのフリってのやってないんですよ。何しろこんな爺さんでしょう？新しいやつなら美容室行ってもらった方が――」

「いや、カットしないで髪を切るふりだけしてくださいということです」浩明は色々と体の位置を変えながら言った。目の前の鏡にマルゲンが入っているビルが映っている。なんとか客のふりをしながら見張っておくことができそうだ。

「切るふり、だけですか……」と黙ってしまった理容師に浩明はあわてて警察手帳を見せて頼み込む。

「今、捜査中なんです。しばらくの間だけ、ご協力お願いします」

「はあ」

　釈然としない様子でそれでも理容師はハサミを手にとった。

「本当にカットしないでいいんですね」

「はい、お願いします。あ、そこ立たないで、見えなくなっちゃう。あと、この椅子もう少し座高上げられますか、背もたれももう少し立てて」

理容師が浩明の指示に従って理容椅子を調整しているあいだも浩明は鏡に映った雑居ビルから視線を離さずにいた。二階のマルゲンのオフィスの照明が窓ガラス越しに白く光っている。歩いている社員の影も見えたが、どんな表情をしているかまでは当然見分けられない。理容師はふわりと散髪ケープを体にかぶせると律儀に頭の周りでハサミをカチカチさせ始めた。

絵美がこだわっているのは、斗南がなぜあの不便な家を住居として選んだのかだ。単に家賃が安いということならもっと市街地に近くて便利なアパートだっていいはずだ。しかしそれを言うならそもそもなぜ斗南が仙台からこの町に移ってきたのかという問題がある。

ジョキリという低い音が耳元でして、「あ、いけない、本当に切っちゃった」という声がした。鏡を見ると、右の前髪が一箇所だけざくりと短くなっている。

「どうしましょう。周囲と合わせるため、前髪切りそろえちゃっていいですか」

理容師が弱り切った顔で言う。そのとき、ビルの入り口から男が一人出てきた。目をこらす。香田光雄にまちがいない。

浩明は急いでケープを剝《は》ぎ取り、理容師が「いいですよね。その髪の毛のままじゃ困りますもんね」と言葉を重ねるのを手のひらで押しとどめる。

「助かりました。もう行きます」

店の入り口でもう一度向かいの様子を確かめると、香田は急ぎ足で歩道を歩いて行くところだった。浩明は距離が開くのをしばらく待ってから店の外に出た。

まさか尾行されているとは思っていないようで、片手に小さなポーチを抱えた香田に警戒の気配はなかった。それでもあいだに少なくとも二人は通行人が挟まるように、浩明は充分な隔たりをとった。

山際の斗南の家とちがって、市の中心部のこの辺りでは歩道の雪はほとんど溶けていた。振り向かれても目が合わぬよう、濡れたアスファルトに目を落としながら歩く。香田は二度、三度道を折れた。彼が交差点を渡った直後に信号が赤に変わったときは不安になったが、幸い見失う直前に彼の黒い背中を捕捉することができた。

あたりははっきりと飲屋街に変わっていた。まだ夕方になったばかりなので開店している店の数は少ないが、厨房《ちゅうぼう》の窓からは営業の準備をしている店員の姿が覗く。今日のオススメを街路に出した小ぶりの黒板に書き込んでいるものもいる。浩明はふと夕飯はきちんと食えるだろうかと考えた。捜査が本格化すると、一日に一回まともな飯を口にできればいい方だ。

その瞬間、香田の後ろ姿が左の建物に吸い込まれた。足取りが速くならないよう気を遣いながらさりげなくその前まで行き、一瞬だけ足を止めて「ルーエ」というバーであることを見てとった。そのまま通り過ぎ、次の角を曲がって後ろをうかがった。

スマホを使って現在地を確かめる。香田が再び現れるまで五分ほど待った。

香田は路上から開いたままの扉の内側へ、手をあげて別れの挨拶をしていた。じゃあ、よろしく頼む、と言う低い声が聞こえた。

香田が元来た道をせわしなく帰っていくのを浩明は追うことなく見送った。姿が見えなくなったあともう一度ルーエの前まで戻る。青く塗られた木製の扉。店頭に電気の点灯する看板があり、そこにはLa Roue de Fortuneとアルファベットで書かれていた。その綴《つづ》りを脳裏に刻みつける。

そのままた何食わぬ顔をして次のブロックまで歩いてから、どういう意味だろうと首をひねった。フランス語か？

さて、次の一手をどうするかと考えたところで音声をオフにしたスマホが振動した。絵美からの通話だった。

「契約書のコピーを取ってきた。一度署に戻ろう」

助手席に乗り込むと絵美はすぐに、どうだった、と聞いてきて、それからおかしな顔をした。

「どうしたんだ、その髪」

「まあ、ちょっと——。香田は青柳《あおやぎ》通りにあるバーに入っていきました。もちろんまだ営業時間外です。誰かと話だけしてすぐに出てきました」

「ふうん、どういうことなんだろう」

「ナナエハウジングの方はどうでした」

「手続き上はおかしなところはない。斗南はふらりと店にやってきて部屋を探していると言い、例の物件を見せたところ、すぐにそこでいいと言ったらしい。家賃月六万、敷礼それぞれ一ヶ月で契約したらしい」

「町外れの一軒家ならそれくらいですかね」

「古い家だからな」

署に着くとちょうど夕方の捜査会議が始まるところだった。絵美を除けば男一色のスーツの群れが三々五々無言で空いているパイプ椅子を埋めていく。とりたててはかばかしい成果はなかったようで、皆どことなく冴えない表情だった。水木課長が立ち上がって第一声を放った。

「えー、まず解剖の結果から発表する。死因は背後から針金状のもので絞めあげられたことによる窒息死。死亡推定時刻は死体が発見された二十二日火曜日から遡《さかのぼ》ること二日、二十日日曜日の午後十一時から翌月曜日午前四時。さらに特筆すべき事実として、被害者は殺害までの数日間、食物を口にしていないと思われる。胃腸に内容物が存在しなかった。年齢を考えればかなり衰弱していたと見るべきだろう」

課長の言葉に会場となっている会議室が粛然《しゅくぜん》と静まりかえった。あらためて犯行の残虐さに慄然《りつぜん》となる。

「右顔面、頬《ほお》の部分に殴打の痕《あと》、そのほかには打撲痕跡なし。このように数日にわたって手足を拘束され、自宅で絞殺されたという凶悪事件であることはまちがいない」

そこで水木は言葉を切り、会議室を見渡した。何か重要発言があるなと浩明は思った。

「この被害者斗南昭三について、照会中であった宮城県警から返答があった。斗南は一昨年《おととし》春から一年以上仙台市内の駐車場、河原《かわら》などで車上生活をしていたらしく、二回、警邏《けいら》中の巡査に職務質問を受けている。またその際以前の勤め先として市内の建設会社の名前を挙げていることがわかった」

会議室に低いざわめきが広がった。コンビを組んでいるもの同士で囁きあっているものもいる。殺害方法から怨恨が動機である可能性が高いと考えられる以上、斗南の過去に関する情報は極めて重要度が高いのだった。

「では次に各班ごとに捜査状況を報告してもらう。まずは地取り班、何らかの目撃証言が取れたものは手を挙げるように」

数人の捜査員が手を挙げるが、いずれも斗南が近所を歩いているのを見たとか、道端でタバコを吸っていたというだけのものだった。犯人側に属すると思われる人間についての情報は皆無だ。唯一耳に残ったのが、一番近いスーパーの店員の証言で、斗南が週に二回訪れて、主に酒と惣菜類を買っていったという話だった。孤独な老人の一人暮らしを彷彿《ほうふつ》とさせるような証言だった。

「なんだ、ちったあマシな情報はないのかよ」と水木の隣の老刑事が発破をかけ、刑事たちは悔しさに口を歪める。今では浩明もこの男が江口《えぐち》という七重署切ってのベテラン捜査員であることを知っていた。

「ではナシ班」

はい、と最初に声をあげたのは県警本部の岸田だった。谷とペアになっているらしく、二人で小声で相談しながら発言する。

「斗南の所有していたダイハツハイゼットですが、一関《いちのせき》の中古車業者が販売したものであることがわかりました。販売日は七月二十七日。購入者は斗南昭三本人となっています」

「販売額は？」

「二十七万」

「課長、発言させてください」と絵美が手を挙げる。

「いいだろう」

「死体発見現場の賃貸契約を斗南が管理会社であるナナエハウジングと結んだのが七月二十四日です。最初の家賃および敷金礼金等で十八万をその場で支払っています。車の購入費と合わせて四十五万です。それまで仙台で車上生活をしていたとなると、七月ごろに少なくとも五十万以上の現金をどこかで入手したということになります」

「古い車はどうしたんだろう」

「一年以上車上生活をしていたとなると大分ガタが来ていたのではないかと思われますが」

「なるほど。その通りだ」

「話を遮ってしまいました。報告の続きお願いします」と一礼して絵美は腰を下ろす。岸田が再び口を開いた。

「車の購入に関しても、斗南はその場で現金払いだったそうです。まだ電話でしか話を聞けてませんので、明日直接一関に行って斗南の様子を聞いてこようと思います」

「いいだろう」

「気になるのは金の出どころというわけだが」と江口が言い出した。「おまえらはどう思う。仙台ではアパートひとつ借りれなかった人間が、この町に来てポンと五十万円近くを支払う。その後も働いている様子はない。年金だってもらえているか怪しい。斗南はどこから金を得ていたんだと思う？」

「宝くじに当たったんじゃないですか」と誰かがまぜっ返し、まばらな笑い声が上がる。

「遺産相続」

「百万くらい拾ったんでしょう」

「犯罪」と声が飛び、沈黙が広がった。皆、同じことを考えていたのだと浩明は思う。

江口はにやりと笑うと無精髭の浮き出た顎《あご》をなでた。

「ホトケさんを侮辱する気はさらさらないが、その可能性も考えておかなきゃいけねえな。仙台で最底辺の暮らしを送っていた斗南はどうしてかおおっぴらにできないやり方で百万単位の大金を得た。それでさっさと仙台を逃げ出さなければいけなかった。しかしそのことを恨みに思っている連中がいて、やってきて斗南を殺害し、現金を奪っていった」

「車上生活者と関わりがありそうな犯罪と言ったら何があるかな……」と水木が呟く。

「まあ詐欺グループの出し子くらいじゃ大した額にはなりませんな」と江口が答える。

浩明は手を挙げた。

「本日、現場付近で山のイノシシ狩りから帰ってくるハンターに会いました。彼は斗南と会話したことがあり、その時斗南は、この家に住んでいるだけで金がもらえるんだと言ったそうです」

「この家に住んでいるだけで？」江口は少し不機嫌そうに言った。自分が描いた絵とちがう筋を示されたからかもしれない。

「はい。自分も家に住んでいると金になるというのがどういう状況か考えてみましたがわかりませんでした」

水木も江口も揃って首をかしげる。

それで捜査会議は解散になり、会議室を出かけたところで、水木が絵美と浩明を呼び止めた。

「まだ斗南の写真を受け取ってなかっただろう。これだ」

渡された写真は、痩《や》せた老人が何か腹の立つことでもあったみたいに眉根を寄せてカメラを睨んでいるというものだった。なるほど、これでは近所から疎《うと》まれるのも無理はないと思わず苦笑してしまう。

「それからもう一つある」と水木が言った。「宮城県警に行って斗南に職務質問した巡査に会ってこい。斗南の仙台での鑑を調べ上げるんだ」

「出張ですか」と絵美が上気した声で言った。浩明の顔も自然にほころぶ。このような重要な任務に抜擢《ばってき》されるということは、それだけ上から買われているということだろう。

「向こうとは話をつけてある。明日の午前十一時に宮城県警。明日の朝で構わないから盛岡で出張申請を出してから行け」

了解しました、と頭を下げた二人の前を立ち去りかけた水木が不意に立ち止まった。

「ああ、ところで麻戸のその髪型、今流行《はや》ってんのか？」

「あ、いや……」

戸惑っている浩明の返事を待たずに水木と江口は行ってしまった。浩明は暗い窓ガラスに自分の顔を映して前髪を手でいじってみた。どう髪型を変えても短く切り取られた部分は隠せない。やはりもう一度理容室に行って切り直さないと駄目だろうか。

「どう思います？　川野さん」と振り返ると絵美は会議室の片隅でスマホを耳にあてていた。どうも表情が暗い。

通話を切ると「娘がどうも熱を出したらしいの。もしかしたらインフルエンザかもしれない」

「それは早く帰ってあげないと」

「うん」と絵美はうなずいた。「麻戸は犯人についてどう思ってる」

いまだに事件のゆくえと病《やまい》に臥《ふ》せっている娘のあいだで引き裂《さ》かれているらしい絵美の顔を見ながら浩明は答える。

「そうですね、まず単独犯か複数犯かが気になります」

「一応大の男を力ずくで拘束しているわけだから、一人では辛いかもしれないな。しかし目撃情報が出てこないのが不思議だな。普段から出入りしているわけではないということか」

　浩明は先の江口の仮説を思い出した。斗南は仙台に拠点を持つ犯罪グループと何らかの接点があり、そのグループを裏切るか出し抜くかして七重まで逃げてきた。そして居所がバレて犯罪グループが乗り込んできて彼を処刑した。数日にわたって監禁したということは、彼は何か重大な秘密か現金かを隠し持っていたのかもしれない。それを聞き出したので彼を殺すことができた。それだけの重大な犯罪をするのに百万では明らかに不足だ。それこそ数千万、あるいは億の金が動くのでなければ――。

　しかしこの仮説にはどうもしっくりこないものがある。ハンターが言っていた「この家にいれば金が入ってくる」というセリフと辻褄《つじつま》が合わないのもそのひとつだが、大金を持って逃げるには七重というのは中途半端に仙台から近いのではないか。金があるのなら、それこそ東京か大阪にでも逃げればいい。いっそフィリピンあたりでも。しかし七十代の老人に海外逃亡の選択肢は浮かばなかったのかもしれない――。

　そこまで考えて浩明は捜査に予断は禁物だと我にかえった。被害者をあらかじめ犯罪者集団の一員とみなしてしまっては、気がつくはずの手がかりも目に入らなくなる。

　浩明が一人考え込んでいたあいだ、絵美は着信したメールに目を通していた。

「ごめん、熱がますます上がってきたみたい。あたし帰るね。あんた、どうする？」

しばらく考えて「書類仕事を片付けてから帰ります」

「悪い、じゃ車は使わせてもらうね」

絵美はそう言い残して靴音を立てて出ていった。

浩明は時計を確認した。午後七時四十分。明日がなければ今夜は仮眠室と割り切るところだが、朝イチで県警本部に顔を出さなければいけないことを思えば、今日は自宅に帰るべきだろう。

だがその前にひとつくらいなら用件を片付けられそうだ。

彼はコートを着込んでカバンひとつで署の建物を出た。真っ暗な夜空に満月にはやや足りない月が浮かんでいる。書類仕事をやるつもりは最初からなかった。ではなぜ絵美に正直にそう言わなかったのかは自分でもわからない。

いかにも仕事帰りのサラリーマンという風情でふらふらと歩いている彼を警察官だと思うものはまずいないだろう。そう思うと何だかおかしな気がした。自分自身だってときどき嘘《うそ》のような気がする。

子供のころから集団行動が苦手だった。運動会の分列行進が嫌いで、歩調を合わせられずに観衆に笑われたし、高校では体育をサボって校舎裏でタバコを吸っていた。勉強は嫌ではなく成績もそれなりによかったが、優等生と思われるのを避けるため不良みたいに振る舞っていた。もちろん本当の不良にはなれず、なる気もなかったのに、それなりに仲間として遇されたのは、一人くらい教師との橋渡しになるものがいた方が便利だったからだろう。でもその中途半端さが浩明にもよかったのだ。彼はどのような集団にもはっきり属したくなかったから。

　それが今の浩明は社会でも抜きん出て剛性の巨大組織に属し、そこで認められるために目覚めている時間のほとんどを捧げている。警察で生き残ることができるのは、組織を丸ごと信頼し、上司の腹のうちと職場の空気に従うことができるものだけだ。自分が属する部門の存在意義を、警察という官僚組織を、ひいては国家を百パーセント受け入れること。市民の安寧と秩序を守るためという呪文を百万遍唱えること。これができなければ警官にはなれない。なれたとしてもいずれ蹴落《けお》とされる。

　いや、そんなことはない、と彼は小さく笑った。自分はたぶんそんなことを信じていない。自分が絵美とやっていけるのは、彼女も徹底した個人主義者であり、その上で手柄をあげるためなら手段を選ばないと腹をくくっているからだ。彼女は女の居場所などない刑事の世界にむりやり扉をこじ開けて体をねじこませ、それなりに成功しつつある。絵美は善良でも、もしかしたら正直でもないかもしれないが、まちがいなく有能だった。そして群れにうまく馴染《なじ》むことができなくても、獲物さえきちんと持ち帰れば評価される、そういう猟犬たちの集団という側面も確かに警察にはあるのだった。

　浩明は絵美の強引なところが好きだった。成果のためなら手段を選ばない。周囲の非難や中傷は気にかけない。その強さが魅力だったし、すぐ後ろで実地に捜査手法を学ぶのは痛快だった。いつか自分も同等の力量を身につけ、いずれは乗り越える。彼女だってもし浩明がお荷物になったり、出世の邪魔だと感じたらさっさと切り捨てるだろうが、それより先にこちらの方から訣別《けつべつ》する。そのように、絵美への敬愛の気持ちには最初からライバル心が入り混じり、不思議なまだら模様の信頼となっていた。

　だがそれにしても最近の絵美にはちょっと危なっかしいところがある。いつにも増して気短かで周囲との軋轢《あつれき》を避けなくなっている。家でも同居の母親と喧嘩《けんか》が増えているらしい。母親は母親で、年齢から来る体の衰えで、小さな子供の世話が辛くなってきているのだという。

　もしも絵美が警察を辞めなければならない事態が発生したら、そのときは辛いが自分は巻き添えを食わないようにしなければいけない。

　不意に一陣の冷たい風が吹き抜けた。耳元をかすめる空気の立てる音に彼は身震いする。今夜はこれから本格的に冷えこむのかもしれない。

　とはいえ、自分はどこまでこの組織に執着しているのかと自問する。定年まで本当に勤め上げたいと思っているのか。警官になって七年目の今も、これが自分の天職だと思える瞬間は一度もない。

　高校時代、自分は漠然と医者になるのかと思っていた。理由は単純だ。父親が町医者だったから。

　もっとも父のクリニックはちっとも儲からず、往診やら半分ボケかけた老人の診療やらで労働時間ばかり無闇に長くて、あまり割のいい商売とは思えなかった。それでも親身で丁寧だと地元では人気があり、待合室はいつも混んでいた。

　模試の結果、国立大の医学部は無理だとわかったとき、じゃあ心理学科でも行こうかと思った。人体のメカニズムの複雑さにそれほど関心を惹《ひ》かれなくても、人の心の不可思議さなら興味を持てるのじゃないかと思ったからだ。だが実際に夢中になったのは漕艇《そうてい》だった。全国大学ランキング十位から十五位あたりをうろうろしている強豪校の端くれとして、二ヶ月に一度はある競技試合に備えてひたすらオールを漕ぎつづけ、胸と腕と肩と脚の肉が固く盛り上がり、舳手《じくしゅ》の掛け声に合わせて頭を空っぽにするのを半年も続けると、自我の輪郭を集団に溶かしはてることに何の不安も感じなくなっていた。だからボート部のOBから警察に来ないかと言われたとき、それでいいんじゃないかと思えたのだ。

　そういえば、もう三週間もジムに行っていない。学生時代の筋肉はとっくになくなったが、週に一度くらいは体を痛めつけないともやもやが残る。

　しかし皮肉なもんだと浩明は口元を歪めた。漕艇で初めて集団に溶けこめたと思ったのに、そのことを思い出すのはジムで黙々とプログラムをこなしているときだけだ。結局自分は一人でいるのが好きなのだ。誰にも頼らず、依存せずに生きる。しかし、それでは弟の岳大《たけひろ》のような人間はどうすればいいのだ——。

　ちょうど目的のルーエの前に来ていた。路上の看板にはすでに灯がともっている。青く塗られた木製の扉を押し開けると、穏やかな音楽と温かな空気のかたまりが水のように溢《あふ》れ出してくる。

カウンター席が六つにテーブルが三つの小規模なバーだった。客の数は七人ほど。浩明は角のテーブルに腰を下ろした。できるだけ目立たない場所に陣取って、店内の人間を観察するつもりだった。

若いウエイトレスがやってきて「何にされますか」と尋ねる。

帰りは電車のつもりなのでグラスビールを注文する。客層は若者と中高年が半々くらいだった。男女にも偏りがない。

何のため、香田はわざわざここに足を向けたのか。そう考えながら運ばれてきたビールに口をつける。滑らかな泡とともに金色の液体が喉《のど》を滑り落ちる。

誰にも頼らず、一人きりで生きる。斗南もそういう生き方を選んだ挙句のあの死に様だったのかもしれない。これまであがってきた証言のなかの斗南は、手負いの獣《けもの》みたいに周囲に牙《きば》を剝《む》いている。しかしそうやって不機嫌で身をよろい、棘《とげ》を逆立てて周囲を威《い》嚇《かく》するのは日本人の男の性《さが》なのかもしれない。年をとれば身につけた如才なさが擦《す》り切れて、元からの本質が明らかになる。

――あなたは、わたしと一緒にいるのが退屈なんでしょ。不愉快で早く一人になりたいと思ってるんでしょ。

五年つきあった恋人にそう言って別れを切り出されたとき、浩明は否定しなかった。否定できなかったのだ。事実、彼女と食事をしたり、友人の噂やら最近見たテレビ番組やらの話をするのが馬鹿らしく感じられて仕方なかった。そんなことより捜査資料を一枚でも多く読みたい。尋問の仕方や情報の取り方を身につけたい。捜査一課に栄転して忙しくなったのを口実に、ひと月に一度会うだけの関係になっていた。

だから別れを告げられて彼はホッとしたのだった。これで彼女を嫌いにならずに済む。

彼はビールグラスをあけ、指をあげておかわりを注文した。今夜は飲むのを止められないような気がした。なぜだか過去のことが次々蘇《よみがえ》ってくる。

自分は大きく変わらない限り、結婚したり子供を作ったりはできないだろう。そんなの責任が大きすぎる。自分一人のことで手一杯なのに。でも今の若者は誰だってそうじゃないか。

彼はぼんやりとカウンターの内側にいる若い男の動きを目で追いかけた。店内は薄暗く、男の顔立ちまではっきりと見分けられなかったが、カクテルを作る男の無駄のない動きは見ていて快《こころよ》かった。

そのうち浩明は奇妙なことに気がついた。カウンター自体通常より低めなようなのだが、男の姿は肩までそのカウンターに隠れているのだ。まさか小人症というわけでもあるまいし、内側の床がよそより一段低くなっているのだろうか。

ウエイトレスが二杯目のビールを持ってきた。一気に半分までグラスをあける。

もしも彼女と付き合いつづけたら、自分は彼女を憎んでいたかもしれない。仕事の邪魔をする愚かな女だと苛《いら》つき、喧嘩になったら殴りつけてしまっていたかもしれない。怖ろしいことだ。別れてよかったのだ。

自分が警官になった理由がわかった気がした。暴力を憎み、暴力を振るう人間を追いかけているあいだは、自分は暴力に呑みこまれなくて済むからだ。自分は暴力と闘っていなければ暴力を振るってしまうような人間なのだ。大学の講義で学んだ投影という言葉が思い浮かぶ。自分の心の内側にある要素を外部に投影すること。そうだ、俺が犯罪者を憎み、何としてでも監獄《かんごく》に放り込んでやりたいと思うのは、俺が一つまちがうと犯罪を犯しかねない人間だからなのだ。

彼は残ったビールを飲み干した。いけない。今日は思考がネガティヴな方向に暴走していく。もうアルコールを摂るのは止めなければいけない。このままではどこまでも自分を虐め抜き、朝まで己れを呪う羽目になってしまう。

浩明はカクテルを作っていた男がカウンターから出て、電動車椅子に乗ったまま静かに店内を移動しているのに気がついた。頭が真っ白になり、それから大きく心臓が跳ねた。

「久しぶりだな。ざっと八年くらいになるかな」

車椅子の男は、浩明のテーブルの前まで来てそう言った。トレイにはグラスに注がれたビールが載っている。

「聞いてるよ。警官になったんだろ。これは再会を祝して店からだ」と男はグラスをテーブルに置いた。

浩明は首を振ると、震える手で財布を取り出し、札を二枚置くと立ち上がった。

「もう帰るのか」と久《く》保《ぼ》正志《まさし》は尋ねた。

浩明はうなずくと「明日、早いから」と掠《かす》れ声で言った。

「そうか。また来てくれ」と久保は笑った。「おまえがまだ変わってないのか知りたい」

浩明はコートとカバンを摑むとよろめくように店の外に出た。

3

美和は週一で店番をしている。頼まれて週に二回入ることもある。店主の陵木《みささぎ》は糖尿病のために週に一度市民病院で透析《とうせき》を受けなければならない。そこでその数時間、美和がレジの前に座って店番をすることになったのだった。

入ってきた客たちは、店の奥に見慣れぬ少女がぽつんと座っているのを見ると最初は少し驚いた顔をする。姪《めい》っ子さん？　まさか、娘さんじゃないよね、などと聞くものもいる。最初はなんのことかと思ったが、店主の親戚かと尋ねているのだと気がついた。

違います、とだけ答えてそれ以上口はきかない。古本屋と女子高生の取り合わせがよほど珍しいのか、書棚の本を検分しながらちらちらとこちらを見てくるものもいる。美和は気づかぬふりをしている。相手にしなくていいと陵木からも言われている。基本的に退職して暇なおじさんたちが多いからね、愛想を見せちゃうと面倒くさいよ。

けれどそれ以上しつこく話しかけてくる客はいなかった。というか、そもそも客があまり来ない。半日で五人来ればいい方で、大抵は三人、天気が悪いと一人のときもあった。

しかも大抵は冷やかしで、財布を出す客はそのうちの二割程度。もっともそのあいだ座って本でも眺めていればいいのだから、美和には楽なバイトだった。

紹介者は兄の千秋だった。千秋はいつからかこの古本屋の常連になり、しょっちゅう入り浸っていたらしい。それで誰か店番はいないかという話になり、美和の名前が出た。

古本屋というから暗く乱雑な店内を予想していたら、意外にもＬＥＤの白い光に煌々《こうこう》と照らされたモダンで清潔な空間だった。本も積み上げられていたりなどせず、すべてハトロン紙で包装されてきちんと書棚に収まっている。文庫や雑誌はなく、ほとんど学術書ばかりのようだった。

「最近は売り買いはほとんどネットだし、食う分はほら、こっちからの上がりがあるから」と陵木は天井を指差した。「だけど四十年もやってきた店だからね、閉めちゃうのは忍びないのよ」

何のことかと思って帰りがけに見上げると、二階から上は五階建てのマンションになっていた。

その日も美和はレジ席に座り、ぼんやりとスマホを眺めていた。外は寒々しいが、室内は空調が効いていて心地よい。ずっと一人でいると自然に眠気がさしてくる。

レジの脇の電話が鳴り、美和はとっさに受話器を取り上げた。

最初は雑音がひどく、相手が何を言っているのかわからなかった。

じっと耳を澄ましていると、ゆっくりと陵木の声が浮き上がってきた。

〈美和ちゃんかい、今、お客さんいる？〉

陵木の言葉は、まるで水のなかから届いたかのように妙に遠く間延びして聞こえた。

「いえ、誰もいません」

〈じゃあ、右手の引き出しを開けてもらえる？〉

美和はレジが置いてある黒い大きな机を見下ろした。小綺麗な店内では場違いな古びた嵩《かさ》の張る木製の机だ。いつも鍵《かぎ》のかかっている引き出しがわずかに開いている。

「はい、開けました。黒革の手帖が入っています」

〈……ああ、それじゃないんだ。その下に本がある〉

彼女は手帖を取り出して机の上に置いた。下から出てきたのは、透明なビニールで丁寧に包装されたずいぶんと古そうな本だった。表紙の文字はフランス語だろうか。

〈その本をツ……まで届けてほしいんだ。そこから二十分ほどかかる〉

「なんてところですか。もう一度」

〈ツ……きだよ。ツ……〉

何度聞いても、音声がブツブツと切れてしまい陵木の言葉を聞き取れない。美和は諦めて、道を教えてください、と頼んだ。

陵木のいう道順を書き留めた。今度はすいすいと声が耳に入ってくる。電話を切るとコートに袖を通してマフラーを巻き、外に出て店の扉に鍵をかけた。電気はつけたままでいいと聞いている。古本は通学鞄《かばん》に入れた。

歩き出しながら、ふと不安になった。午後四時をまわって雲に覆われた空は薄暗い。届け物をして帰るころにはすっかり暮れているだろう。暗がりを一人で戻るのは嫌だと思ったが、今さらどうしようもない。

杉の幹が垂直に並んで昼でも暗い林の脇を過ぎ、田んぼの端を流れている小川の橋を渡る。山の際に出ると、峰から冷たい風が吹き下ろしてきてざわざわと樹木が揺れた。それが何だか人の声のようで美和は耳をふさぎたくなった。

どうしたのだろう。また敏感になっているのだろうか。

美和は憂鬱になる。先日見たおかしな人影のことを思い出してしまう。

不思議な街と奇妙な人影、けれど美和はなぜかあの影たちのことを不快だとも怖ろしいとも思わなかった。むしろある種の懐かしささえ感じたのだ。生前の祖父に漠然と感じていたような——。

とはいうものの、自分が幻覚を見ていたのかもしれないという考えは気分を沈ませた。自分は病気なのかもしれない。また精神科の病院に行って、薬を貰うなり治療を始めるなりしなければいけないのかもしれない。兄に言えば、きっとそう命じる。

幻覚を見る前は、空気が張り詰めたようになり、風景が鮮やかに見えることに気づいていた。物音までが金属的な倍音を伴って耳のなかで響く。それから頭の輪を締め付けられるような頭痛が来る。

美和は歩きながらそっと身内の様子をうかがってみたが、そのような徴候は感じられなかった。少しだけほっとする。

道は長い坂道にかかっていた。

片側は大きな竹藪《たけやぶ》で、根本にまだらに雪が残っている。

坂はだらだらと続き、その先は山の襞《ひだ》に消えていた。山容はどっしりと暗く、だから聳《そび》え立つ大きな闇の中央に向かって足を引きずりながら登っているように感じられた。

それが急なカーブを曲がると緋色の鮮やかな色彩が飛び込んできた。暗い緑色の背の高い生垣のあちこちに飛沫《しぶき》を散らしたように緋色の椿《つばき》の花がついている。

どうしても聞き取ることのできなかった陵木の言葉は〈椿屋敷〉だったのかと思い当たった。〈椿屋敷のスズコさん〉に本を渡すこと。

やがて生垣越しに建物の屋根が見えてきた。どうやら二階建てのようだ。明かりの消えた暗い窓の内側に青白い顔があるのに気がついて美和は足を止めた。まだ小学生のように見える女の子。その口が不意に耳まで裂けると、見られたと気がついたのか窓際から退きすっと闇に溶けた。

屋根はあるが小ぶりの門をくぐり小砂利の敷かれたアプローチを進む。左側に大きな庭がある様子だが、それよりも隣の山がのしかかってくるような家だった。山襞で樹木が揺れ、数羽の鴉《からす》が枝から枝へ飛び移っているのが見える。

インターフォンに触れる前に扉が開き、品の良さそうな初老の女性が出てきた。

「本を持ってきてくださったのね。どうぞ」

この人がスズコなのかと思った美和は鞄から本を取り出した。

「これです」

しかし女性は「直接渡してください」と言うと上がり框《がまち》にスリッパを並べた。

「さあ、おあがりになって」

廊下は長く、空気は冷たく鎮まっていた。どこからも人の立てる物音が聞こえてこない。こんな家に暮らすのは寂しいだろうと美和は思った。

案内されたのは四方を襖《ふすま》で囲われた二十畳はありそうな部屋だった。畳に直接色褪せた絨毯《じゅうたん》が敷いてある。中華風の机の向こうにいた女がすらりと立ち上がった。美しいがどこか陰がある。彼女は本を受け取ると、ありがとう、と微笑んで向かいのソファに座るよう手振りで促した。美和は早く退去したかったが、中身を検める必要があるのかもしれないと思うと帰れない。ソファに浅く腰を下ろした。女はしばらくぱらぱらとページをめくっていたが、ふっと顔をあげた。切れ長の目が強く光った。

「これが何の本だかわかる？」

美和は首を横に振った。

「外国の本だとしか」

「千夜一夜物語。聞いたことあるでしょう？」

名前くらいなら知っています、と言おうとしたとき、襖が開いて先ほどの女性が入ってきた。盆に飲み物を載せている。女性は静かにソファの近くのサイドテーブルに茶器を置いた。奇妙な匂いのする飲み物だった。薬臭いが珍しい茶のようにも思える。それでも胃の腑《ふ》に液体が落ちていくと体の芯《しん》がふんわりと温かくなった。

　初老の女性が下がると女は先を続けた。

「千年以上前にペルシアで語られていた物語をもとに、何百年もかけてアラビアやエジプトの物語を吸収してどんどん大きくなっていったのが千夜一夜物語なの。それも外に出回ることはなく、家のなかでひっそりと語られる物語だった。そうしたシリアに伝わっていた部分的な写本をヨーロッパ人が買い求め、残酷でエロチックな物語集として出版したのね。それが大人気になってしまったものだから、いろんなヨーロッパ人が乗り込んでいって写本を買い漁り、それらを継ぎ接ぎしたり、勝手に創作したり、それにアラビアの人たちも様々な偽写本を作って売り捌《さば》いたりしたものだから、もう何が本当の千夜一夜物語なのか誰にもわからなくなってしまった。そういう曰《いわ》く付きの物語」

　若い女は手に持っていた本を美和にも見えるように持ち上げた。

「これもそうしたものの一冊。百年とちょっと前にフランスで出たもの」

「千夜一夜物語の本を集めているのですか」

「そうね。珍しいものがあったら取っておいてちょうだいって陵木さんにお願いしているの」

　女は立ち上がり、大きなテーブルを大股に回って美和の隣に腰を下ろした。

　スカートの裾からのぞいたすねやくるぶしを見てなんて細いのだろうと美和は感嘆した。

彼女は美和の顔を覗き込むようにしながら尋ねた。

「この物語がどのように始まるか知っている？」

美和は首を横に振った。

「あるとても力のある王様がいてね、自分の妻が奴隷《どれい》と不貞を働いていたことを知ってしまうの。それで女性を憎むようになった王様は、毎晩国から処女の女性を探してきては交わり、事を終えると首を刎《は》ねてしまう。当然国中が恐怖に襲われる。王の大臣の娘シェヘラザードは、父に頼んで自分を王に差し出させる。そして最初の夜、交わりの後で一緒に連れてきた妹のドーニャザードが姉に夜明けまでおもしろいお話をしてくれるようせがむ。そしてシェヘラザードは物語を語り、その続きを聞きたいばかりに王は彼女を殺すのを思いとどまる」

「それは聞いたことがあります。その繰り返しが幾晩も続くんですね」

「そう」と彼女は微笑んだ。「それが千一夜続くの。最後に王はシェヘラザードを正式な妃にしてめでたしめでたし。だけどわたしは初めてそれを知ったときに、おかしな話だと思った。今でも思っている。王がこれまでさんざん殺してきた処女の娘たちはどうなったの」

「どうなったって、どういうことですか」と美和は見つめかえした。女の唇は笑みの形に歪んでいるけど目は笑っていない。

「シェヘラザードはどうして娘たちの復讐《ふくしゅう》をしなかったの。彼女ならそれができたのに。

傍《かたわ》らには妹だっていた。彼女は王をベッドの上で殺すべきだったのよ」

「でも――」美和は戸惑った。「そうしたら物語が終わってしまいます」

「そうすればシェヘラザードもドーニャザードも何重もの物語のなかに閉じ込められずに済んだ」

この人は何を言っているのだろう。美和は困惑して女の様子をうかがった。彼女は立ち上がると再び元いた机の向こうに戻る。額にかかった前髪を払い、また美和に微笑んでみせる。何もかも演劇の一部であるように完璧に統御されている。

「あなた、何か見たんでしょ？　あの場所で」

その言葉に美和は反射的に首を横に振る。それから一拍遅れて思う。見た？　何を？　あの場所とは？

女はじっとこちらを見つめている。

「隠さなくてもいいのよ。わたしたちはそういうことには慣れているの」

わたしたち、とは誰だろうと思うが、美和は何も言わないでじっとしている。余計なことを言わない方がいいとこれまでの経験から知っている。

女は目を逸らした。これまで三十前後に見えていた姿が急に老けて見えた。女は少し声を低めて言った。わたしも一つ、物語をしていいかな。かわいそうな女の子の話。そして返事を待たずに話し出した。

一人の寂しい女の子がいた。彼女はまるで海のなかの離れ小島のような孤立した小さな場所で育ち、そして彼女の周りの人たちは普通の人とはどこか変わっていた。眉がなかったり、目が見えなかったり、手首がねじれていたり。みんな病気だったの。だけど本当にみんなを苦しめていたのは病気そのものより、世の中の人たちが病人たちをみる視線だった。病人たちは無理やりその場所に閉じ込められていた。人々の前に姿をあらわして人々を戸惑わせたり恐れさせたりすることのないように。

「その子も病気だったんですか」と美和は尋ねた。

　ううん、と女は否定する。

　その子の父親が病気だったの。母親もそうだった。父親は大きな家に生まれ、本当だったら豊かな暮らしができた人だったけど、病気になったので家の恥ということでその場所に連れてこられた。母親はもともとちょっと頭がおかしいと思われていた。女の子はその場所で生まれたの。

　やがてその子が大きくなってくると周りの人たちはその子が特別な能力を持っていると気がついた。彼女がお話をすると本当のことになった。あるいは周りが本当のことになったと思い込んだ。

　やがて母親が亡くなった。それから父親も死んだ。

　それからその女の子は親戚に引き取られた。でもお話を続けなければいけなかった。お話を続けなければ捨てられてしまうと思った。シェヘラザードと同じ、お話を続けなければ結局死ぬことになる。

女はそこまで言って言葉を切った。いつ次の言葉が出てくるのか、美和は息を詰めて待ったが、いつまで経っても女はうつむいたまま、手に持った本の表紙を撫《な》でている。あたかもそうすることで、本の内側に閉じ込められてしまった女たちを解放できると思っているようだった。ついに痺れを切らして美和は尋ねた。

「そのあと、女の子はどうなったんですか」

女は物憂げに顔をあげると、ぽつんと言った。

「千夜一夜どころではなく、何年も何年もずっとお話を続けた」

美和はなんだか急にこの部屋にいるのが嫌になった。もうずいぶん時間が経ってしまった。外はすっかり夜だろう。

「すみません。わたし、もう帰らなくては」

女はうなずくと立ち上がった。

「本を持ってきてくれてありがとう。またいらっしゃい。わたしは大間知《おおまち》珠寸子《すずこ》。珠という字に小さいという意味の寸という文字をつけて珠寸子」と宙に字を書いてみせる。

「わたしは滴原美和です」

美和は差し出された珠寸子の右手を握る。ひどく華奢《きゃしゃ》で冷たい手だと思う。

「あなたの名前は知っています。新聞社のサイトで知って、すぐに調べたの」

珠寸子は机の上にあった灰色のボタンを押した。

「今、お手伝いの小山《こやま》さんを呼びました。玄関まで案内します」

美和はうなずき、返事はしないまま立って廊下に出た。最後に振り返ると、襖の開いた空間の内側に珠寸子がかっちりと嵌《は》め込まれて見えた。

暗くて肌寒い廊下を歩いていると小山がやってきて寄り添った。

「ご自宅まで車でお送りいたします」

「でも」

「そのように命じられております」

ブルーの大きな車に乗り込むと、運転席の大柄な男が軽く頭を下げた。美和はとりあえず陵木の古本屋までの道筋を告げる。そこからは自分で歩くつもりだった。

車中、男は一度も口を開かなかった。白髪を短く刈り上げた五十がらみの男だが、シャツ越しにも肩の肉ががっしりと盛り上がっているのがわかる。美和はどこか不思議な気持ちでヘッドライトの白い光に浮かび上がる夜のアスファルトを眺めていた。古本屋を出てからの時間がすべて夢のように感じられる。車通りの少ない道路を走っているときに、向かいをのろのろと走っていた車がヘッドライトを点滅させた。

「すみません。止めてください」

向こうの車からあわてて降りてきたのは陵木だった。

「よかった。帰りが遅いみたいだから気になって……」

陵木の手放しの喜びようがかえって奇妙に感じられた。

運転手に礼を言うと、男は軽く会釈しただけで車をUターンさせて椿屋敷に帰っていった。陵木は自分の車の横で相変わらずよかったよかったと繰り返し、口から白い息を立ち上らせている。夜空から舞ってきた雪が陵木の髪のない頭に落ちて震えている。

　車を発進させると陵木は口数が減った。

「どうだった、あの人」

「あの人って、珠寸子さんという人のことですか」

「そう。珠寸子さん。元気だった？」

「そうですね。普段のことはわからないから、なんとも言えないけど……。陵木さんはあの人と古くからの知り合いなんですか」

「うん。珠寸子さんがそれこそまだ美和ちゃんくらいの年だったころから。彼女がこの町に来たばかりのころ」

　美和はびっくりして、この町の人じゃないんですか、と聞いた。椿屋敷はずいぶん年季の入った建物だったからだ。大間知珠寸子はあの屋敷で生まれ、それ以来ずっとあの畳に直接古さびた絨毯を敷いた奥の間に陣取っている。いつのまにかそう思っていた。

「大間知の家は七重の名家でね、江戸時代は旅の俳人などが逗留《とうりゅう》したものらしいけど。珠寸子さんは違うんだ。彼女は養子としてあそこに来たから」

「そうですか。珠寸子さんという人は誰とあそこに住んでるんですか。ちょっと人里離れていて不便ですよね」

「お手伝いさんは住み込みなのかな」と陵木は首をかしげる。「あと、今の男が買い物などをしているんじゃないかな」

　それならば日常の用は足りるということだろう。けれども家族でもないものが肩を寄せ合って営む生活がどのようなものなのか、美和にはうまく想像できなかった。

　あの家に立ちこめているひっそりとした気配はそのせいなのだろうか。家具も調度も値ははるのかもしれないがみな古びていてどこかちぐはぐだった。暦通りに流れていく日々そのものに埃《ほこり》がかぶっているような、時間がぐるぐるとずっと同じ場所で渦を巻いているような。それにあの二階の人影――。

　美和はあの白い顔をした少女のように窓にそっと額を押しつけた。硬いガラス越しに夜気の冷たさが伝わってくる。

4

　体育館のような広々とした空間に数十人の男女が集められている。小学三年生くらいの年齢の子から三十代に見える男性までいる。一番多いのは中高生だろうか。ニスを塗られた木製の床がスニーカーの下でキュッキュッと高い音を立てる。

　不自由な体の隣には必ずそうではない体が寄り添っている。ある体は他の体を両手で支えて垂直の姿勢を維持しようとし、ある体はゆっくりと床を這っている体をじっと見下ろしている。

屋内の全体にかすかな汗の臭いが立ちこめている。空調が機能していないのだろうか。少し暑い。

浩明は自分の足元の不自由な体を見下ろす。向こうも首を捻じ曲げて浩明を見て顔を歪める。笑っているのだ。背中がのけぞり、右膝が不規則に床を叩く。

浩明は相手の胴に腕をかけて体の向きを変えようとする。相手のスウェットは脇の下が汗でじっとり湿っている。

浩明はふと相手の肩甲骨《けんこうこつ》に両手を乗せ、思い切り体重をかけてみる。相手がくすぐったがっているかのように体を震わせ、必死で両肘を上下させる。なんとか彼の腕から逃れようとしているのだ。浩明も笑って、ほら、逃げてみろよ、と声をかける。ゼイゼイという喘《あえ》ぎ声。心臓の鼓動が速くなっていく。浩明は不意に怖くなって力を緩める。こわばり、痙攣《けいれん》さえ始めていた手の下の身体が安心したようにくつろぎ、柔らかな流体となって床に広がる。芋虫が、と彼は毒づく。気がつくと隣で母親が痩せた体を二つに折るようにして髪を振り乱して泣いている。もうここに通って何年にもなるのに、あんたはいつまでもそんな具合で。浩明はとつぜん忿怒《ふんぬ》に襲われる。母さんがそうやって泣いたところで何にも解決しないんだよ、母さんはいつもそうやって事態をややこしくする——。

浩明は自分がベッドの上で膝を抱えるようにして横たわっていることに気がついた。

心臓が高鳴り、背中にびっしょりと冷たい汗をかいている。

また嫌な夢を見てしまった。本当にあったことではないけれど、現実のピースが幾つもはめ込まれている。

彼は起き上がり、枕元のティッシュで首回りの汗をぬぐった。昨夜は就寝前にもウイスキーを飲んでしまったせいで首を振るだけで頭が痛む。

時計を見てあわてて立ち上がる。今日は仙台出張だった。しかもその前に県警本部に顔を出さなければならない。

歯を磨きながら昨夜のことを思い出して苦いものが込み上げてくるのを呑みこんだ。

県警まで車で五分、シートベルトを締めたところでスマホを確かめると、絵美からラインが届いていた。〈悪いけど、あたしの分も出張申請出しておいてほしい。駅で合流する〉

午前九時を過ぎた刑事部のフロアは人もまばらだった。朝の捜査会議が終わってもデスクでうだうだしているものは給料泥棒と罵《ののし》られても仕方がない。行くあてがあるものもないものも、聞き込みの割り当てがあるものもないものも、まずは路上に出て考える。捜査員の仕事はそこからだ、と浩明も着任早々そう叩き込まれた。仙台に行く新幹線の発車は九時五十分、駅までは歩いて十五分、そろそろ出た方がいいだろう。

「おい、麻戸、電話だ。そっちに回すぞ」

声が飛んだのは二課のデスクからだった。同時に鳴り出した電話の受話器を取って耳にあてる。

〈市役所の都市計画局に行ってみろ〉

「は？」

〈七重の都市計画局に行ってみろよ、あの建物のこと調べてんだろ〉

それだけ言って電話は切れた。浩明は受話器を持ったまま数秒立ち尽くしてから我に返って二課に大声で問いかけた。

「今の電話、どこからですか？」

「刑事部直通でかかってきて、麻戸さんいますかって言うからそっちに回したんだよ」

「通信指令課経由ではないですね」

「そうだよ、なんだった？」

「なんでもないです」

彼はカバンを持って立ち上がった。県警のホームページを見れば各部門の電話番号は載っているから一一〇番経由でなくても不思議はない。しかしなぜ自分なのか。都市計画局とは？

彼は駅に向かいながら情報提供者になりそうな知り合いの顔を一人一人思い浮かべてみたがどうにもピンと来るものはなかった。もしこの事件が裏社会と繋《つな》がっているのならば、例えばマルゲンの関係者などからタレコミがある可能性は除外できない。しかしそれならば七重署に電話する方が自然ではないか。捜査本部はそちらにあり、浩明だって普段はそちらに詰めているのだから。

新幹線のシートに腰を下ろしてもまだ絵美は現れなかった。ラインを確認するが連絡はない。アナウンスとともに車輌が動き出し、結局乗れなかったかと落胆した瞬間に扉が開いて絵美が入ってきた。駆けてきたのかもしれない。額には汗まで滲《にじ》んでいる。やれやれという感じで隣のシートに腰を下ろした絵美に聞いてみる。

「娘さん、大変なんですか」

「熱が下がらないんだよな、九度四分」

「それは厳しいですね」

「母親拝み倒して仕事休んでもらったけどさ」

絵美の母親もシングルマザーだと聞いたことはある。保険の営業員をして絵美を育て上げたとのことだが、絵美との関係は必ずしも良くないらしい。しかし母親と一緒に暮らしていなければ刑事という仕事をしながら子供を育てることなど不可能だろう。

看病疲れなのか、絵美は目を閉じて静かな寝息をたて始めた。窓の向こうを風のように流れ過ぎていく雪化粧の施された田園風景を眺めながら、浩明はいつまで絵美とこのようなペアを組んでいられるだろうかと思った。

四十分ほどで仙台に到着し、二人はまっすぐ宮城県警に向かった。受付で話をすると、すでに斗南に職務質問した警官が来て待っているということで、浩明たちは恐縮しながら指定された会議室へ向かった。

入り口に若い刑事が立っており、斎藤《さいとう》です、と挨拶をした。中では五十代と三十代に見える二人の警官が敬礼をして浩明たちを迎えた。

警官たちの名前はそれぞれ多羅尾《たらお》と溝口《みぞぐち》といった。多羅尾が交番勤務で溝口が交通課だと言う。

「斗南は仙台で車上生活を送っていたんですよね。それがいつごろからいつまでかわかりますか。主な移動範囲は。車種やどのような暮らしだったかも」

絵美の性急な質問に、まず口を開いたのは交通課の溝口だった。

「車種は白のカローラ、十五年くらい前のものだと思います。こちらにナンバーが記してあります」と手帳の付《ふ》箋《せん》の貼ってあったページを開いた。斗南昭三という名前と生年月日などが走り書きで記されている。

「場所はどこだったんですか」

「広瀬《ひろせ》川《がわ》のスロープですね。あまり車の通らない道路があるのですが、その日は花火大会があってたくさん見物客が出て、それでその車が交通の邪魔になっていると苦情があって出動したんです。ええと、一昨年の八月五日ですね」

「結局一年半くらい車上生活してたんじゃないですかね。一昨年の春から去年の前半まで」と多羅尾が口を挟む。

浩明はその言葉を手帳に書き留めながら、もう一度溝口に問いかけた。

「その花火大会のときの斗南の様子はどんなでしたか」

「最初は窓を固く閉めきって応答しようとしなかったんですが、何度も呼びかけたら諦めて質問に応じました。アパートの家賃が払えなくなって半年くらい前から車で生活していると言ってましたね。後部座席に毛布や鍋、ガスコンロなどが積んでありました。お風呂などはときどき銭湯に行っていたようです」

「雰囲気はどうでしたか。つまり……絶望したり自棄《やけ》になったりはしていませんでしたか」と浩明が口を挟んだ。

若い溝口は、しばらく首をひねり、記憶をたどる様子を見せてから口を開いた。

「そうですね。やっぱりずいぶんつっけんどんな感じはありましたね。でも今思えばかなりへこたれていたのかもしれませんね。自分のことはあまり語りたくないという雰囲気でした。まあ車上生活者はだいたいそうですが」

「それで、職質の後は」

「パトカーで先導して人のあまりいないところまで誘導しましたよ。それからは見ていません」

「じゃあ、次に多羅尾巡査、お願いします」

いかにも実直そうなベテラン警官といった雰囲気の多羅尾は、言葉ひとつひとつを選ぶようにして話し出した。

「わたしは仙台駅の東口交番というところに勤務しているんですが、すぐ近くに大きな駐車場があるんですわ。それでまあ、斗南の車が度々そこに停まっていてですね、それで何度か話したことがある程度です」

「何度か？　職質は一度ということでしたが」と絵美が反応した。

「ああ、いや、きちんと質問したのは一度きりです。ただ通りすがりに、元気か、とか体壊してないか、とか声かけくらいはしていました」

「なるほど。ずっとその駐車場にいたのですか？」

「いや、いたりいなかったりですね。後でご案内しますけど、その駐車場にいる車上生活者は斗南だけではなかったです。いつも数人いて、まあそれでやっぱり苦情が来るものだから、そういうときは行って注意するんですな。しばらくどっか他のところに行ってろって。ただ他にも居づらくてそのうち戻ってくる。それで苦情が来るまではしばらく放っておく。その繰り返しですね」

　絵美がこちらを向いて言う。「その車上生活の仲間に聞いたら何かわかるかもしれないな」

「うーん、それはどうでしょうなあ」と多羅尾が言った。「車上生活者というのはプライドが高いのか、あまりお互い同士で接触しようとしないんですよ。もっと助け合ったらいいと思うんだけど、できるだけ避けようとするんですな。そこがホームレスと違うところだね。同じ駐車場にいるのに、目に入らないようにする」

　なるほど、浩明にはなんとなくわかる気がする。車上生活者は自家用車という最後の財産にしがみつくことで、自分がまだギリギリ社会から零《こぼ》れ落ちていないと思い込みたい人たちなのかもしれない。まだ所有物がある、ホームレスではない。そう言い聞かせている人間にとって、自分と同じ境遇の人間を見るのは現実を突きつけられるようで辛すぎるのではないだろうか。

「生活費をどのように捻出していたのかわかりますか」と絵美が尋ねた。

「仕事があるかぎりは日雇いに出ていたみたいですね。だから携帯の料金は払っていると言っていた。でも年が年だから現場の後片付けとかそんなのだったらしいです」

「そうだ。職質で建設会社の名前が出てきたとか」

「そうそう。忘れるところでした。これです」と多羅尾は社名が書かれたメモを差し出した。〈仙台市若林《わかばやし》区　光岡《みつおか》産業〉とある。

「以前はここに勤めていたと言ってました。そこを解雇されて車上生活という流れのようです」

「これ頂いていいですか」と絵美はそのメモを自分のポケットにしまった。

「じゃあ、そろそろ行きましょうか。斗南がいた川べりまでご案内します」と溝口が立ち上がった。

「じゃあ、わたしは交番に戻りますんでまた後で来てください。駐車場は目と鼻の先ですから」と多羅尾も腰をあげる。

溝口のパトカーに同乗して連れてこられた広瀬川の川べりは、岸辺にこんもりと盛り上がる樹木と市街地の高層ビルとの対比が美しい一角だった。盛岡市の中央にも北上《きたかみ》川が流れているが、大きなビルが少ない分そうした対比には乏しい。

「この場所に斗南が車を停めていたんです」とパトカーを降りた溝口がガードレールの傍を指差した。「今は皆枯れてしまいましたが、夏は夏草が生い茂ってましてね、風通しのいい日陰になっていました。夏は車内も四十度超えますからね」

冬に見るとその場所はなんの変哲もない道端に過ぎない。先ほどから一人も人が通らないので、目撃証言を取るのも難しそうだ。

結局何の収穫もなく引き上げたあと、今度は多羅尾に案内されて斗南がいたという大規模駐車場に向かう。ここですと紹介された場所は、駅のすぐ近くという利便性の良さからかすでに七割がた車で埋まっていた。

「ほら、あそこに車上生活している人がいますね、ああ、向こうにも」

一応念のため、窓ガラス越しに斗南の写真を見せて、見たことがないか尋ねたが、いずれも知らないとにべもなかった。多羅尾が勤務の都合があるのでと交番へ戻ったあと、浩明と絵美は途方に暮れて顔を見合わせた。今夜一晩は仙台に泊まれるが、明日には岩手に戻らなければならない。何一つ収穫のないまま、捜査本部に顔を出すのは気が重かった。

「光岡産業に賭《か》けるしかないな」と冷麺《れいめん》を啜りながら絵美が言う。何も真冬に冷麺にしなくてもと思ったが、どうしてもと絵美が粘ったのだった。時刻は二時を過ぎたところだった。

「そういえばさっき、多羅尾さんが声を潜めてさ、麻戸巡査長のあの髪型は岩手県警では問題にならないのかだって」と言われて思わずむせてしまう。

光岡産業は工場の並ぶ郊外の一角に小さなプレハブの事務所を構えていた。隣の空き地には泥だらけのユンボとトラックが停めてある。

玄関のベルを鳴らすと出てきたのは五十がらみの作業着の男だった。突き出された警察手帳に最初は目を白黒させていたが、斗南昭三という男のことを聞きにきたと言うと事務所に招き入れられた。

粗末な応接セットで日本茶を出される。社長だという光岡弘《ひろし》は渡された写真をしげしげと眺め、「ううん、確かに見覚えはあるけれどはっきりとは……」と曖昧《あいまい》なことを言った。

「おたくの社員じゃなかったんですか」

「社員といってもうちは人を集めて現場に送りこむだけだからねえ」

「現場というのは……」

「福島の除染作業ですよ。今でも続いてんの。畑や水路の土を表面だけユンボで削り取って、大きな袋に詰めてく。草木を刈り取ったり根っこを掘り起こしたりしなきゃいけないから人手はいくらあっても足りない。そんなに技術はいらないけど、きりがないからね、東北中から作業員集めてますよ。健康だったら年齢も不問だし、宿舎も食事もついているから悪い仕事じゃないよ」

「斗南の就業記録を見せてもらえますか」

光岡は十五分ほどファイリングされた書類を繰っていたが、やがて「ああ、これこれ」と言って一枚の用紙を差し出した。書類のほとんどの欄が無記入で、生年月日と自署があるくらいだ。車上生活以前の住所くらいわかるのではないかと思っていた浩明はがっかりした。

結局判明したのは、斗南が七ヶ月除染作業に従事していたということくらいだった。本人はもっと続けたがっていたが最後は腰を痛めて退職したという。無口な老人で宿舎でもあまり人と交わらなかったらしい。

事務所を出てタクシーを待つあいだ、浩明はぼんやりと晴れ渡った空を眺めた。つねに視界のどこかに山が見えている岩手と違い、海近くのこの場所では空間がどこまでものびやかに広がっていくように思える。

絵美は隣で母親と話しているようだった。娘の千佳が高熱のうわごとで、ママはいつ帰ってくるのとしきりに繰り返すらしい。電話を切った絵美の顔は暗かった。ろくに成果もないし、こんなことなら仙台出張などするんじゃなかったと思っているのかもしれない。

再び絵美のスマホが鳴り出した。まだ何かあるの？　と言いかけた絵美が言葉を呑み込むのを浩明は見ていた。職場の誰かが相手だと気づく。絵美の表情が怒りに満ちたものになる。

「あたしたちは通常の捜査をしているだけですが」と絵美は切口上で述べた。「それはこちらの知ったことではありません。だいたいそんな情報知らされてないし」

しばらく彼女はいらいらした表情で電話に耳を傾けていた。それからついに堪忍袋の緒が切れたように「それはそっちで勝手にしたらいいんじゃないですか」と吐き捨てて乱暴に通話を切った。

「案の定、マルゲンのことで二課と組織犯罪対策課が文句言ってきた」と苛立ちの収まらぬ口調で言う。

「昨日のことですか」

浩明は聞き返した。確かにマルゲンの事務所に直接乗り込んでいったにしろ、それほど危ない橋を渡ったとは思っていない。大体、これといった情報は得られなかったのだ。斗南はマルゲンの提携している不動産屋にふらりと現れて一軒家の賃貸契約を結んだ。ただそれだけだ。同時にルーエのカウンターにいた久保正志のことが頭をかすめたが、これは絵美に告白する気持ちにはなれなかった。

「半年くらい前から二課と組織犯罪対策課が共同して大規模な内偵をかけていたらしい。よほど大きな案件なのかな」

浩明は肩をすくめた。

「僕らにはどうにもわからないことですね」

同じ署内でも部署が違えば互いが何をしているかなどわからない。それどころか同じ捜査本部の内部でも、幹部にならなければすべての情報を把握することなど不可能なのだ。

「七重署に谷って太っちょがいるだろう。今、岸田と組んでいるやつ」

とつぜん絵美が文脈のはっきりしないことを言い出した。

「今の電話、谷だったんですか」

「いや、そうじゃないんだけど、あいつは昨年まで組織犯罪対策課にいたらしい。今でも繋がってんじゃないかとあたしは思っている。あいつが署内であたしの悪口を吹聴しているらしい」

「マジですか」と浩明は顔をしかめた。谷の一見人の良さそうな福々しい顔が思い浮かぶ。しかし捜査員というのはいつでも手柄を競い合っているものだ。それは隙あらば引き摺《ず》り落としてやろうというのと同じであり、猟犬たちのどうしようもない習性だ。

続いて中堅捜査員である岸田の怜悧な顔立ちが浮かび、彼だってわかったものじゃないと思う。

しかし香田が社長を務めるマルゲンがそれほど問題のある企業ならますます斗南との関係も調べ上げるべきではないか。ふと、何か伝え忘れていることがあると思ったが、とつぜんクラクションが鳴って思考の糸は途切れた。電話で呼んだタクシーがようやくやってきたのだった。

その晩は二人で現状を検討した。斗南についてわかっていることとして、三年前に除染作業員、一昨年の春先から車上生活、そして今年七月ごろ、車上生活を切り上げて七重に移住している。そのどこかで百万円近くの金を得ている。

金の出所として考えられるのは犯罪グループだが、オレオレ詐欺の出し子程度では手に入らない額だろう。しかし他に車上生活をしているヨレヨレの老人が他にできそうなものは思いつかない。

「実は若いころに鳴らした凄腕《すごうで》の金庫破りとか」と言うと「映画じゃねえんだよ」と絵美に鼻で笑われた。闇金、臓器売買なども考えたが、一文無しの老人に金を貸すプロはいないだろうし、体に手術痕があれば当然検視官が気づいている。

もうひとつ辿れる筋としてあるのは彼が暮らしていた白のカローラの行方《ゆくえ》。十五年ものの上、生活の痕跡が残っていたとなると売っても数万円だろうが、一応追いかけてみる必要はある。溝口から提供されたナンバーを報告してナシ割り班が担当することになるだろう。谷や岸田に活躍のチャンスを与えるのは癪《しゃく》に障るがこればかりは仕方がなかった。

もう今日はこれで終わりにしようと立ち上がりかけたとき、絵美が、そういえば、と呟いた。

「さっき、二課がちらりと言ってたんだけど、新聞記者が麻戸を捜してうろうろしていたらしいぞ。仙台出張だと言ったら、また来ますと言ってたって」

「新聞記者？」浩明は首をかしげた。「サツ回りにしても何で自分なんです」

「さあな、記者とあんまり仲良くすんのも考えもんだぞ。利用するつもりで利用されるからな」

「わかってます。気をつけます」

その夜、ビジネスホテルのシングルルームで、自分で苦労して前髪を切りそろえたあと、浩明はベッドに横たわりこれからどうしたものかと考えた。帰りの新幹線のチケットは一三時三十二分、つまり実質使えるのは午前中だけだ。だが出張前にあてにしていた筋は全部切れてしまった。あとはもう一度宮城県警にお邪魔して過去の犯罪記録をあたるくらいしか……。

そこまで思って浩明は不意に上半身を起こした。車上生活者がだめならホームレスはどうだろうか？

使い捨てカイロ二百個入りの段ボール箱はさすがに持ち重りがした。朝一で借りたレンタカーでホームセンターに駆けつけ、まだ営業時間ではないと渋る従業員を急かして買い込んだものだ。昨日はそれほど目につかなかったが、そのつもりで見ると、長い河原の所々にブルーシートの張られた簡易住居があり、この季節にはさぞや辛いだろうと思わざるを得なかった。

七輪で朝飯を作っている髭面の男に、警察手帳の代わりに使い捨てカイロを五枚揃えて差し出す。男の目がこちらを向いたところで、写真を見せ、悪いけどこの爺さんを見た覚えはないかな、と尋ねる。怯えたように顔を背けるものもあれば、警戒の眼差《まなざ》しで体をひいて身構えるものもあった。けれども大半は意外なほど協力的で、写真を受け取っては矯《た》めつ眇《すが》めつし、年はいくつか、やはりビニールシート仲間かと尋ね返し、挙句の果てに周囲の仲間たちを呼び集めて、おい、この顔を知らないかなどと尋ね回るものも多かった。

そんな具合に川沿いのブルーシート集落を五つ回り、時計の針も十一時をさしてやはり空振りだったかと諦めかけたころ、色落ちのしたセーターを何枚も重ね着している男が「ああ、こいつなら知ってるよ」と返答した。

「本当ですか」

「ああ、一度車のなかでウンウン唸ってんのを見かけてよ。どうしたんだって聞くと、すごい熱なんだ。それで俺の薬を分けてやってよ、一晩看病してやったんだ」

そう言うと男は一度自分の段ボールハウスの内側に引っ込んですぐに救急箱を持って現れた。

「ほら、俺、いろんな薬をこうやって集めてんだ。いつ病気になるかわかんねえからよ」

プラスチックの救急箱は、紙箱に入っているもの、入っていないもの、色も形も様々な錠剤で溢れかえっていた。頭痛薬、風邪薬、胃腸薬、どう考えても必要ない生理痛の薬まで……。

「ここから解熱剤をやってよ。それで車の中じゃどうしても狭いんで、俺ん家連れてきて寝かしてな。いつだったか、まだ暑い盛りだったな。たぶん九月くらいだ」

「つまり、斗南はここに寝ていたわけですか。どれくらい？」と浩明は男のすぐ後ろの段ボールハウスの中を覗き込んだ。中には窓が切ってあるらしく、決して薄暗くはなくて、むしろブルーシートの透過光がちんまりとした空間を満たしている。毛布が数枚畳んで隅に置かれ、向かいに小鍋とポケットティッシュなどが積んである。

「一晩で出てったよ。だけどその前にちょっぴり話をしたな」

「どんなことを話したの」

絵美が体を乗り出して尋ねる。

「そうだったなあ。なにせ切れ切れの話だからなあ。問わず語りってやつだよ。まあいろんなことが思い出されてきたんだろうな。ぽつりぽつりとね」

「どんな内容でもいいんです。覚えているかぎりのことを全部教えてください」

「仙台に来る前には東京にいたって言っていたな。ずいぶんといろんな仕事を転々としたらしい。最初は故郷の療養所にいたんだそうだ。だけどそこで何かまずいことがあってな、それで故郷を離れたんだそうだ」

「療養所？」

「ああ、何の療養所かは言わなかったけどな。子供のときは鉱山にいたそうだよ。なんつったけな。石とか何とか」

「岩下鉱山」と絵美が助け舟を出すと、「おお、そうだ、そうだ」と男はうなずいた。

「家族がそこで働いていたんだと。だけど不況になってな。それで一家離散って笑ってたな」

浩明は絵美の横顔を盗み見た。彼女は今にも喰《く》いつきそうな顔つきで男の話を聞いている。

「それで？　他にはどんなことを言ってました？」

「そうだなあ。ちょっと待ってくれ。ああ、そうだ。一度だけ古い知り合いの女がここまで訪ねてきたと言ってたぞ。なんか、東京でばったり会ってな、女の住所だけ聞いていたらしいんだな。それであの爺さんも寂しくなることがあったんだろうな。その知り合いの女に葉書を出したんだと。今じゃ車で暮らしてるってな。そうしたらその女がわざわざ会いにきてくれたんだと。泣かせる話だよなあ」と男は自分までしんみりした顔で言う。

　浩明と絵美は顔を見合わせた。何日間も鑑を洗って、初めて出てきた太い人間関係だ。浩明は興奮を抑えきれない口調で聞く。

「その女のことは他になんと言ってましたか。名前は？　昔一緒に暮らしていたとか言いませんでしたか」

「いや、大したこと言っちゃいねえよ。こっちだって根掘り葉掘りは聞かねえや。いくらか年下だとは言ってたけど、名前は聞かなかった。ほら、東京タワーじゃなくて、あれだ、スカイツリー。スカイツリーのよく見える土地でスナックやってるって言ってたよ。そんぐらいわかってればあんたたち、調べられるんじゃないの」

　思わず落胆のため息が漏れる。東京の東半分なら、どこからだってスカイツリーは見える。このおっさんは知らないのだろうけど――。

　男は浩明の表情からがっかりさせたと感じ取ったようだった。申し訳ないと思ったのか、いきなり浩明の服装を褒めはじめた。

「刑事の兄ちゃん、あんたおしゃれだな。そのジャンパー、トラックの運ちゃんみたいでかっこいいよ。それにその髪、俺雑誌拾いやってるときに見たから知ってるよ。それアシンメトリーって言うんだろ」

　隣で絵美が噴き出すのが聞こえる。

「アシンメトリーは良かったね」と帰りの新幹線でも絵美はまだ笑っていた。

「やっぱまだ変ですかね。気をつけて切ったつもりなんですけど」と浩明は前髪をいじりながら聞いた。

「昨日まで右側が変に短かったのに、今は左だけ短くなってるからな」

ホームレスから木《き》村《むら》太《た》一《いち》という名前を聞き出したとき、浩明は彼らを匿名の集団としてしか眺めてこなかったと気づいた。念のため連絡先を要望すると、ここに来れば会えるさ、動いていなければな、と笑った。

しかしそれだけ言うと、絵美はあまり喋らずに車窓を眺めるだけになった。岩下鉱山と祖父のことを考えているのだろうかと浩明は想像した。絵美の祖父も、そしておそらくは斗南の家族も、産業構造の変化に押し出されて故郷を捨てたものたちなのだ。

「川野さんはどうして警官になったんですか」

思い立って浩明が尋ねると、絵美は訝しげな顔をした。

「どうしてそんなこと知りたいんだよ」

「あまりそういうこと言わないから、知りたいなと思って」

絵美はまたしばらく窓の外を黙って眺めていたが、やがて浩明に顔は向けないまま口を開いた。

「あたしはずいぶんグレてたんだよ。笑っちゃうけどレディースまでやってたんだぜ。もう二十年前だな」

「当時はたくさんいたんですか」

「いたいた。ビビアンとか狂夜とかいろんなレディースのグループがいてさ。夜中に国道四号をぶっ飛ばしていた」

「それがどうして警察に」

「十五のときなんだけど、夏に岩手と青森と秋田の暴走族が集合する大規模な暴走があってそれに参加したんだよ。だけど警察の方でも手ぐすね引いて待ち構えていて、百台近いパトカーと機動隊まで繰り出してさ、二時間近く追跡劇があって、結局一網打尽。で、そんとき警察の追い込みのあまりの凄《すさ》まじさに感動しちゃってさ。すげえなと素直に思った。国家ってのはこんなことまでできるんだなって。それでどうせなら力のある方につきたいと思ったんだよ。あたしたちみたいな貧乏人の小娘がどんな人生歩むかはさんざん見てきたからさ、叩かれる釘になるよりかは叩く金槌《かなづち》になりたいと思った。まあそんなわけでヤンキーを卒業したあとは、ミニパトで駐禁切符を切るところから始めて、ここまで来たわけだ」

　絵美はいつものように驚くほどあけすけだった。しかし彼女の表情は冴えなかった。自《じ》嘲《ちょう》めいた笑みが浮かぶ。

「しかし、十七年間必死で歯を食いしばってやってきたけど、意味あったんかと思うときはあるな。警察は強大な組織かもしれないけど、あたしたちはそのなかのただの駒《こま》だろ。自分たちに力があるわけじゃない」

「そんなこと言ったって、川野さんは出世頭じゃないですか。捜査一課唯一の女性捜査員ということも含めて」

「それがまた面倒臭いんだよ。目の敵《かたき》にするやつも応援してるとかいうやつも」

そう言って彼女はまたぷいと窓の方を向いてしまった。

盛岡に着く間際になって、浩明はずっと伝え忘れていたことを思い出した。タレコミとも言えないような得体の知れない電話でほとんど意識にのぼることもなかったのだ。

「昨日の朝、変な電話があったんです。若い男の声で、七重市役所の都市計画局に行ってみろって」

「都市計画局？　どういう意味だ」

「斗南が死んだ家が市の建設計画に関わっているということなんでしょうか」

「調べる価値はありそうだ」と絵美は呟いて、頬杖をついた。彼女の頭のなかではマルゲンやら香田やら、挙句は二課と組織犯罪対策課のイチャモンまでが都市計画と絡まるか絡まないか検討が行われているのだろうが、浩明の目に映ったのは流れてゆく速度がだんだん緩慢《かんまん》になっていく車窓の風景ばかりだった。

　二人は駅から市役所に直行した。七重市役所は町から市への昇格に合わせて一年前に竣《しゅん》工《こう》したばかりというピカピカの建物だったが、内部にはあまり人気がなく、妙にがらんとして感じられた。器だけ先にできて、まだ人員の補充が追いついていないのかもしれない。今回の事件のために七重にやってきたときも感じたことだが、町の中央部には背の高いマンションが立ち、洒落《しゃれ》たカフェや雑貨屋なども周囲にできている。浩明の記憶では七重は典型的な過疎の町だったのにいつのまにか再開発が進んでいる印象だった。何か他にはない財源でもあるのだろうかと首をひねる。大規模工場の誘致に成功したというような話も聞かないが——。

受付で事情を説明するとしばらく待たされて、やがて小さな会議室に案内された。すぐにまだ若い部下を従えた四十代の職員が現れた。

どうも、と渡された名刺にはそれぞれ〈都市計画局　整備課　課長代理　鈴木俊直〉〈整備課　淡路大翔〉とある。

「それで、刑事さんたちがどのような御用でしょうか」と年上の鈴木《すずき》が愛想よく言う。

「七重の蓮台小《こ》字《あざ》一四の住宅で起きた殺人事件の捜査をしています。この土地が市で策定中の都市計画と関わりがあるという情報がありまして、詳しいところを伺いにまいりました」

「殺人事件？」

鈴木は目を丸くした。そういえばそんなことあったっけなと記憶を探っている表情だ。

「斗南昭三という老人が首を絞められて殺害されています。物盗り、通りすがりの者の犯行、あらゆる可能性を念頭において捜査を進めていますが、怨恨の線が一番強いのではないのかというのが現状での判断です」

「はあ、なるほど」と鈴木の反応は悠長なものだった。それが自分たちと何の関係があるのかわからないのだろう。「市としてもご協力したいのは山々ですが、どうにも要点を掴みかねて……」

「先ほど策定中の都市計画と関わりがあるか伺いたいと言いましたよね」と絵美がぴしゃりと言った。「道路の建設予定、用地買収計画、産業団地の建設、そうしたものに蓮台小字一四が被《かぶ》っていないか知りたいのです」

「そう言われましてもねえ」と鈴木は揉み手をしながら笑みを浮かべた。どのように答えたら事を穏便に収められるか考えているのだろう。「まだ正式発表になっていないプランに関しては外に出せない決まりになっているんですよ。おわかりかと思いますが、大きな金額が動くこともございますのでね。建設会社の方からなんとか少しでもとお願いされることもありますが、情報を漏らすことは決してありません」

「同じ官公庁同士でもですか」

「そうですねえ。決して市役所の外には出さないというのがルールです」

「そうですか」と絵美も微笑んでみせながら、斗南の住居が写った写真を懐《ふところ》から取り出した。「そういうしっかりしたポリシーを持っておられると七重市民も安心ですね。それでは代わりにあたしの方からささやかな情報を提供して差し上げます。こちらの家ですが、土地・建物の所有者はマルゲンという市内の不動産関係の会社です。ところがこの会社はおそらく課長代理も名前はご存知の広域暴力団の三次組織と密接な関係が疑われておりまして、もし万が一、市の計画によって利益を得るようなことがあったら大変なことになると思いますが――」

「ちょ、ちょっと待ってください」と鈴木の態度が一変した。「そんなこと言われても困ります。市とそのマルゲンとやらの関わりはわからないわけですから。わたしもそんな名前聞いたことございませんし。憶測で発言されても困ってしまいます」

「そうですよね。ですから、ここで一度その辺りをわたしどもの前で御確認いただきたいと申しているわけです。そういえば暴力団ということでいえば、三年前にもおたくの課長さんだか係長さんだかが、暴力団主催のゴルフコンペに参加したということで問題になったことがありましたよね。市議会でも議論になったと記憶していますが。ちょうどあたしにも市議の知り合いがいましてね、彼女に情報を提供して調べてもらってもいいかもしれないな」

鈴木が大慌てで椅子から立ち上がった。

「すみません。上のものと相談してまいりますので、しばらくお待ち願います」

そう言って大急ぎで鈴木が出ていったあと、会議室には若い男が残された。それまでは上司の横で目立たぬよううなずいているだけだったが、今は絵美と浩明の視線を集めることになって緊張の面持ちで俯いている。

絵美が机に置いていた名刺を取り上げた。

「淡路《あわじ》さん、これ下の名前はなんて読むの」

「ヒロトです」

「ふうん、淡路ヒロトさん、あなたは市役所に入って何年めになるんですか」

「二、二年目です」

「ずっと都市計画局？」

「そ、そうです。主に道路と上下水道の計画・管理を担当しています」

絵美の目が輝いた。

「へえ、あなたが担当しているような計画書・図面類はどこに保管しているの」

「地下二階にファイル室がありまして全部そこに保管されています」

ふうっと絵美は大きく息をつき、手のひらで顔を扇いだ。

「何だか暑いな。麻戸、喉渇かないか？」

浩明はすぐに返事をした。

「そうですね。暖房がずいぶんきいているせいか僕も喉がカラカラです。お茶か何か飲みたいですね」

「お、お茶を淹れてまいります」と言って淡路が会議室から出ていった。

絵美がハッと鼻で笑った。

「見ろよ、このスマホ」

淡路が座っていたところに、時計がわりに出していたスマホが置きっ放しになっている。

待ち受け画面はまだ十代に見える三人の女の子が華やかな衣装で踊っている写真だった。

「まったく日本の男どもは何でみんなロリコンになっちゃったんだよ。麻戸は大丈夫か」

浩明は苦笑した。「いやいや、僕は別にこういうのに興味ないですよ」

「そうじゃねえよ。このスマホであの若造揺さぶってやるからよ、うまく話合わせろよ」

「了解です」

トレイに湯呑みを載せて淡路が戻ってくると、絵美は早速スマホの話を始めた。

「この女の子たち可愛いですね。アイドルグループですか」

淡路は湯気の立つお茶をテーブルに置いているところだったが、趣味の話を振られて安心したのか、ほっと息をついた。

「ええ、そうなんです。最近デビューしたばかりなんですけど応援してあげたいなと思って」

「へえ、みんな初々しいですよね。この子たち幾つくらいなんですか」

「え、えーと、十七、十六の子もいたかな……」

「じゃあ女子高生か。あたしにも小学生の娘がいるんですけどね、将来はアイドルになりたいって。そんなにいいのかなあ、アイドル」

そう言いながら絵美は淡路のスマホに手を伸ばした。驚いて淡路が取り上げようとするが、一瞬だけ絵美の方が素早かった。

「麻戸、証拠保全しておいて」

「はい」と浩明は自分のスマホで淡路の待ち受け画面を撮影した。

「児童ポルノ法における児童って何歳までだっけ？」

「児童買春・児童ポルノ禁止法における児童の定義は満十八歳に満たないものであります」

「単純所持の罰則《ばっそく》は？」

「児童の姿態が記録された写真や電磁的記録を性的好奇心を満たすために自らの意思で所持した場合、一年以下の懲役《ちょうえき》か百万円以下の罰金となっています」

浩明は昇任試験のために眺めていた参考書を思い出しながら暗唱する。細かな部分に誤りがあるかもしれないがまあいいだろう。

絵美は取り上げたスマホを顔に近づけてまじまじと眺めた。

「これ、もしかしてパンツ見えてないか？」

浩明も顔を近づけた。

「ほんとだ、パンツが見えてるような気がしますね」

「見えてる見えてる、これきっとパンツ見えてるよ」

淡路は真っ青な顔をして小刻みに震えている。

「お願いです。スマホ返してください。すぐにデータ消しますから。お願いですから逮捕しないでください」

「どうしようか」と逮捕という言葉に噴き出しそうになりながら絵美が浩明に視線を投げた。

「さっき言っていた地下のファイル室から資料を持ってきてもらうというのはどうですか」

「ああ、それはいい。捜査にご協力いただければ小さなことは不問といたします」

淡路が膝をガクガクさせながら出ていったあと、浩明は絵美に言った。

「さすがにちょっとやりすぎだったかもしれませんね。あんなんでは逮捕されないなんて、ちょっと調べればわかっちゃいますよ」

「そうだなあ。あとでうまくフォローできないか」

「いや、そんな簡単には」

やがて淡路が抱えて戻ってきた数冊の大判ファイルをめくっていた絵美が大きな声をあげた。

「ほら、ちょうどあの建物のところを大型道路が通る予定になっている」

見ると市の中心部を迂回して四車線の道路が山際に沿って走っており、斗南の家のあるところで向きを変え、山地に食い込むように延びているのだった。浩明はただちにそれを写真に収めながら、何のためにこんな大規模な道路が必要なのだろうと不思議に思った。この先にあるのはせいぜい廃墟と化した岩下鉱山くらいではないか。

「ちょっと、勝手に何をしているんです」

悲鳴のような声に顔をあげると、先ほどの鈴木課長代理が戸口のところで顔を真っ赤にして立っていた。淡路の方は会議室の隅で消えてしまいたいというように頭《こうべ》を垂れている。

「おい、淡路くん、何を勝手に資料を持ち出しているんだ」と鈴木が声を張り上げるのを絵美は、まあまあ、となだめるそぶりをした。

「おかげさまで、捜査に大変有用な情報を入手することができました。ご協力、心より感謝いたします」と敬礼までしてみせる。

「あと、二、三枚写真を撮らせていただくだけですから。それが終わったら退散いたします」

浩明が合図をすると、絵美は満面の笑みを披露しつつ立ち上がった。浩明もそのあとに続き、淡路の肩に手をかけると、「さっきのデータ、きちんと消しておきますから、大丈夫ですよ」と囁いてから廊下へ出た。

浩明たちが摑んだ情報の大きさは、その夜の捜査会議で、斗南の住居が道路の建設予定地だったと報告した瞬間、捜査員たちが小さく一斉にどよめいたことでも実感できた。それぞれの相棒と囁きあっている彼らの声を浩明は心地よく受け止めた。

建設予定地にあるボロ家に居住実績を作るために雇われた車上生活者、これが新たに浮かび上がってきた斗南昭三の像だった。ここからどういうことが考えられるか、水木に指名されて二課での経験の長い捜査員が解説を買って出た。その男の仮説によれば、すべての絵図を描いたのはマルゲン。マルゲンの思惑は、まず半年から一年程度斗南を居住させて既成事実を作ること。いずれ土地と建物の名義は斗南に移し、マルゲンがさらに抵当権を設定すれば、権利関係の入り組んだ土地取得の交渉は長引き、市から結構な額の補償金を受け取ることができる。この仮説の魅力は、これなら斗南が支払った敷金・礼金、毎月の家賃はすべて形だけになり、その金がどこから出てきたかの問題が霧消することだ。マルゲンは毎月雀《すずめ》の涙ほどの生活費を渡してやるだけで、いずれは数千万単位の金を手に入れられる。

「その分け前のことで揉めたという可能性は考えられるな」と江口が締めくくった。

「マルゲンの香田を引っ張りますか」と声が飛ぶ。

「そうだな」課長の水木が顎を撫でた。「いずれそうすることになるだろうが、もっと外堀を埋めてからだ」

浩明は捜査員たちを見回して、谷がどことなく不服そうな顔をしているのに気がついた。そういえば彼は組織犯罪対策課が長かったと絵美が言っていたことを思い出す。

会議終了後、絵美と浩明は水木にあらためて仙台出張の成果を報告し、「よくやった」というねぎらいの言葉を得た。絵美はまだ熱を出している娘が気になる様子で早々に帰り支度を始め、浩明の方はどこかで一杯やっていこうかと迷っていた。

人気のない廊下を一人で歩いていると、向こうから谷がやってきた。

お疲れさまですと頭を下げたところで、谷の方から体を寄せて囁いた。

「あんたらがやってることはピント外れだ。捜査をおかしな方向に誘導している」

浩明は面食らって、相手の顔を見つめ直した。はりつけたような笑みを浮かべているものの、目の光はじっとり粘っている。

「何を証拠にそう言うんですか。イチャモンつけるんだったら、自分でもネタとってきてくださいよ」

谷は失笑した。

「マルゲンはなあ、ヤクザはヤクザでも経済ヤクザなんだよ。金で揉めたとしても、数日間拘束して絞殺なんて荒っぽいことができるわけがない」

「ヤクザじゃなきゃますますできませんよ、そんなこと」

「大体殺しちまったら金取れねえだろうが。こっちはもう何年もマルゲンに張り付いてんだよ」

「それなら率先してマルゲン締め上げてくださいよ。聞いてればさっきから水を差すようなことばかり。もうあんたも組織犯罪対策課の人間じゃないんだから、いつまでもマル暴ぶってんじゃないよ」

「なんだ、おまえ、それが年長者に対する口のきき方か」

「そっちこそ先輩なら先輩らしくしたらどうなんだ」

「てめえ、あの女の尻にくっついて調子に乗ってんじゃねえか」

今にもつかみかかってきそうな勢いの谷を浩明は力ずくで押しのけた。

「あんたこそ人がいなくなってから絡むんじゃなくて捜査会議で異議を唱えろよ」

「バカが。おまえら、そのうち政治家が口を出してくるってわかってんのか」

浩明は無視してさっさと歩き出した。谷は追いかけてくるかと思ったが、チッと舌打ちをしてもう一度ひと睨みしたきりだった。

角を折れ、谷の姿が見えなくなっても、いつになく声を荒らげてしまったせいか浩明の昂りはなかなか収まらなかった。興奮した顔を署内の人間に晒《さら》すのが嫌で、エレベーターは使わずに寒々とした階段をわざと乱暴に音を立てて降りた。足音が響き渡り、埃が舞い上がる。それから浩明は踊り場ではっと立ち止まった。

市役所からマルゲンに道路計画の情報漏洩《ろうえい》があったことを証明しなければ、先ほどの捜査会議での見立ては水の泡となる。だが細かな金の流れを追いかけたり、暴力団から情報をとったりするのは二課と組織犯罪対策課の専売特許であり、要は彼らの協力がなければこちらは何もできないだろうということだ。その意味で、組織犯罪対策課をバックにした谷との諍《いさか》いは得策ではないのかもしれなかった。それに市役所のなかにいるマルゲンの協力者を炙《あぶ》り出すのだって簡単だとは思えない。さっき谷が言っていた政治家の口出しというのもその局面ではリアリティがあるのかもしれなかった。市政のスキャンダルを喜ぶ勢力、反発する勢力は幾らでもいるだろうが、そのことが捜査に複雑な歪みをもたらさないとどうして言える。

「畜生、面倒くせえなあ」思わず独り言が漏れる。

自分は政治のことなどわからない。市役所や県庁内部の権力闘争などには一ミリも興味がない。自分が知っているのは、掛け声に合わせて力一杯ボートを漕ぐことと、幾らかの心理学の知識、交番にやってきた人間や夜中に徘徊《はいかい》しているものたちに、あるいは担当する事件と関わりがありそうな人物に、問いを投げては返事に耳を傾け、場合によっては供述を引き出す術《すべ》くらいだ。なんだかひどく厄介なところにはまり込んでしまった気がして、彼は一階ホールに続く鉄の扉を乱暴に押し開けた。

「どうでした市役所、やはりあの場所には道路が通るわけですよね」

背後から低い声で話しかけられたとき、浩明はまだ苛立ちのなかにいた。思わず、「それがどうした？」と言いかけ、それからあわてて相手の顔を確かめた。

以前署の駐車場で浩明たちの写真を撮った記者の梶田が、性懲《しょうこ》りもなく狡賢《ずるがしこ》い笑みを浮かべている。

「ビンゴ！　ですかね……」

なぜこの男がそのことを知っているのか、それがわからず浩明は動転した。つい数時間前に浩明と絵美が探り出し、捜査会議で口にするまで同僚たちだって知らなかった情報。それをどうして地方紙の記者が。

しかし梶田は「じゃ、書かせてもらいます」と言ったきり、身を翻して歩き出していた。

「ちょっと待った」浩明がそう呼びかけても、肩ひとつ揺らすことなく、夜の町へと飛び出していく――。


翌日の朝早く、浩明は県警本部に顔を出すように要請された。憂鬱な気持ちでスーツに袖を通し、ネクタイを締める。

捜査一課を覗くとすでに絵美が浮かない顔で自分の席に座っている。浩明は挨拶をして尋ねた。

「千佳ちゃん、どうですか。熱、下がりました？」

「うん、だいたいいいみたい。明日からは学校行けるかな。ありがとう」

そこへ課長の安藤が現れて二人についてくるように目顔で合図した。浩明はため息をついて立ち上がった。

安藤がノックしたのは、刑事部の部長である杉田《すぎた》の部屋だった。すぐに「どうぞ」と返事があり、安藤は一礼して中に踏み込む。

部屋の中央にある大きなデスクに新聞を置いて杉田警部はそれを眺めていた。部屋の敷居に直立不動で立っている浩明たちを手招きする。

「ではまず弁解から聞こうか。誰からかね」

「麻戸巡査長からが適当かと思います」と物柔らかに安藤が言う。

急に発言を求められて浩明は硬直した。デスクの上の一面には〈殺害現場となった敷地に大規模な道路計画〉と見出しが躍る。浩明も朝起きてすぐコンビニに走って内容を確認したが、言葉ばかり派手で内容の薄い記事だと思った。大抵の購読者には何が問題なのかすら要点がつかめず、今後贈収賄にでも発展しなければ関心を惹くような内容ではないだろう。地方政界のことは皆目わからないながら、一般読者よりも特定の勢力に目配せを送っている、そのように思えてならなかった。しかしそれはそれとして捜査本部の情報が発表前にマスコミに漏れたという事実は変わらず、その責は誰かが負わなければならないのだった。

「どうした、麻戸。何も言えないのか」

「わたしは事の経緯を詳しく承知しておりません」

「しかし昨晩君がこの『みちのく日日』の記者と接触していたという証言がある。ちがうかね」

「いえ、あくまでわたしから望んで接触したわけではなく、いわゆる夜討ち朝駆けの類であります。わたしはただ一方的に話しかけられただけです」

警察回りの記者たちは、有力なネタを摑むとその裏をとるために捜査員たちに接触する。仕事に出かける前、あるいは仕事を終えて気の緩んだときに急襲し、自分の持っているネタをぶつけて反応を探る。とっさに話しかけて目が泳がないか、口ごもらないか、失笑が浮かばないか、そうした事柄からネタの信憑《しんぴょう》性を判断する。

「しかしそれで君はノーコメントを貫けなかったのではないか」

「いえ、ですから……」

浩明が言葉につまったところで安藤課長が助け舟を出した。

「麻戸はまだ捜査員としての経験が浅いですから、とっさにうまく対応することができなかったのだろうと思います。麻戸から積極的に情報提供したわけではないとすれば、致し方ない部分はあります」

ふむ、と杉田は鼻を鳴らした。

「では情報はどのように新聞社に渡ったのだと思うかね」

「市役所サイドからのリークという線も考えられます。警察に知られたことを知った関係者が自分からマスコミに伝えるなど」

「そうかもしれない。しかし問題はそれだけではないのだよ」と杉田は今度は絵美に視線を向けた。

「君たち二人で昨日だいぶ強引な捜査をしたみたいではないか。市役所の方から強硬な抗議が来ている。市長もずいぶんおかんむりのようだ。実際若い職員が一人休職願を出したそうだ」

　絵美が小さく身じろぎするのが見えた。

「なんでもその若い職員に、上長の許可なく資料を持ってこいと麻戸巡査長が命令したそうじゃないか」

　待ってください、と浩明は口を挟みそうになった。確かに自分はそのようなことを口にしたかもしれないが、それは絵美が示唆《しさ》したからで、全体の流れを作ったのは絵美だ。

　彼は絵美の横顔を見つめた。しかし彼女は唇を強く噛み締めたまま何も言わない。

「どうした、麻戸。弁解しないのか」

「いえ、捜査に必要なことをしただけだと思っております」と彼は低い声で言った。

「しかしもう少し穏便なやり方があったのではないかね」

「そうかもしれません」彼は拳《こぶし》にぎゅっと力を込めた。

「どうしたものだろうか」この問いは安藤に向けられたものだった。安藤は落ち着いて「数日間の謹慎《きんしん》ではいかがでしょうか」と答えた。

「そうだね」と杉田はデスクの新聞を素早く折りたたむとそのまま脇のゴミ箱に放った。

首尾よく新聞紙はゴミ箱のなかに収まった。

「では、麻戸巡査長を二週間の自宅謹慎とする」

「川野巡査部長はいかがいたしましょう」

「譴責《けんせき》とする。明日までに始末書をわたし宛に提出するように」

「了解いたしました」

「ちょっと待ってください。自宅謹慎が解けたらまた今の捜査に戻れるのでしょうか」と浩明は尋ねた。これだけは聞いておかなければという気持ちだった。

「戻りたいのかね。斗南昭三の事件に」

「戻りたいです」

しばらく安藤と視線を合わせたあと、杉田は静かに言った。

「その件については追って検討するとしよう」

捜査一課の部屋に戻り、警察手帳と手錠をデスクの鍵のかかる引き出しにしまう。そのほか、自分に配付された捜査資料を持ち出したかったが、見つかれば叱責されることは目に見えていた。

数メートル先では絵美がどこかぐずぐずと出る準備をしていた。彼女はこれからいつものように七重の捜査本部に向かうのだろう。そろそろ朝の捜査会議が終わり各人自分の持ち場に急いでいる時間だ。

それじゃと言って彼がフロアから出ていこうとしたとき、絵美が何かを言おうとするのがわかった。しかし浩明は顔をそむけ、立ち止まらずに目の前の扉を押した。

それから三日の間、浩明は自分の部屋から出ることなく朝から酒を飲んで過ごした。アルコールと食物が切れると、マンションの階下のコンビニに行っておにぎりやカップ麺などを手当たり次第にカゴに放り込んで精算した。ビールでは酔うことができないので、ジンとウォッカを買い込んだ。そのコンビニは前身が酒屋だったから、たっぷり一棚分色々な種類のボトルが並んでおり、その点で不自由することはなかった。

繰り返し考えたのは今ごろ谷は笑いが止まらないだろうということだった。七重署のエントランスホールで浩明がみちのく日日の記者に声をかけられたのを谷は見ていたのではないだろうか。そして情報を漏らしたのはあいつだとご注進に及んだのだ。今度谷と顔を合わせたら問答無用で殴ってやると決意する。

深夜に思いついてみちのく日日に電話をして、梶田という記者を出すように要求した。電話を受けた相手はあからさまに迷惑そうで、梶田は今社内にいないと言った。

「じゃあ、帰ってくるんですか」

「わかりません」

「明日になれば出社しますか」

「するとは思いますが必ずとは言えません」

本当かと疑ったがどうしようもなかった。きっとろれつの回らない口調の深夜の電話を病的なクレーマーとみなしたのだろう。しかし当たらずといえども遠からずかもしれない。

事実浩明は梶田が出たら不満をぶちまけてやるつもりだったのだから。

　この三日間酒を飲んでいるときも、酔いつぶれてベッドに突っ伏しているときも、自分がずっと電話を意識していたことにふと気がついた。どうしてだろうと自問してすぐに答えが出た。電話が鳴るのを待っていたのだ。絵美からの電話、慰めの、あるいは謝罪の電話。しかし電話は一度も鳴らなかった。

　自分一人が謹慎となったことに浩明は納得していなかった。いや、二人とも重い処罰を受けるより、どちらかでも捜査本部に足がかりを持っていた方がいいかもしれない。しかし謹慎が解けて、捜査本部に復帰できたとして、わだかまりなく絵美と仕事ができるかと考えれば、できないと答えるしかなかった。自分は裏切られた、切り捨てられた、そういう気持ちがどうしても湧いてきてしまう。

　しかしある意味では自業自得なのかもしれないと考えてみる。浩明自身が絵美の強引で力ずくの捜査手法につねづね感嘆と懸念の両方を感じてきたのだ。こんなやり方を続けていたらいつか指弾されることになる。これまでにだって何度もそう感じたではないか。

　川野絵美という有能な先輩刑事に憧れ、そのスキルを学んで身につけたいと思っていたのに嘘はない。しかし同時にやがて時限爆弾が爆発するだろうから巻き添えになる前に距離を置きたいと考えてもいたのだ。たぶんその気持ちは絵美にも伝わっていただろう。だったら、そんな打算的な後輩などこちらから切り捨てるまでだと絵美もひそかに考えていなかったとどうして言える――。

〈どうせなら力のある方につきたいと思ったんだよ。叩かれる釘になるよりかは叩く金槌になりたい〉。数日前に仙台からの新幹線で絵美が口にした台詞がよみがえる。それは誰だってそうではないか。力のある側に立ちたい。力を手に入れたい。力のない、弱いものはあざ笑われ、踏みつけにされ、一方的に搾取されるばかりだからだ。浩明は弟の顔を思い出し、自分で打ち消した。ちがう、弟は弱い人間などではない。むしろ人より強く生きている。

しかし俺が力のある人間なら、二間きりのマンションに閉じこもって、不満と嫉妬《しっと》で泥まみれになったりしていないと浩明は自嘲した。空腹を感じてカップ麺を啜っていたのだが、三分待つだけの気力さえなかったせいでろくに水分を含んでない即席麺はパキパキと口の中で折れた。

絵美も似たようなことを言っていた。警察組織がどれほど強制力を持っていても、それは自分の強さではない。自分など駒に過ぎない。まるで自分はとても弱い人間だというような口調だった。いやそうかもしれない。絵美も自分も上司に一喝《いっかつ》されただけで震え上がってしまうような肝っ玉の小さな人間なのだ。

もし警察を辞めたらどのような仕事口があるだろうか。刑事としての経歴には傷がついてしまった。そしてあらゆる官僚組織の例に漏れず、警察も経歴が物をいう社会だ。どれほどプラスのことを成し遂げたかではなく、何事もそつなく傷つかず切り抜けたものが重宝される。上司の顔を潰さず、組織に損害を与えなかった人間が上に昇っていくのだ。自分はそこで躓《つまず》いてしまったので、今後はずっと巡査長のままかもしれない。刑事部に残ればいい方で、そのうち生活安全課か交通課に回されて、小学校で交通安全教室をしながら定年を迎えるかもしれない。

だからといってどこかの警備会社に就職して誘導棒を振ったり、探偵になって浮気調査をしている未来像も魅力的とは思えなかった。

時計を見る。深夜二時。カーテンが開けっ放しになった窓の向こうは濃紺の闇だ。サッシを開けてベランダに出ると綿シャツ一枚なのですぐさま鳥肌が立つ。浩明は手すりにもたれて夜の街を見下ろした。車が音もなく眼下の道路を走っていく。

ふと斗南が岩手の療養所にいたということを思い出した。ホームレスの木村がそう聞いたということだった。

療養所とはなんだろう。何かの病気だったのだろうか。しかしずいぶん若いころのことらしいが、どうやって調べたらいいのか浩明には見当もつかなかった。半世紀前の医療記録にアクセスする方法なんてあるだろうか。

それから自分はもう斗南の事件の担当者ではないのだと気がついて、膨らみ始めた熱意は急にしぼんだ。寒さのために歯がかちかちと鳴り出す。暖かな室内に戻り、明かりを消して布団にくるまった。

こういう抑うつ気分のときに目を閉じるとよみがえるのは十年近く前のセミナーハウスの光景と相場が決まっていた。浩明は二十一歳、七月終わりのレガッタで格下のチームにまさかの敗退を経験してぽっかりと暇になり、母の代わりに弟のトレーニング合宿に付き添いで来たのだった。河口湖《かわぐちこ》畔《はん》のハウスは宿泊施設とともに、室内スポーツが可能な大きなホールを持ち、普段は大学運動部の利用者で賑《にぎ》わっていた。しかしそのとき施設にいるのは筋骨たくましい若いアスリートではなく、車椅子に乗ったり補助具をつけたりしている脳性まひ者とその近親者だった。

　夏休みのあいだの五日間、近県の脳性まひ患者が集められ、トレーナーの指導のもと専門的なリハビリトレーニングを受けられるというのが謳《うた》い文句だった。十七歳の岳大は四年前から毎夏参加していた。

　今では科学的効果のほどが疑わしいとしてあのような強制的なトレーニングは減少していると聞いている。しかし浩明の家では母親が強固なトレーニング信者だった。岳大は子供のころから毎日のようにリハビリ教室に通い、運動能力を発達させるための訓練を受けていた。小さい岳大は、トレーニングは痛いし疲れるし遊ぶ時間もなくなるとよく泣いて嫌がったが、母親は決して休むことを許さなかった。毎日がんばってトレーニングしたから、一人でご飯も食べれるし、トイレもいけるようになったんだよ、もっとがんばればバスにも電車にも乗れるようになるの。そうでなかったらどうやって生きていくの？　あなたは人とちがう体を持って生まれてきたんだから人よりがんばらないといけないのよ。

　今思えば、母親は過剰に自分を責めていたのだとわかる。身体障害者の息子を産んでしまった責任は自分にある。この自分の体が、なんらかの過ちで息子に障害を与えてしまったのだから、その埋め合わせをしなければいけない。息子のために、そして自分の罪を償うために、たとえ厳しくあたってでも息子を少しでも健常者に近づけなければいけない。

　付き添いはいつも母親だったから、浩明は夏の合宿に来るのは初めてだった。

　岳大を車椅子から抱き上げて、板張りの床に下ろす。補助具を使わずに全身の運動機能を最大限に活動させるというのがトレーナーの主張だった。岳大は慣れた様子で両肘を使って床を這いずっていく。家ではあまり目にする機会のない光景だ。

　二人の周囲には数十の肉体が同じように横たわりバラバラに動き回っている。頭を激しく床に打ち付けているものも、言葉にならない奇声をあげているものもいる。

　身障者には慣れているとはいえ、これだけたくさんの人がいると圧巻だった。

　フロアの前にいる指導者がマイクで大声を出す。最初は首、肩、腕の単位動作訓練です。仰向けに横たわってバンザイをしてみましょう。腕が外に開いてしまわぬように。自分の筋肉の動きを感じてごらん。付き添いの人はそっと手を添えてあげて。

　動作訓練は延々と続けられた。その日岳大は調子が悪かった。午前中の移動で疲れていたのかもしれないし、相手が母親ではなかったので調子が合わなかったのかもしれない。筋肉が緊張してしまい余計なねじれや歪みが取れなかった。腕を上げるべきところで肩が上がる。足を曲げるところで股を開く。腰がねじれ、首が折れ曲がり、普段は問題のない発話までが怪しくなってくる。

　浩明は苛立ち始めた。岳大のやつ、ふざけていやがる。いや、本当は弟は必死になりすぎているのだとわかっていた。無理に力を入れれば入れるほど、体の緊張は高まり、意図とはちがう部分が勝手に反応してしまう。岳大は床に顔を押し付けたままいびつな笑みを浮かべていた。兄さん、うまくいかなくてごめん、表情はそう言っていた。しかしそれさえも浩明を苛立たせた。もしかしたら怒りの対象は岳大ですらなかったのかもしれない。番狂わせだったレガッタ戦、ずっと不真面目だと思っていたチームメイト、大学を出たあとどうしたらいいのかわからない不安。そうしたものすべてが彼の怒りをかきたてているのかもしれない。

　俺は毎日トレーニングしている。大学のジムでトレーニングし、家でも寝る前にトレーニングし、食事はプロテイン中心のメニューを厳密にカロリー計算しながら摂り、学業だって遅れないように頑張っている。それなのにみんな不真面目すぎる。強くなければ生き残れないのだ。努力できるものしか生き延びる資格はないのだ。

　後になって浩明は自分の筋トレへの熱中が弟のリハビリトレーニングの模倣《もほう》であることに気がついた。弟が小さいころからずっと痛みの伴うトレーニングを続けているのだから、自分も体を痛めつけなければならない、無意識にそう考えていたのだと気づいたのは何年も経ってからだ。小さいときから、弟を守らなければならないと思っていた。自分は健康だから、力が強いから、運動が得意だから、弟を助けなければいけない。岳大のモノマネを執拗《しつよう》に繰り返す上級生と取っ組み合いの喧嘩をしたこともあるし、通学路では岳大を指差して笑うやつがいないかいつも目を光らせていた。これでも弟は明るいし、おもしろいし、頭だっていいんだと証明したかった。

　しかしそれは負担でもあった。自分は一生岳大を背負っていかなければならないのか。就職したらどうなるのか。身障者が義弟になっても結婚したいという女性はいるのか。両親が亡くなったあとどうするのか。

　自分の手の下で岳大が低いうめき声をあげていた。あぐらをかいた姿勢で体を二つに折る訓練だった。岳大は肩をいからせて上半身を大きく揺らしていた。何をやってるんだと思った。首の筋がすっかりこわばってしまってびくりびくりと震えている。浩明は思い切り力を込めた。鍛えあげた自分の筋力を忘れ、手加減せずに岳大の肩を押した。岳大は横ざまに倒れ、イタイイタイと叫びながら激しくのたうった。トレーナーが駆けつけてきて、肩の骨が折れていると叫んだ。救急車が呼ばれ、青い作業着を着た救急隊員が岳大を搬送していくまで浩明はだらだら脂汗を流しながら立ちすくんでいた。

　病院に駆けつけた両親の姿を見る前に浩明は病室から姿を消した。あまりに自分が情けなく、居たたまれなくて逃げ出したのだった。どうしても家に帰る気持ちになれなくてネットカフェに寝泊まりして戻ったのは三日後の朝方だった。

　酔いに混濁《こんだく》した切れ切れの眠りを継ぎ合わせて、次に目覚めたのは午前十一時を過ぎたころだった。浩明は久しぶりに家に電話してみようかと思った。今日は週に一度の休診日なので趣味の釣りに出かけていなければ父親も家にいるだろう。

　コール数回で母親が出た。久しぶりじゃない、最近どう、と尋ねるのを、まあ、それなりと適当にいなして、岳大は毎日何やってるの、と聞く。

「どうもこうもないよ。ゲーム、あとなんとかいう韓国のアイドルグループにハマってるみたい」

「まあ、いいんじゃない」と苦笑する。二十代になってから岳大は幾つかの作業所に通ったものの、いずれも合わないと言って半年も経たずにやめている。毎日家でぶらぶらしているだけだが、それでも本人が満足なら構わないと思えるようになったのは、母も自分もここ最近のことだ。

「どうしたの。何か送ってほしいものでもあるの」

「いや、父さんいる？」

「ちょっと待って」

父を待つあいだ浩明は窓際に立って外を眺めた。昨日はただどこまでも暗闇が広がっていた空間が今はちらつく雪によって白く変わっている。

やがてスピーカーから咳き込む声が聞こえてきた。父親の声というのは不思議なものだと思う。母親の言葉がいつも明快な意味と感情を伴って鼓膜に突き刺さってくるのに対して、父親の声はどこか遠くからの倍音とともに響いてくる。

「どうした、何か用か」

無口な父親はそう一言言ったきり言葉を重ねようとはしなかった。

「ああ、ひとつ聞いてみたいことがあってさ」

「なんだ」

「五十年くらい昔、一九七〇年代に療養所に入っていた経験があると言ったら、どのような病気を想像する？」

「仕事と関係があるのか」

「まあ、そうだね」

「療養所か」そう呟いて、父親はしばらく思案しているようだった。「結核じゃないか。ただ七〇年代だったらもう療養所にいる必要はないか……」

浩明は無言のまま次の言葉を待った。電話の受話器を持ったまま、宙空に視線をさまよわせている父親の様子がはっきりと見えた。

「療養所というのは人の耳をはばかっての言い換えで、精神科の閉鎖病棟かもしれないな。だとしたら精神病かアルコール依存症だ」

精神科病院かもしれないというのは、浩明もちらりと考えたことだった。ある時期まで日本の精神科病院は異常なほど閉鎖病棟が多かったということも知識としては知っていた。だがなぜかそれは斗南という男にしっくり来なかった。アルコールに溺《おぼ》れていたという証言も出ていない。

「それくらい？　他にはない？」

「ちょっと待て、そうだな……」

しばらく間が空き、また咳き込む声が聞こえた。

「ハンセン病かもしれないな」

「ハンセン病？」

「知りたかったら自分で調べてみろ。昼飯の準備ができたみたいだからもう切るぞ」

「ああ、ありがとう」

通話を終えてから、パソコンを立ち上げて調べてみる。いきなり異様な風貌の患者の画像が出てきてたじろぐが、しばらくすると昔はらい病と呼ばれていた病気であること、感染症だが感染力は弱く、現在ではほぼ治療できる病であることがわかる。しかしさらに読み進めるうちにこの病気の患者が古来過酷な差別を受け、また近代に入ってからは特定の施設に収監されて自由に外に出られなかったことも理解する。

斗南がハンセン病患者だった可能性はあるだろうか。しばらく考えて、ホームレスの木村の聞いた話では斗南は「まずいことがあって」その療養所を出ていったとなっていたことを思い出した。患者であれば、自由に施設を出ていくことなどできないはずだ。やはり駄目かと思った瞬間、いや、患者ではなくスタッフであれば可能だと気がついた。

もう少し調べてみる価値はある、と市の図書館のサイトを開く。ハンセン病で蔵書検索をすると十数冊の書籍がヒットした。どうせ暇なのだから、数冊借りて読んでみよう。

車で図書館に向かいながら、自分のハンセン病への関心がどこか捜査の常道からそれているとも思ったが、まあいいさと割り切ることにした。父がさっき知りたいなら自分で調べろと言ったとき、そこにはかすかな苛立ちが混じっていた。理由は全然見当がつかないにしろ、自分はそこに反応した。

　五冊の本を借り出し、近くの喫茶店でぱらぱらと眺めているうちに、そのうちの二冊が同じ著者の本であることに気がついた。東城大学社会学部准教授萩原《はぎわら》真弓《まゆみ》。東城大学という名前に聞き覚えはないが、神奈川県にあるらしい。いっそこの専門家に直接斗南が療養所で働いていた可能性について尋ねてみるのもいいかもしれない。もちろん明快な答えは返ってこないだろうが、じかに人に聞いてみることによって見えてくるものがたくさんあると経験上よく知っている。

　電話をすると、さいわいすぐに研究室にいる萩原につながった。

　岩手県警の麻戸と名乗ると、萩原は困惑したのか少し硬い声を出した。

「どのようなご用件でしょう」

「事件の捜査に関わることで、ハンセン病について知りたいのです。特に、五十年ほど前の収容施設のスタッフと患者について」

　萩原はしばらく考えているようだった。

「もう少し具体的に言っていただかないと困りますが、ハンセン病療養所について概説的なことをお話しすることはできます」

「明日伺ってもいいですか」

「明日ですか」

　少し驚いた様子だったが、「午前中であれば空いております」という返事があった。

浩明は明日の午前十一時に大学を訪れることを約束して電話を切った。そして明日までに彼女の著書を読み終えてしまおうと読書に戻った。

しばらくたって気がつくと外はすっかり暗くなり、時計は六時を示していた。さすがに腹が減ったと思い、さらにこうして自然な食欲を感じるのは数日ぶりだと感じた。部屋に引きこもっていたあいだは、空腹は空虚で不快な感覚だった。なんでもいいから腹に収めたいという気持ちと固形物など口にしたくないという感情がぶつかり合って、ジャンクフードを喉に詰め込むばかりだったのだ。

久しぶりにアルコール抜きの食事を済ませ、しばらく歩くことにした。とにかく体を動かしたくなったのだ。北国の冬に野外を歩くものは稀《まれ》だが、浩明はときどき目的もなく外を歩き回ることがあった。転ばぬよう注意をして、靴の下で崩れる雪の感触を確かめる。夕闇のなかから白く彩られた樹木の枝が次々にシルエットを現し、その姿はどこか遠い昔に置き去りにされた死者たちの姿を思わせた。風に吹かれて樹木は身を震わせ、積もった雪が音を立てて落ちてくる。河原は白い絨毯に覆い尽くされたが、水は変わらずに暗く流れている。

歩きながら、東京に行ったら何かわかるだろうかと思う。専門家に会う、ハンセン病について学ぶ。それで斗南昭三という人間についての理解が深まるのか。まったく見当違いのことをやっている可能性は高いのだ。だが、それでもいいのだと浩明は思った。自室に閉じこもって鬱々としているよりずっといい。延々と自分を責めつづける以外のことをしていたい。
自分は捜査をつづけたい。不意にそういう強い感情が突き上げてきて冷たい外気と裏腹に体の内側を熱くする。腹の内側に溢れるのは怒りに似て怒りとはちがうもっとはっきりした願望だった。斗南の事件に関わりたい。これからずっと平の捜査員でも、降格されたってかまわない。ここまで関わった斗南昭三殺害事件のもつれた糸をたどり、なんとか犯人に近づきたい。

明日東京に行ったら足掻《あが》けるだけ足掻いてみようと決意する。東京スカイツリーの見えるスナックの経営者、そんなもの何の手がかりにもならないが無駄足を承知で探してみよう。勝手なことをするなと上から叱責されても、自分の手柄にならなくてもいい。

白い息を吐きつつ家に戻ってから、車に乗って県警本部に向かった。

目的は自分のデスクにしまってある警察手帳。東京で独自捜査をつづけるためにはやはり捜査員の身分を証明するものが欲しい。

一階のエントラスを入るとき、警備に当たっていた当直の警官が軽く頭を下げた。顔くらいならお互いに見知っているが彼は自分が謹慎中であることまでは知らないのだろう。人に会う可能性のあるエレベーターを避けて、階段を上って行く。夜遅いせいで幸い捜査一課のフロアに人影はなかった。浩明は手早く自分の机から警察手帳を取り出した。ポケットにしまおうとしたときに、「おい、麻戸、何やってんだよ」と後ろから声をかけられた。

振り返ると戸口のところに同僚の岸田が立っていた。トイレに行っていたのか、ハンカチで手を拭《ふ》いている。

答えずにいると、岸田ははあ、と鼻を鳴らした。

「警察手帳か。一人で勝手に捜査を続けるつもりか。言っておくけどな、勤務時間外に警察手帳を持ち歩いているのは問題だぜ」

そんなことは言われないでもわかっていた。拳銃や警棒同様、警察手帳は警官の装備として厳重な管理体制下にあることになっている。言うまでもなく、プライベートでの職権乱用や気の緩みによる紛失、盗難を防ぐためだ。

浩明はとっさに何も言い返すことができなかった。こうして深夜にこっそりと手帳を取りに来ているということ自体が自分の疚《やま》しさを雄弁に証言している。彼はあきらめ、手帳をデスクの天板に置いて、手を放した。尻尾を巻いて帰るつもりだった。岸田はその手帳を取り上げてから薄い笑みを浮かべた。

「まあ、待てよ」と岸田は浩明に呼びかけた。「何かあてがあるのか。手繰《たぐ》れそうなネタがあるわけか」

岸田はネタを欲しがっている、ということはつまり捜査はうまく進展していないということだと直感が走った。この数日間、捜査本部のことは何度も考えた。どのような報告がなされ、どのような手がかりが発見され、それらにどのような角度から分析や解釈が披露されたか、知ることができるなら一年分のボーナスくらい投げ出しても構わないと思ったほどだ。

　しかし岸田の態度を見るかぎり、犯人逮捕の目処《めど》は立っていないらしい。でなければ、脱落した新米刑事から何か引き出してやろうなんて思わないだろう。

「そちらの方で何か新発見はなかったんですか」と浩明は聞き返した。何か言い返さなければ、一方的に押し捲《まく》られてしまうという危機感からだった。

「捜査情報を部外者に漏らすことはできないだろう」と岸田は薄笑いのまま答えた。浩明に対するあからさまな挑発であり、マウンティングだった。捜査からはずされているかぎり、浩明が情報を差し出すことはあっても、その反対はない。自分の立場をわきまえろ、という意味だった。

「自動車の件はどうなったんです」と突っ込んでみる。軽いジャブのつもりだったが、意外なほどの反応があった。岸田は一瞬目を見開き、「どうしてそれを……」と呟いたのだ。浩明としては自分と絵美とが仙台で拾ってきた、斗南が以前白のカローラに乗っていたという情報について言ったのだったが、岸田はちがうように受け取ったらしい。

「おまえ、川野と連絡取り合ってるな」

　浩明は肯定も否定もせず、岸田の目をじっと見つめた。自分が絵美とつるんでいると思いたいなら思わせておけばいい。そちらの方がうまく岸田を牽制《けんせい》できる。

「自動車の方、進展ないんですね」と探りを入れてみる。

「ああ」と岸田はあきらめたように言った。「結局どれほど聞き込みをつづけても新たな目撃情報は出てこない。暗い色のセダンなんていくらでもあるし、そもそもあそこはほとんど人通りがないからな。森のなかに隠してしまえば、道路からはまず目に留まらない」

どういうことなのか、浩明は忙しく頭を巡らせた。森というのが斗南の家の裏手の森のことなら、あそこに誰かが車を停めていたのが目撃されたということなのか。もしそうなら、それは犯人、あるいはその関係者の車の可能性が高い。犯人も、あの家まで車でやってきたと考える方が自然だからだ。つまりその車の特定は直接犯人につながる重要な手がかりなわけで、その報を聞いたとき、さぞや捜査本部は沸き立ったにちがいない。だがそこで手がかりは切れてしまった——。

「ハンターの和型さんには聞いてみました？」

浩明自身が話を聞いた男の名前を出したのは、家の裏手の森ならば和型の通り道だと思ったからだった。

「ああ、聞いたよ。だが彼が通ったときにはそんな車はなかったそうだ」と答えてから、つい話しすぎたと思ったのか、岸田は表情を引き締めた。

「それで、そちらの持ちネタを話してもらおうか。さもなければ……」

さもなければひそかに警察手帳を持ち出そうとしていたことを上司に告げ口するということか。浩明は何を話し、何を話すべきではないか計算した。はっきり言って岸田と取引できるだけの情報など持っていない。ただ〈療養所〉という言葉を頼りに自腹で関東まで足を伸ばそうとしているだけだ。けれども今はさぞ有力な手がかりを握っているような顔をしてみせなければならない。

「斗南は若いころ、ある療養所に勤めていた可能性があります」

「療養所？　何の療養所だ」

「それは言えません。もう少しはっきりしたら話してもいい」

岸田はしばらく浩明のことをじろじろ眺めながら、どうしたものかと考えているようだった。浩明を蹴落とすのと、味方につけるのとどちらが得か思案しているのだろう。

「麻戸さ、おまえもう川野とコンビを解消しろ」

その言葉は不意に投げられた石の礫《つぶて》のようだった。解消しろも何も、漫才師じゃあるまいし自分たちで選んで組んでいるわけではない。刑事は通常二人組で行動するが、その組み合わせを決めるのは上司だった。とはいうものの、実際には誰と誰が組むかは暗黙の了解があり、息の合うペアを無理に離したりはしない。

岸田と組んでいる谷が悪口を吹聴していると絵美が憤慨していたことを思い出す。岸田もまた絵美の活躍を快く思っていない一人だったのだろう。浩明の返答を待たず岸田は言葉を重ねた。

「おまえの方でもし何か進展があったら、川野じゃなくて俺に言えよ。俺の方からうまく水木課長にあげてやるし、おまえが捜査に戻れるよう頼んでやる。川野を経由するよりいいだろう？」

浩明は逡巡した。確かに仮に役に立つ情報を摑んだとしても、今の浩明にはそれを組織捜査につなげる方法がないのだった。岸田は勘違いしているようだが絵美と連絡を取っているわけでもない以上、情報は浩明ひとりの胸の内に死蔵される。それならば、たとえ岸田の手柄になるのだとしても情報を渡して捜査に役立てた方がいい。しかし彼が言っていることは絵美に対する裏切りに等しかった。現在、捜査本部での絵美の立場はどうなっているのか。おそらく孤立し、厄介者扱いされているのではないか。

彼は静かにうなずいた。絵美は浩明への処分を言い渡す刑事部長に対して一言だって弁護めいた言葉を口にしてくれなかった。

岸田が手に持っていた警察手帳を放ってよこし、浩明はかろうじてそれを受け止めた。

「じゃあ、そういうことだ。よろしく頼むぜ」

そう言って岸田は足早に立ち去る。その背中を見ながら、この男の手下になるのかという怒りと屈辱が一瞬胸の内で炎になる。だがそれもすぐに消えた。誰もいないフロアの静寂のなかで、あとからじわじわと広がっていったのは寂寥《せきりょう》だった。

翌朝、浩明はまだ寝ぼけ眼のまま午前六時十分の新幹線に乗り込んだ。昨夜遅くになって萩原真弓の勤める東城大学の場所を確かめたところ、関東平野の西の外れ、丹沢《たんざわ》山地の麓《ふもと》だと気がついてびっくりしたのだった。ネットで検索しても、東京駅から二時間弱はかかると出る。これでは朝一番の新幹線でないと十一時に間に合わない。

出発してもしばらく眠かったが、萩原の本を読んでいるうちに目が覚めてきた。今読んでいるのは、東京都にあったハンセン病療養施設多磨《たま》全生園《ぜんしょうえん》の入所者の体験を元にした本だった。萩原は数人の入居者に聞き取り調査を行っていた。皆七十代から八十代の高齢者だったが、驚くほど鮮明に家族から引き離されて入所したときのことを覚えていた。まだ若く、十代、ときには小学校に通っている最中に入所したものもいた。

まだ子供といっていい年齢のときに、家に保健所の職員と警官が訪ねてくる。診察ののち、遠く離れた場所にある療養所に行けと命じられる。親は嘆き、あるいは涙を呑み込み、それでも子供を療養所に連れていくことを決意する。なぜなら子供を家に置いておくかぎり、らい病者のいる家として周囲から指弾され、差別され、村八分にあうからだ。子供はよくわからぬまま連れられて汽車に乗り、船を乗り継ぎ、療養所の入り口まできて、心ばかりの着物や菓子を受け取るとともに今後は二度と会えぬ、そちらからも手紙を出すな、と言い渡される。そうしてくぐった門の内側で、何年も何十年も親兄弟とは一切連絡を取らずに生きていく。

そうした人生が幾つもあったのだった。浩明は読みながら何度も胸が塞《ふさ》がる思いをし、あまりの痛ましさに目頭が熱くなった。

東京駅に着く直前に本を読み終わり、売店で買った朝飯がわりの菓子パンを齧《かじ》ると、新宿で私鉄に乗り換えた。

あまり馴染みのない東京西部の風景は新鮮だった。最初は個人住宅の海のあちこちに瀟《しょう》洒《しゃ》なビルが小島めいて点在している感じだったが、一時間も電車に乗っていると駅と駅とのあいだに稲刈りの終わった田んぼやこんもりとした雑木林などが見られるようになった。ところがもう都市部は終わったのかと思って眺めていると突然ぽつねんとタワーマンションが出現したりする。これは地方都市では見られない光景で、さすが首都圏だと感心した。一見農業地区に見えても駅周りは充分に都市化している。

東京圏に住んでいるかぎり、地方の衰退は見えてこないだろう。街路から人影が減り、子供たちの声がどこからも聞こえなくなり、見かけるのは年寄りばかり。流行りのショッピングモールにでも行かないかぎり、親子連れの姿さえ滅多に目にしない。日中の住宅地では走っている車でさえ、デイセンターに要介護老人を運ぶバンばかりがやけに目につく。しかしそのような惨状は、こういう場所に暮らしているものには実感できないだろう。

いつのまにか暗い青色をした山なみが地平にむくむくと盛り上がっていた。これが丹沢山地かと浩明はうなずいた。東北の山々よりもどこかやさしげな風情がある。刷毛《はけ》で刷いた程度にしか雪が積もっていないせいかもしれないが。

やがて電車が目的の駅に着いたがそこからもだいぶ歩かされた。台地の上にある校舎に向かって長い坂道をのぼり、さらにきれいに並木の植わったキャンパスで目的の建物を探して歩き回った。

郊外にふさわしい広大なキャンパスをしばらくうろついて、ようやく萩原から聞いていた十一号館を見つけだした。休み時間なのか、学生たちの群れが声高におしゃべりしながら道路に溢れ出した。

エレベーターを使って九階へ上がり暗い廊下を歩く。ここには教員向けの部屋しかないらしく、外とはちがう静寂が空間を領している。

突き当たりに萩原の研究室はあった。十分近く遅れてしまい、恐縮しながらノックするとすぐに内側から「どうぞ」と返答があった。

扉を押し開けると、正面のデスクに五十がらみの半白の髪の女性が座っている。挨拶して向かいの椅子に腰掛けると、「刑事さんとお話しするのは初めてです」と萩原は笑った。

「どのようなことをお知りになりたいのですか？」

「ある殺人被害者の過去を洗っているのですが、〈療養所〉にいたということだけわかっているのです。それがハンセン病の療養所であるかどうかを確かめたくて――」

「五十年ほど前、ということでしたね」と昨晩の電話での内容に触れる。

「そうです。ただわたし自身、ハンセン病について知ったのがつい最近でして、いろいろご教授いただければ」

萩原は両手を前で組み合わせると、さて、何から話したものやら、というように首をかしげた。

「先生の本は二冊ほど読ませていただきました」

「そうですか。では本には書かなかったことから始めましょうか。ハンセン病がもともとらい病と呼ばれていた感染症であり、古代から過酷な差別の対象であったことはご存知ですか」

「それくらいなら」と首肯する。

「天刑病、業病などという言い方もありました。文字通り天から受けた罰、呪いという意味です。治療がされない場合、手や足が変形したり、指が落ちたりするので不気味な印象を与えたのかもしれません。けれどもこれはハンセン病そのものの症状というより、末梢神経が侵されて傷などを放置してしまったことによる二次障害です。清潔な環境を保ち、きちんと治療していればそのようになることはありません」

「なるほど、写真で見るとびっくりしますけど、本質的な症状ではないのですね」

「そうです」と萩原はうなずいた。「ハンセン病ほど治癒が可能なのに過剰なイメージを押し付けられてきた病は珍しいです。それに感染症なのに遺伝病のように扱われるという問題もあります」

「感染症なのに遺伝病？」

「ハンセン病はらい菌に感染することで発症します。しかし感染力は極めて低い。触られたらすぐにうつる、持ち物を通してうつるなどというのはまちがいです。そのような誤解が差別の温床になりました。いるだけで感染させるかもしれないというので、家から、また地域から追い出されることになったのです。ところが一方でハンセン病の血筋があるという考えもありました。つまり現代の言葉で言えば遺伝病ですよね。これを信じると、一家から病者が出たということが大変なスティグマになります。村内であそこはハンセン病の血筋だということで差別され、危険視されます。家族も患者の存在をひた隠しにし、こっそり追い出したり、座敷牢《ろう》に閉じ込めたりすることがよくありました」

浩明は思わず嘆息した。なんという大変な病なのだろう。それも病そのものが過酷という以上に周囲からの圧迫がひどい。

「そのようなわけでハンセン病者は古代から恐れられ、排除されてきました。戦前のある時期までは生まれた家にいられず放浪する患者も少なくありませんでした。〈かったい〉という言葉があります。ほどこしを受けて生活している人のことですが、ハンセン病者のことでもあります」

「療養所はいつごろできたんですか」と浩明は尋ねた。

「一九〇七年、つまり明治四〇年に法律で公立療養所の設置が定められます。その後各地に国立療養所が作られ、収容者の数も増えていきました」

「それによって患者たちの生活はよくなったわけですね」

浩明がそう言うと萩原は言葉を切り、まっすぐにこちらを見つめた。

「あなたはどう思いますか？　わたしの本を読まれたんですよね」

浩明は萩原の視線を意識して少し緊張した。本の内容を思い出しながらたどたどしく答える。

「家族から引き離されて、療養所に隔離されて出られないというのは確かに辛いですよね。今なら人権侵害として問題になるでしょう。でもそこで治療が受けられ、生活の手当もされるのなら、住んでいた場所を追い出されて食うや食わずやでさすらうよりは大分ましなんではないでしょうか」

「そういう見方もあるでしょうね。ただ実際には一九五〇年代までは治療らしい治療はなされていなかったのです。大風子油《だいふうしゆ》という植物から採られた成分が注射されるくらいでした。これはどれくらい効果があったのか今もはっきりしていません。また生活面でも予算不足から、普段の家事や農作業、さらには重症患者の世話まで、患者自身がやらなければなりませんでした。それを患者作業と言います。昔のことですから家事ひとつとっても重労働が多く、末梢神経が麻痺している患者は怪我などをしがちでした。そうした怪我がさっき話した指の欠損などにつながっていきます」

「じゃあ、収容前と比べても環境はよくなかったと？」

「療養所の外での患者の状況は様々ですから、そこは一概には言えないでしょうが――。しかし一九三〇年代までは収容されるのは浮浪患者や扶養してくれる家族がいないものでした。それならば療養所には一定の意味があったでしょう。しかしわたしが問題だと思うのは〈無らい県運動〉が始まってからです」

「〈無らい県運動〉？」

「一九二九年に愛知県から始まった在宅患者を含めたすべてのハンセン病者を療養所に強制隔離しようという運動です。一九三一年に癩《らい》予防法が制定されることで、この隔離政策は法律的な裏付けを得ます。これ以降、たとえ家族が家で治療させたいと思っても、警察や学校、場合によっては近所の人の摘発によって、患者は無理やり療養所に押し込められるようになりました。ハンセン病者は一般社会にいてはならない危険で穢《けが》れた存在という風に思われるようになっていきました」

萩原の語調の激しさに浩明はわずかに身を引いた。萩原は声を大きくするわけではなかったが、表情と調子から抑えた怒りが伝わってくる。

「この強制収容が民間も巻き込んで盛り上がったのは、やはり軍国主義化の風潮と関係があったと言われています。つまり自分たちの県からハンセン病者という異物を排除することでよりきれいで健康で力強い社会を作ろうとする運動だったのです。この運動は、ある意味で善意に基づいていたと言ってもいいと思います」

「善意に？　どういうことですか」と思わず尋ねる。

「そうじゃありませんか。この運動にたずさわった人たちは、自分たちの村や町をよくしていると思っていたのです。ハンセン病者を迫害している意識は薄かったと思います。不妊手術や断種もそうです。ある時期から療養所では不妊手術と断種が行われるようになりました。これも患者の子供として生まれてくるのはかわいそうだとか、どうせ差別されてしまうといった理由が唱えられました。でも生まれてもいない子供をかわいそうだというのはおかしいですよね。そうじゃありませんか」

「確かに、そうですね」と浩明はうなずいた。萩原の言葉が他人事とは思えず、すっかりひきこまれているのがわかった。岳大と一緒にいるときに、〈あんな風に生まれてきて大変ねえ〉という同情を装った言葉が何度耳をかすめたことか。そのたびに彼は、どうして勝手に決めつけるのだと怒りを覚えた。

「自分たちがいいことをしていると思ったからこそ、戦争が終わっても強制隔離政策は続けられたのです」

「戦後も続いたのですか」と驚いて聞き返した。本を読んでいても、療養所に無理やり連れていかれるのは昔の話だと思っていて、いつごろまでのことなのか意識していなかった。

「戦後、体制ががらりと変わっても強制隔離政策は続きます。一九五三年に新しいらい予防法が成立します。しかしこれも強制隔離を続け、療養所から出ることや仕事に就くことを禁じる差別的な法律なのに、なんとこれが廃止されるのは四十三年後の一九九六年です。一九五〇年代には効果的な薬物治療が登場し、ハンセン病は治る病気になっていたのにです」

「それは、ひどい」唖然として彼はつぶやいた。

「療養所における不妊手術・断種も続けられました。これはまだ充分な調査がされておらず、どれほどの数がいつごろまで行われていたのかはっきりしませんが、一九七〇年代までは一般的に行われていたと思います。これは優生保護法に裏付けられていました」

「優生保護法、ですか」

「一九四八年に制定されたものでハンセン病者には断種や不妊手術が行えると規定されています。しかしハンセン病は遺伝病でないことがわかっているのだから、法の趣旨に照らしても不合理です。それに優生思想の問題もあります。優生思想っておわかりですか？」

「ええと、つまり劣《おと》った遺伝子を後世に残さない、というような考え方ですか」

「そうです。劣った遺伝子が広がるのを防ぐ、優れた遺伝子を持つ人間を増やす、そういう考えです。これも社会改良の思想ですよね。一般に優生思想というとナチスと結びつけられますが、ナチスばかりが優生思想を重視したわけではありません。実際に社会民主主義の北欧の国々でも優生手術が行われたし、戦後の日本でも優生思想による手術が行われてきたわけです。ある命には価値があり、ある命には価値がないと選別する発想が優生思想の本質です」

「じゃあハンセン病の人たちはつい二十数年前までそういう悲惨な境遇にあったのですか」

萩原の表情に初めて小さな微笑みのようなものが浮かんだ。

「戦後、有効な治療法が確立されたことで、ハンセン病は恐ろしい病ではなくなり、完治する人も多数出てきました。一九八〇年ごろから社会復帰する人も増えていきます。療養所の生活環境も改善されていって、過酷な患者作業などはなくなりました。旅行したり、故郷を訪れたりもできるようになっていきます。少しずつ時間をかけてなんとか安定した生活を送れるようになったといっていいでしょう。でもその時、大多数の患者はすでに六十代、七十代の高齢者になっていました。外にいれば持てたかもしれない子供も孫もなく、親は亡くなり、兄弟とは疎遠になっている。そしてそもそも一九九六年まで法的に基本的人権を制限されていたのです。辛い話です」

「どうしてそんなことが許されていたんでしょうか」

「どうしてでしょうね」と萩原はため息をついた。「わたし自身、なんでこんなことが可能だったんだろうと不思議に思います。歴史的経緯をいくら調べても、その気持ちは消えません。まずさっき言ったように、自分たちがひどいことをしているという自覚が社会の側になかったんでしょうね。それから病気の仕組みがわかり、現在の政策が明らかにおかしいと考えればわかるようになった後でも、本気で見直そうとはしなかった。患者たちの声は届かなかった。そのうち無視され、忘れ去られてしまった――」

萩原は黙り込んだ。浩明もまた、言葉を発するのがはばかられてしばらくうつむいていた。

ちょっと空気を入れ換えましょうか、と萩原が立ち上がり、研究室の奥にある窓を細く開いた。たちまち冷たい空気が高い風音を立てながら吹き込んできた。

「ここ、遮るものがないからとても風通しがいいんです。寒くないですか」

「いえ、大丈夫です」

浩明も立ち上がり、窓の向こうの風景を見下ろした。この校舎は台地の外れに建っているらしく、住宅と耕地とがまだらに広がっている低地を見下ろすことができた。その谷間の上空を山地からの風が渡ってくる。一分ほど二人は、冬の透明な日射しの下で静かに休らっているように見える谷間を眺めていた。

「話を続けましょうか」と萩原は窓を閉めた。

「あの、先生のお昼休みの時間を奪ってしまっているんではないでしょうか」時計は十二時半を指している。

「構いません。わたしもせっかくの機会なんで話しておきたいです」と萩原は座り直した。

「ハンセン病療養所の歴史はもっと広く知られるべきだと思いますが、やはりなかなか興味を持ってもらうのは難しくて――」

「すみません。お願いします」と頭を下げる。

「では今までの話をまとめましょうか。一九三〇年代の〈無らい県運動〉以降、療養所はハンセン病者を一人残らず強制収容し、一般社会から隔離する施設として機能します。これを例えばナチスドイツの強制収容所と比較したときにどこが違うと思いますか？」

「つまり、アウシュヴィッツなどと比べて、ということですか？」と戸惑いながら尋ね返す。

「そうです。アウシュヴィッツ＝ビルケナウなど、第二次大戦時、占領地各地に設置された収容所ですね。そこにはユダヤ人、同性愛者、障害者などナチスが根絶すべきとみなした人々が強制収容されました。日本のハンセン病療養所がそれらと同じというつもりはありません。ただ優生思想の極点のようなナチスの収容所と比較することで見えてくるものはあると思います」

浩明はしばらく考えてから口を開いた。

「ガス室、のような虐殺のための施設があったかどうかでしょうか」

「そうですね。ナチスの収容所は収容者を最終的に殺害することを目指していた。死の収容所、殺すための大規模施設です。ハンセン病療養所にそうした意図はない。療養所は患者を保護し、治療するという目的を掲げていた。患者たちを生かすための施設と言えるかもしれない」

「そうですね」

「けれども強制収容所でも収容者はいっぺんに殺されたわけではありません。選別され、働けるものは労働を課せられた。死までの数ヶ月、数年の猶予の期間があったわけです。そのあいだ人々は家族も自由も奪われ、家畜のように一方的に管理された。つまり死の施設であるとともに、生を支配し管理する施設でもあったわけです。さて、そうして見るとどうでしょう？　ハンセン病療養所も生を管理する施設であったとは言えませんか？」

「生を管理する施設……」

「そう。一人ひとりの人生をその人固有のものにしている要素とは何でしょう？　家族や友人といった人間関係、少年時代、青年時代の経験、将来の計画や希望。療養所に入る人はそうしたものをすべて断ち切られ、捨て去らねばならなかった。療養所に入ってから、家族と一切連絡を取らなかったという人はたくさんいます。結婚していた人は夫や妻と別れ、あるいは子供と縁を切った。友人に自分はハンセン病療養所に行くのだと打ち明けられた人は少数でしょう。知り合いや親戚のあいだで、彼らは死んだり、遠くへ行ったり、つまりいないことにされてしまった。その人たちは〈自分〉であることを奪われたと言っていいと思います。一人ひとりのそれまでの〈生〉を奪われてしまった」

萩原は一度言葉を切り、両手を組み合わせた。

「移動の権利や就労の権利を奪われているだけで基本的人権の侵害なのですが、わたしが一番痛ましいと思うのは、このように自分の人生を歩む可能性を剥奪《はくだつ》されたことですね。療養所の入所者は、空間的にも人間関係の面でも小さな世界で、もう一度ゼロから自分の人生をつくり直さなければならなかった」

「それは辛いですね」と浩明は言った。

萩原は言葉を続けた。

「アウシュヴィッツのように計画的な殺害が行われたわけではない。それでも社会のいわば穢れた部分として、静かに消えてなくなることだけを期待される、そういう存在ではあったわけです。当事者にとってそれがどのようなことだったか。自分自身の固有の生、その生の価値というものを否定されているわけですから」

「早く、消えてなくなった方がいい存在――」そういう呟きが漏れた。ハンセン病者以外にも、そういう風に思われている人たちはたくさんいる気がした。

とつぜん萩原が立ち上がり、壁の本棚から大判の冊子を取り出した。

「もっとも療養所が実際に暴力と無縁だったわけではありません。一番有名なのが群馬県の栗生《くりう》楽泉園《らくせんえん》にあった〈特別病室〉という名の重監房です」

萩原が手元で広げたページには、林のように思われる樹間にコンクリートの礎石《そせき》だけが残っている写真が載っていた。

「楽泉園の重監房はこのように取り壊され、今では跡だけが残っています」

「何ですか、その重監房というのは」

「反抗的とみなされた患者が全国からここに送られ、閉じ込められた。つまり監獄です。一九三八年に設置され、九十二人の患者が投獄されたことがわかっています」

「ちょっと待ってください。療養所のなかに監獄があったんですか？　普通じゃそんなこと考えられませんよね。だって刑務所は法務省管轄の施設だし、療養所は医療施設という位置づけなんですよね」

　萩原は笑みを見せた。

「さすが警察の方だ。刑法に詳しいんですね。その通りです。けれども戦前、療養所の所長には〈懲戒検束権〉という警察権が付与されていて、患者を自由に罰したり拘束したりすることが許されていたんです」

「警察でも裁判官でもない一民間人の所長にですか？」

「法治国家の原則に照らしてもおかしいですよね。実際この権利は乱用されました。職員に逆らったり、待遇改善を要求した患者を黙らせるのに特別病室に送るぞという脅しは絶大な効果を持ちました。そして運用されていたあいだに二十二人が死亡。その大半はなんと凍死です」

　浩明は唖然とした。

「それは大変な犯罪じゃないですか」

「そうですよ。監房内は冬は零下十七度になったそうです。それなのに暖房も与えなかった。薄っぺらい布団は凍ってコチコチになっていたという記録が残っています」

ふと、斗南昭三の死にざまがよみがえった。斗南も髪や睫毛に白い霜を吹いて死んでいたのだった。もちろん死因は凍死ではないが、犯人はわざわざ窓を破り、あたかも斗南が極寒のなかで死んだかのように放置した。山際のあの辺りは、深夜はマイナス十度くらいまではいくだろう。

「療養所はどこにあったのですか」

「青森から沖縄まで国立療養所の数は全国で十三箇所。岩手にもありましたよ」

「岩手にもですか。全然知らなかった」

「ええ、岩手の久生園《きゅうせいえん》は全国のなかでも一番民主化の遅れた施設で、一九七〇年代になっても職員の暴力で患者が亡くなったと言われています」

「民主化ですか」

「一九四九年ごろから十数年間、患者たちは待遇改善や権利の回復を求めて、各地の療養所で運動していくんです。それは世の中が大きく変わったというのがあるし、治療法ができて希望が見えてきたという理由もあります。ただ岩手久生園は規模が小さく患者数が少なかったということもあって、施設の力が強かったんですね。なかなか患者の要求が通らなかった。あ、でも久生園には戦前からの伝説的なリーダーもいました。一九六〇年代のはじめに亡くなったときは久生園の全患者が悲しんだそうです。大間知篤郎《あつろう》という人ですけど」

「その職員の暴力で患者が亡くなったというのは」

萩原は顔をしかめ、肩をすくめた。

「それがはっきりしたことがわからないんですよ。病死とされてうやむやにされてしまったんですね。わかっているのは一九七一年の出来事だということと、被害者の名前」と言いながら萩原は書棚から新しい本を取り出してめくり始めた。

「ここですね。後になって入所者の人が当時の思い出を綴っています。ここのところ、見てください」

萩原が示した部分を浩明も読んでみる。

〈かえすがえすも悔しくてならないのは、私たちの同志であり、もっとも勇敢な指導者でもあった汐見《しおみ》哲也《てつや》君が、暴虐な職員の私刑にあって命を失ったことである。しかも所長をはじめとする施設職員は責任を認めず、健康状態の悪化による不慮の死であったと言い逃れしている。私は今でも毎年一一月になると汐見君を偲《しの》んで黙禱《もくとう》する〉

ひっくり返して表紙を確かめると『久生園閉園記念文集』とある。奥付を見ると一九八三年だった。

「久生園はもうないんですね」

「入所者数が減って閉園になりました。今は他の療養所もお年寄りばっかりです」

浩明はもう一度ページをめくって今の文章の著者名を確かめた。〈川崎《かわさき》健吾《けんご》〉とある。

ご購入作品名

■この本をどこでお知りになりましたか?

□書店(書店名　　　　　　　　　　　　　　　　　　　　　　　　　　)

□新聞広告　　□ネット広告　　□その他(　　　　　　　　　　　　　)

■年齢　　　歳

■性別　　　男・女

■ご職業

□学生(大・高・中・小・その他)　□会社員　□公務員

□教員　□会社経営　□自営業　□主婦

□その他(　　　　　　　　　　)

ご意見、ご感想などありましたらぜひお聞かせください。

ご感想を広告等、書籍のPRに使わせていただいてもよろしいですか?

□実名で可　□匿名で可　□不可

一般書共通

ご協力ありがとうございました。

郵便はがき

おそれいりますが
切手を
お貼りください

102-8519

東京都千代田区麹町4−2−6
株式会社ポプラ社
一般書事業局　行

お名前	フリガナ	
ご住所	〒　　-	
E-mail	@	
電話番号		
ご記入日	西暦　　　年　　月　　日	

上記の住所・メールアドレスにポプラ社からの案内の送付は必要ありません。□

※ご記入いただいた個人情報は、刊行物、イベントなどのご案内のほか、お客さまサービスの向上やマーケティングのために個人を特定しない統計情報の形で利用させていただきます。

※ポプラ社の個人情報の取扱いについては、ポプラ社ホームページ（www.poplar.co.jp）内プライバシーポリシーをご確認ください。

「この人と連絡を取れないでしょうか」

萩原はその名前を見てからうーんと眉根を寄せた。

「確か、この方はもう亡くなっていたような気が……。調べてみることはできますが」

「お願いできますか？　いろいろとお世話になってしまって申し訳ないのですが」

「わかりました。もし消息がわかったらご連絡しますね」

浩明は『記念文集』をもう一度めくってみた。表紙は濃い臙脂《えんじ》色をした厚紙で、背の部分は糊《のり》付けされているようだが厚さが一センチほどある。目次を見ると計三十二名が寄稿していた。

「なんだか意外ですね。こんな立派な文集を出しているなんて」

浩明がそう口にすると萩原は笑って首を横に振った。

「いえいえ、各地の療養所にはいろいろ機関誌や同人誌を出して活発に活動していたところが多いんですよ。不思議というか感動的なことなんだけど、人生を奪われた人たちは、それを取り戻すために表現活動に情熱を注ぐものみたいなんです。短歌、俳句、小説、論文、絵画、陶芸、手芸まで。療養所では様々な創作活動が行われていた。決して楽な暮らしではないのに、そういうものに打ち込み、お金を出し合って同人誌や機関誌を発行するということが行われました。そうした機関誌を療養所間で送り合うことで、関係が生まれ、それが民主化運動にも好影響をもたらしたんです」

「そうなんですね」と浩明は素直に驚きを表した。療養所ではもっと絶望的で灰色に塗りつぶされた生活が営まれていたのかと思っていたからだ。

「やはり創作行為には自分が何者か確かめたいという気持ちと、人とつながりたいという気持ちが根底にあるんでしょうね。療養所の表現活動を見ているとそう感じます」

「そうですか」と答えながら浩明は少し明るいものを見た気がしていた。ずっとヘヴィーな話が続いていたが、患者たちにもそういう充実した時間があったのだと思うと少し気持ちが軽くなる。そうだよな、ハンセン病者たちは過酷な仕打ちにあってきたわけだが、単純にかわいそうな人とだけ決めつけるのはまちがっている。それは身障者を家族に持つなかでずっと感じてきたことだった。

「この〈川崎健吾〉さんの文章ですが、コピーして構わないでしょうか」

「ああ、わたしがコピーしてきましょう」

「いえ、自分でやりますから」

「弊学関係者でないとコピー機を使えないんです。ちょっとここで待っていてください」

そう言って萩原が出ていったあと、浩明は立って周囲の書棚を見渡した。なんだかとても重要な話を聞いたような気がしたが、思えば斗南とハンセン病療養所との距離が少しでも縮まったわけではなかった。自分は時間と費用を費やしてまったく無関係なことをしているのかもしれないという気持ちもよぎったが、それでも後悔は湧いてこなかった。

そうだ、岩手の療養所の具体的な場所を聞いていなかった。もし斗南が働いていたところを探すならまず岩手、それから他に東北にあった療養所。彼はちょうど目の前の本棚にあった『ハンセン病の近代』という本を手に取った。パラパラめくると日本列島の白地図に療養所の場所をスポットした図があった。青森、岩手、宮城、群馬……。日本の北半分ではそれくらいか。

萩原が数枚のコピー用紙を持って戻ってきた。それを受け取りながら、「すみません、御本拝見しています」と詫《わ》びる。

「別に構いませんよ」

「久生園って岩手県のどこにあったんでしょう」

萩原は自分のデスクの椅子に座りながら「その本、ちょっといいですか」と手を差し出した。浩明が渡すと、それを見ながらパソコンに文字を打ち込んだ。

「ほら、ここです」と見せたモニターにはグーグルマップが映っていた。場所は東北、その一角に赤いピンが立っている。萩原はマウスを操作してそれをどんどん拡大していった。まるで大気圏から地球を眺めていた人工衛星が落下していくみたいに岩手県がモニターいっぱいに広がり、その中央部の山地部分が広がり、やがて七重市が、そしてその町外れの一角がモニターに映し出された。

「ちょっとそれ貸してください」

浩明は身を乗り出して萩原からマウスを奪い取るとそのマップ上に黄色いヒトガタを置いてストリートビューに切り替えた。ぐるぐると三百六十度見まわすと、季節こそ違うものの、彼がついこのあいだ直接自分の目で見た風景がはっきりとモニターに現れた。

「どうかしたんですか」

呆然とモニターを凝視している浩明を不審に思って萩原が尋ねた。

「この家で」と浩明は画面上の黒い建物を指差した。「現在捜査中の被害者が発見されたんです」


東京へ向かう電車のなかで、浩明はいまわかったばかりのことを反芻した。

斗南が死んだ家は、まさに岩手県内のハンセン病療養所久生園の跡地に接していた。彼はその跡地をじっと凝視する形で椅子に縛り付けられ、殺されたのだった。このことを偶然と片付けるのは困難だ。斗南は若いころに久生園で働いていたと見るべきだろう。そして人生の最期になって同じ場所に帰ってきたのだ。しかし何のために？

浩明はまたハンセン病者のことを考えた。萩原の話は刻印のように浩明の意識に跡を残していた。警察官をやっていれば、世の中の目立たぬ片隅にどれほどの悲惨と醜悪が転がっているか嫌でも知らされることになる。家族や職場の内側で日常的に欺瞞《ぎまん》、裏切り、暴力、無関心がカビのように蔓延《はびこ》っている事例をうんざりするほど見せられることになる。しかしそれでもこのようなひどい人権侵害が何十年にもわたって放置され、しかもほとんど報道も周知もされることなく今まできているというのは信じがたい気がした。そのように感じるのは自分も家族に障害者を持つ身だからだろうか。彼が痛切に感じたのは、患者の家族であることの困難だった。浩明がもし何十年か前の日本に生きていたとして、家族がハンセン病と診断されたらどのようにしただろうか。療養所に連れていかなければ、自分たちが差別される側になる。他の家族の結婚や就職に累が及ぶ。だから療養所まで連れて行き、今後は手紙も電話もしてはならぬと言い聞かせる。そのとき、家族の側だって大きな痛みを感じるだろうけど、だからといって自分たちのために子供や兄弟を捨てた事実に変わりはない。

　電車の窓から大きな青い山並みが見えた。午前とは日差しの方角が違うせいか、青の色がより深く静まっているように思われた。

　浩明は四ヶ月前の電話を思い出す。

　そろそろ寝ようかとベッドに入ったとき、枕元のスマホが鳴り出したのだった。番号を見ると岳大のものだ。浩明は一度深呼吸してからモニターをタッチした。

「寝てた？」と声がした。

「いや、大丈夫だけど、どうしたんだよ、珍しいな」

「別に用はないんだけど、兄さんはどうしてるかなと思って。どう？　刑事の仕事は忙しい？」

「少しは慣れてきたかな。でも大変だよ、まだわからないことがたくさんあって」

「そうなんだ」

「そういうおまえは最近どうなんだよ。何してんの」

「うーん、まあ別に何もしてないな。新しいゲームを始めた。結構おもしろい」

「なんだよ。いいご身分だな。あんま夜更かしすんなよ」

「ああ、わかってるよ」と岳大は笑った。どことなく線の細い掠れがちな笑い声だった。

「兄さんは彼女とはうまくいってるの」

「そういう余計なことは口出さなくていいんだよ。岳大は彼女作んないのか」

弟はまた喉の奥で笑った。

「前行ってた作業所に結構可愛い子がいてさ、向こうも僕のこと意識してたね。一日何回も話しかけてきてさ、この道具はどう使うんだとか、作業慣れてるねとか」

「なんだ、そのまま映画でも誘えばよかったのに」

「介護者付きでデートってのも面倒だなって思っちゃってさ、向こうとこっちで計四人じゃん」

「そんなの気にすんなよ」

そこで言葉が途切れた。真夜中の静けさが宙を飛んでいる電波の内側に入りこんでくる。遠くの道路を走っている車の音だけが聞こえる。浩明は電話の向こうではなく、その車の音に耳をすませた。人影のないまっすぐな道路をライトをつけてどこまでも走っていく。一体おまえはどこへ行くんだ。そんな底なしの暗闇に滑りこんでいくのが怖くはないのか。

「ねえ、兄さん、ニュース見た？」

岳大の声が硬い。こんな風な岳大の声を聞いた覚えがない。

「ニュース？」

「ほら、一昨日《おととい》、ニュースであったでしょ」

ああ、と曖昧な返事をする。岳大が何を言いたいのかはわかっている。

「僕みたいのは死んだほうがいいのかな」

不意に岳大の声が鼓膜にしがみついてくる。冷たい闇が室内に入ってくる。

「おい、何言ってんだよ」

「負担にはなっても役に立つことはないからさ」

「馬鹿、馬鹿な、ことをいうな」

声が震え、つっかえてしまう。どうしたら岳大を闇から取り戻せるのだろうと思う。

「おまえ、言っていいことと悪いことがあるぞ」

はは、と乾いた笑い声が漏れる。

「だよね、つい言っちゃった。こんなこと、父さんや母さんには言えないし」

声はさらさらと流れるが、本当は苦痛に歪んでいる。洟を啜る音がする。岳大の昂ぶりが伝わる。

「悪かった、もう切るよ」

そう言うと同時に通話が切れた。浩明は居ても立ってもいられなくなり、こちらからかけ直したが、岳大のスマホの電源は切られていた。

どうしたらいいのだろう。浩明はベッドに突っ伏した。両親に連絡したほうがいいのだろうか。しかし、一晩中岳大を見張ってろなどと言ったら、母親はパニックになるにちがいない。

　震えが止まらないのは、もし今この瞬間にも、岳大が馬鹿なことをしていたらどうしようと想像してしまうからだった。手首を切る、薬剤を流し込む、首をくくる、そんな愚かな奴ではないとわかっているにしても、もし万が一があったら、と思うと胸のざわつきが鎮まらない。

　自分はまともな慰めの言葉ひとつかけられないのだと思うと情けなくて涙が出てくる。涙は鼻筋を伝ってぼたぼたとシーツに落ちた。まだらな染みがひとつふたつ。三日前神奈川県の相模原《さがみはら》市にあった大規模障害者施設に、元職員の若い男が入り込み、深夜から未明にかけて知的障害者十九人を刺殺、職員含め二十六人に怪我を負わせていた。犯人は夜勤の職員を結束バンドで手を後ろに回して縛り、包丁を手に持って眠っている入所者を次々に刺していった。

　浩明は県警本部にいたときにテレビのニュースでその事件を知った。フロアにいた誰もが呆気にとられた表情で高い位置に据えられたテレビを見上げていた。被害者の数だけでも戦後最大の殺傷事件になる。画面に一瞬犯人の若い男が映った直後、浩明はそのままトイレに駆け込んで嘔吐した。決して起こってはならないことが起きたと思った。それからの三日間、浩明はずっと岳大がニュースを見て動揺することを不安に思っていたのだった。

　岳大から電話を受けた夜、浩明は明け方まで一睡もすることができなかった。犯人の顔を原形をとどめなくなるまで殴りつけてから、自分の手で息の根を止めてやりたい。何度も何度もその様子を脳裏で再現する。それをずっと繰り返しているうちに自分の拳の下で顔の骨が砕ける感覚、血しぶきの飛び散る音、自分の首筋を流れる汗まで鮮明に意識できるようになった。そこにはほとんど自分で自分の傷口をいじっているような自虐的快感と不快感とがあり、彼はなんとかその想像を止めようと思いながら止めることができずにいた。警察官がリンチを欲望していること自体言語道断なのは言うまでもないが、それを除いても、障害者を一方的に刺し殺した男を、一方的に痛めつけるという発想に凶々《まがまが》しいものがある。そう思ってはみても、そのような死こそがあの犯人にはふさわしいのだという気持ちも変わらなかった。

空が白むころ、ようやく浅い眠りが訪れ、浩明はその日寝不足で腫れた目と土気色の顔をしたまま、二時間あまり遅刻しての出勤となったのだった。

電車が新宿の駅に着き、ホームに降りたとき、萩原からの着信があった。

『閉園記念文集』に文章を寄せていた川崎健吾の遺族と連絡が取れたという。早速明日会っても構わないと言っているらしい。萩原が電話口で読み上げた住所と連絡先を手帳に書き留めて、丁重に礼を述べた。

川崎健吾の息子、英夫《ひでお》が指定してきたのは船橋《ふなばし》市の住所だった。昼は仕事があるが、夜なら自宅に来てもらってもいいということらしい。ありがたい話だった。

安いビジネスホテルを探してチェックインしてから夕飯のために外に出た。

交通費も宿泊代も全部自腹であることを考えると、酒場に入る気にもなれず、結局チェーンの中華料理屋でラーメン餃子《ギョウザ》セットと中ジョッキを頼んだ。

ジョッキが空になったとき、顔がひとつ自然に浮かんできた。滴原美和、彼女は何も知らないまま、何年も前に取り壊されたハンセン病療養所の跡をふらふらと歩いていたことになる。それとも何か知っていたのだろうか。帰ったら確かめなければ、と思ったころになってうっすらと酔いがまわってきた。

翌日、彼は新宿の紀伊國屋《きのくにや》でハンセン病に関する本を三冊買い求め、喫茶店でしばらくそれを読んだ。わざわざ東京まで出てきて、のんびりと過ごすことをもったいなく思う気持ちがないわけではなかったが、取り立てて他にやれることもなかった。

それから書籍から拾い上げた幾つかの電話番号に電話をした。国立国会図書館、厚生労働省、国立ハンセン病資料館。岩手県警の捜査員と名乗り、久生園の過去の職員と収容者の名簿を閲覧できないかと尋ねたのだった。しかし二十年以上前に閉園した施設ということで、すぐに答えられるものはどこにもいなかった。何度もたらい回しにされたあと、最後にかけたハンセン病資料館の担当者が、書庫に資料があると告げた。

「今から行ったら見せていただけますか」

〈捜査資料として必要ということですが〉と相手は慎重だった。〈元入所者の方には、回復後も何年も療養所にいたことを周囲に話さずに生活していらっしゃる方がたくさんいます。だからそう簡単にお見せするわけにいかないのです。元入所者や家族の方にとっては重大な個人情報ですから――〉

浩明は交渉して、館内で検討してもらうというところまで漕ぎ着けた。ただし、県警の責任あるものの名前で正式に資料請求の文書を出すという話になった。

午後二時過ぎに中央線に乗った。川崎英夫は午後七時に来てくれということだったので時間は十分にあったが、余裕のあるうちに近くで待機したほうがいいと思ったのだった。

だが彼は錦糸町《きんしちょう》駅で降りてしまった。車窓に現れたスカイツリーのせいだった。それは電車が隅田川を通過する最中に本当に忽然《こつぜん》と現れた。それまではドアにもたれてぼんやりしていて、窓の外には注意を払っていなかったのだった。川によって視界を遮る建物が途切れた瞬間、その先に巨大な灰色のツリーが見えた。両国《りょうごく》国技館の緑の屋根の向こう、江戸東京博物館の向こうにも変わらずそれはあった。彼は駅を出ると、ツリーが正面に見える小路を選んでまっすぐに歩いた。あまりに大きすぎるせいか、ツリーは現実の存在というより、驚異的な技量の職人が描き上げた重量を欠いた書き割りに見えた。ブルーのスプレーを吹きつけたみたいな濃淡のない空がますます非現実感を増幅していた。それでも十五分ほど歩き続けると、ツリーは徐々に立体感を帯び始めた。彼が歩いているのは、小ぎれいなマンションと古い商店とが入り混じっている地域で、横丁を覗き込むと、軒先にいくつもの鉢植えが並んでいた。小ぶりの小学校があり、体育館の窓から、子供たちの遊ぶ声がした。

ついにツリーの真下まで来た。こうなると巨人の足元にいるようなものだった。見上げるとパースが効きすぎてめまいがする。ちっぽけなちぎれ雲が、ツリーの先の空をよぎっていく。

「へえ、わざわざ岩手から。それはご苦労さまです」

川崎健吾の息子、英夫は、浩明が警察手帳とともに差し出した名刺を受け取ってしげしげと眺めた。

英夫は三十代半ば、すでに腹回りはだいぶ膨張していたが、まだまだ若いといって通る風貌だった。勤めから帰ってまだ間もないらしく、ブルーのスーツ姿で座布団の上にあぐらをかいている。

「お時間を取っていただきありがとうございます。お仕事でお疲れのところ」

「いやいや、ＩＴ系なんで普段はもう少しラフなんですがね、今日はちょっと外回りが入っていて」

「そうですか――」

「うちはね、大学や専門学校に授業支援システムを販売してるんです。学生とのやりとりや課題の回収やら。中核部分は外国製なんですけど、それを顧客に合わせてカスタマイズして」

「いやあ、そちらの方はさっぱりで」

川崎英夫はのっけから饒舌《じょうぜつ》だった。それに指定先が自宅マンションというのも珍しい。通例警察から連絡を受けた場合、近くの喫茶店など自宅以外の場所を指定するものだ。やはり警察にプライベートスペースに踏み込まれるのが嫌なのだろう。だが川崎英夫は最初から夜なら自宅にいるからと萩原に言ったらしい。

襖が開き、妻がお盆に載せて茶を運んできた。ビジネスパーソンらしい雰囲気があり、夫婦共働きなのだろうと見当をつけた。彼女の後ろから五歳くらいの女の子が顔を出す。

「こんにちは」と微笑むと、「このお兄ちゃん、刑事さんなんだよ」と英夫が話しかけた。

「えー、じゃあピストル撃ったことある？」

「練習でならあるよ。でもそれ以外はない」

「今、ピストル持ってるの？」

「ううん、今は持ってないんだ、ごめんね」

妻と子供が去ると、英夫が身を乗り出してきた。

「それで、捜査関連で父の話を聞きたいということでしたが――」

「ええ、実は殺人事件の被害者がお父様のいらした久生園で働いていた可能性がありまして、当時の久生園のことを伺えれば、と」

「久生園ですか。でも父がいたのはずいぶん昔ですよ」

「知っています。久生園が閉園になったのももう二十三年前ですよね。あの、あらかじめ申し上げておきますが、お父様について伺った話は決して捜査関係者以外には漏らしません。プライバシーに関しては細心の注意を払います」

そう念を押した方が英夫の気持ちが軽くなるかと準備しておいた文言だったが、彼は一笑した。

「いえ、僕は父親のことを隠そうとは思ってないんですよ。むしろ無かったことにする方がよくないと思うんです」

そう言って彼はあらかじめ準備していたらしい新聞の切り抜きをファイルから取り出した。川崎健吾のインタビューだった。禿頭《とくとう》の引き締まった顔つきの老人の写真が載っている。そういえばクリッとした目などは英夫ともよく似ている。

「父は一九四八年生まれ、いわゆる団塊世代ということになりますが、十一の年から二十四歳まで久生園にいました。幸い薬がよく効いて、一九七二年に社会復帰したときはもう完治していたようです。まだ時代がよかったんでしょうね、たまたま入った運輸会社が成長して、最後は人事部長まで務めました。ちょっぴり手に障害が残ってたんでずっと内勤でしたが、働くことが好きだったんだと思いますよ。汗水流して自分で金を稼ぐ、これは素晴らしいことだとよく言っていました」

「久生園では外で働く機会が奪われていたからでしょうか」

「そうかもしれませんね。前半はともかく、後半生に関しては自分でもそれなりに満足していたと思います」

「久生園のころの話はご家族にされていたんですか」

「時々、ですね。といっても中学生までは僕もまったく知りませんでした。一九九六年のらい予防法廃止、それから二〇〇一年の違憲国家賠償請求が大きいですね。それでもう自分たちが療養所に押し込められることはないと思うようになったんでしょう。マスコミの取材なども積極的に受けるようになりました」

「そうですか。お父様が久生園閉園記念文集に寄稿した文章を読んだんですが、この部分が気になって」と浩明は萩原から受け取ったコピーを取り出した。赤ペンで傍線を引いた部分を指差す。「汐見哲也という患者が職員からの暴力で亡くなったとありますね」

「ええ、知ってます。これは親父にとってどうしても許せないことだったらしいです。何しろ、これ以上ここにいたら殺されると思って施設を出ると決意したというんですからね。当時ひどい暴力を振るう職員がいたらしくて」

浩明は興奮した。

「いつのことだかわかりますか」

英夫は少し計算する風だった。

「えーと久生園を出る出ないで一年くらい揉めたそうですから一九七一年だと思います。だから事件のときは二十三歳ですね。なんでも当時の久生園は食事から設備からみんなひどくて、その汐見という人が中心になって抗議運動をしていたみたいなんですね。まあ学生運動の時代ですから、そういうのも刺激になったのだと思います」

「その暴力を振るった職員の名前はわかりますか」

「一人じゃなかったみたいだけど、中心になったのがいて、こいつだけは絶対許せないと言ってましたね。えーと、なんだっけな。確か戸川《とがわ》とか戸口《とぐち》とか……、そうだトナミじゃなかったかな」

浩明は快哉《かいさい》を叫びたい思いだった。

「斗南、斗南昭三でまちがいないですか」

「そうそう、そうです。そういう名前だったと思います」

「その斗南昭三のその後は？」

「さすがに事が起きてから辞めさせられた、としか。仲間たちも一緒に辞めたんでしょうね。でも警察沙汰にはならなかった」

「そうですね。遺憾《いかん》に思います。それでは被害者の汐見哲也については」

「抗議運動のリーダーで、父は心から尊敬していたようですよ。といっても年も一つしか変わらなくて、友人でもあったんですね。ずっと一緒に暮らしているので、同世代のつながりは強いのだと思います。だから友人でありリーダーでもある人間を殺された、と。死ぬまでずっと怒っていました」

「亡くなられたのは――」

「二年前です。親父には長生きして欲しかったんですけどね」

英夫の顔が哀しげなものになった。繰り返し肉親を悼《いた》んだもののどこか素直な悲しみの表情だ。余計なねじれのない親子関係だったのだろうと思った。その表情がどこか自慢げなものに変わった。

「実は、親父は晩年、その事件を小説に書こうとしていたんですよ」

「小説に？」思わず声が大きくなる。

「ええ、園ではいっぱしの文学青年だったらしいですからね。働きだしてからはさすがに遠ざかっていましたが、暇になってから、なんとか自分の体験したことを小説にして残そうと……。でもなかなか思い通りにはいかないようでした」

「その草稿は残ってるんですか」

英夫はばつの悪そうな顔をした。

「いやそれがどこにいっちゃったかわからなくて。親父のノート類は一応とってあるんですが、物置の奥にしまっちゃったし」

浩明は両手を合わせんばかりにして頼んだ。

「なんとかそれを調べていただければ。いえ、ノートを貸してくだされればこちらで調べます」

英夫はしばらく迷っていたようだったがやがてうなずいた。

「わかりました。段ボール二箱分あるんですが、どちらに送ったらいいですか」

浩明は机の上に置かれていた自分の名刺を取り上げ、一瞬躊躇してから自宅マンションの住所を書き込んだ。七重署に送るのはやはり問題がある。

「あの、他にその事件について知っているような、久生園時代のご友人とかいませんか」

英夫は一瞬間をおいてから答えた。

「まったく付き合いがないようではなかったですね。それらしき人たちから年賀状が来ていました」

「その年賀状は？」

「いや、それがですね、亡くなる直前に自分で焼いちゃったんですよ。死期を悟ってから。やっぱり複雑なものがあったみたいですね。死ぬ前に久生園の記憶から解放されたいと思ったらしいです。葬儀にもそういう人たちは来ませんでした」

「そうですか」と落胆する浩明の様子をしばらく英夫は眺めていたが、やがて遠慮がちに言った。

「アドレス帳ならあります」

「え？」

「働いているあいだずっと使っていたものですが、アドレス帳が残ってます。だからもしかしたらその中に……」

「お願いします。ぜひそれも見せてください」

そうですか、と言って英夫は立ち上がって出ていった。数分して帰ってきた彼の手にはボロボロになった大学ノートが握られていた。受け取って開くと、個人名と住所、電話番号がびっしりと並んでいる。四百名分くらいはあるだろうか。住所や電話番号が変わったものは上から線を引いて細かな字で書き直されている。几帳面な性格であったことがうかがえる。人事部長には適任だろう。

「ほとんどは仕事関係の連絡先だと思いますけどね」

「これ、お借りしていいでしょうか？　借用書も書きます」

いいですよ、と英夫はうなずいた。

何度も重ねて礼を言い、川崎英夫のマンションを辞して駅へ向かう途中、浩明の足は昂揚感のために弾みがちだった。斗南昭三は久生園と関わりがあった。そればかりか彼は久生園で起きた私刑の主犯だったのだ。〈最初は故郷の療養所にいたんだそうだ。だけどそこで何かまずいことがあってな、それで故郷を離れたんだそうだ〉。仙台で聞いた木村太一の言葉が思い出される。彼の言葉は正しかった。園の幹部は職員が起こした不祥事にあわてて斗南を解雇し、病死だと言いつくろったのだろう。だとすれば、四十五年後に行われた殺人はその復讐だったのかもしれない。少なくとも何らかの関わりがあると考えるべきだろう。

まず被害者だった「汐見哲也」について調べる必要がある。岩手県警から久生園入所者と職員のリストを請求すること。それから四十五年前の私刑についてより詳しく調査すること。当時久生園にいた人間を捜し出さなければならない。たぶんこのカバンの中にある川崎健吾のアドレス帳が役に立つだろう。

そこまで考えて、浩明の足は動かなくなった。何かが気にかかる。

しばらく歩道の端に佇んだあと、浩明は向きを変え再び英夫のマンションの方向に歩きだした。

一階のエントランスでインターフォンを押すと英夫が出た。

「岩手県警の麻戸です。申し訳ありません。どうしても一つだけ気になることがありまして、戻ってきました。入れてもらえませんか。玄関で済みますから」

一瞬不服そうな声が漏れたが、わかりました、という声とともにオートロックの外れる音がした。

浩明はエレベーターのなかで頭を整理した。

開いた扉の内側の英夫は上下をグレーのスウェットに着替えていた。先ほども上機嫌ではあったものの、スーツ姿は身を守る武装でもあったのかもしれないとちらりと思った。

「どんなことでしょう？」

「アドレス帳なんです」

「アドレス帳がどうかしましたか」

「わたしが年賀状がもうないと聞いてがっかりしたときに、そちらからアドレス帳ならあると申し出てくれましたよね。そしてすぐに出してくださった。他のノート類とは別にしてあったわけですよね」

「いや、それはたまたま……」

「年賀状からアドレス帳にすぐに思いが及ぶというのも、一般の方にしては珍しいなと思ったんです。わたしたちはいつもそんなことばかり考えていますが」

「そんなことないでしょう。年賀状を書くときはまずアドレス帳を参照しますよね」

「そうですかね、むしろ前年の年賀状ではないかと思いますが。ただそれは別としても、後になって何となく話そうかどうか迷っている事柄があったような気がしたんです。少しためらっている気配と申しますか――」

観念した、というように英夫は頭をかいた。

「ええ、まあ」

「もしかしてわたし以前にもお父様の話を聞きにきたものがいた？」

「ええ、そうです。それでそのときも父のアドレス帳をコピーして差し上げたんです。父が生きていたらきっとそうしただろうと思ってですね。そのときは外で会ったのですが、また似たようなことがあるかもしれないので、手間を省くため今回は自宅であなたにお会いすることにしたんですね」

浩明は緊張を抑えつつ尋ねた。

「その人というのは、お父様と関係のある人だったんですね」

「そうですね。療養所にいたころの父を知っていると言っていました」

「誰なんですか」

「殺された汐見哲也の弟さんです――」


次の日の盛岡に向かう新幹線のデッキで、浩明は二本の電話をかけた。一本目は――決して積極的にかけたい相手ではなかったが――捜査本部の岸田だった。

今、長い話ができるか確かめると、浩明は一つひとつ順を追って、今回の首都圏行きでわかったことを説明していった。斗南が殺された家がハンセン病療養所久生園の跡地に面していること、斗南が二十代のころにそこで働いており、そればかりか〈汐見哲也〉という入所者を私刑で殺した可能性があること。その辺りで、スマホの向こうから聞こえてくる相槌が岸田一人ではなくなり、谷のものも混じり始めた。ことの重大さにスピーカーを開放して二人で聞いているらしかった。ハンセン病についての説明には手間取った。岸田も谷もこの病気についてほとんど知識がなく、何で隔離の必要があるんだ、どうして療養所に閉じ込めたんだと何度も聞き返した。無理もない。浩明だってほんの数日前まではハンセン病者のことなど何も知らなかったのだ。

汐見哲也の〈弟〉を名乗る男が一年ほど前に川崎英夫のもとを訪れていろいろと聞いていったと告げると、二人は黙り込んだ。数秒の沈黙ののち、谷の押し殺した声が聞こえた。

「おい、それはすごい情報だな。じゃあ、そいつが斗南を殺したということになるじゃないか」

「断定はできないけど、筆頭容疑者にはなりますよね」

二人のうちどちらかが唾を飲み込む音まで聞こえた。

「その汐見の弟ってのはどんな奴なんだ」

「五十がらみの品のいい、寡黙《かもく》な男だそうです。名前は汐見静雄《しずお》。子供のときに兄と一緒に久生園で暮らしていたことがあったんですが、彼は症状が出ず十代で社会に復帰したようです。今は東京で会社勤めをしているということです」

「他にわかったことはないのか」

「川崎英夫に告げた番号に電話してみましたが繋がりませんでした。川崎英夫のもとに捜査員を派遣して汐見静雄の似顔絵を作るべきだと思います」

「なるほど、そうかもしれないな」

「あと、汐見静雄は川崎健吾の残したアドレス帳を使ったのかもしれない。斗南の居どころを確かめるのには久生園の関係者の伝手《つて》を辿っていくしかないでしょうから」

「だけどアドレス帳には四百人からの名前が載ってんだろ」

「手分けして電話をかけるしかないでしょう。それで斗南昭三、汐見静雄という名前に心当たりがあるか当たっていけばいい」

「おまえ、新米の割にはやるじゃないか」と岸田に言われ、浩明は純粋な誇らしさを感じた。

「以上のことを上に伝えて、対応してもらいたいんです」

「わかった、任せろ。これで全捜査員がフル稼働だ。汐見静雄という名前が本当なら、見つけるのもそれほど時間はかからねえだろ」

「上に報告する際には——」と言いかけて言葉が喉にからまる。

「元どおり捜査本部に戻れるように、だろ。そして経歴に傷がつかないように」と谷が笑いを含んだ声で言った。「悪いようにはしないから安心しろ」

畜生。浩明は返事をせずに電話を切った。今述べた事柄を、自分自身で捜査会議で報告できたらどんなにいいだろう。他の捜査員の嫉妬と感嘆の眼差しを意識して全身の皮膚に電流が走っていたのに違いない。しかし自宅謹慎中の身の上とあってはとても叶わないのだった。今は岸田と谷に頼るしかない。

長い電話のためにスマホのバッテリーがごっそりと減っていた。

彼はあわてて今学校だろうかと気にかけながら、もう一本の電話をかけた。

「滴原美和です」

「岩手県警の麻戸です。覚えてますね」

「ええ、覚えてます。ちょっと待ってください。場所を変えます」

電話が保留になり、十数秒後に声が戻ってきた。

「短くお願いできますか。校内では通話禁止なんです」

「そうだね。もう一度だけ話を聞かせてほしいんだ。例の死体を発見した経緯について。新しくひとつわかったことがある」

「なんですか」

「直接会って話したい」

「今日の放課後ならいいです。ただ家にはこないでください。兄が心配しますから」

浩明はしばらく考えてから、午後四時に駅前を指定した。

昼過ぎに盛岡の駅に降りたとき、改札に岸田と谷のにやにや顔を見つけて驚いた。

「どうしたんです」

「アドレス帳を受け取りにきたんだよ。ブツがなければどうにもならん」と片手を差し出す。

　そうだったと思いながら、浩明は肩にかけたカバンから英夫から受け取ったアドレス帳を取り出して手渡した。捜査員を動員して電話をかけるべきだと言いながら、どうやって渡すかを決め忘れていたのだった。しかし岸田がそれを心得顔で自分のバッグにしまったとき、後悔のようなものが心を掠める。本当は俺が自分で捜査本部に持っていくべきものなのだ。

「他に何かないか」と谷が尋ね、浩明はもう一つ伝え忘れていたことがあるのを思い出した。

「国立ハンセン病資料館というところが久生園の過去の収容者と職員のリストを持っています。ただ人権に関わる内容なのでおいそれとは外に出せないそうです。上の方に掛け合って、幹部の名前で正式に資料請求をしてください。そうすれば斗南や汐見が本当にいたのかどうかがわかります」

「わかった。少なくとも本部長クラスの名前で出すように進言してみよう」

　自室に送られてくるはずの川崎健吾のノート類についてはしばらく黙っておくことにしようと心に決めた。何もかもオープンにしてやる必要はない。何か一つくらいは切り札を握っておきたい。

　上機嫌の二人が立ち去ったあともやり切れなさは消えなかった。一度家に荷物を置きに戻ってから、今度は車で七重に向かう。

ハンドルを握りながら、絵美には連絡しなくていいのだろうかと自問した。刑事課に配属されて以来、絵美の皮肉や毒舌に思わず噴き出したり苦笑したりすることなく数日過ごした経験はない。捜査員としての仕事のやり方、尋問の仕方、組織での遊泳術はすべて絵美に教わった。それなのに――。

浩明はまだ自分のなかの絵美への怒りが衰えていないことを自覚した。市役所で強引に図面を出させたのは絵美の指示だ。自分一人ではああは手際よくいかない。それなのに絵美は責任を浩明にだけとらせて自分は無傷で逃げ延びた。

彼は東北自動車道の花巻パーキングエリアで車を停め、熱いコーヒーを買って飲んだ。空からは見慣れた北国の雲がどんよりと重く垂れ込めている。彼は昨日見た人工的なまでに晴れ渡った空とそこに嘘のように嵌め込まれたスカイツリーを思い出し、やはり東京はちがうと思った。いかにも田舎《いなか》者の感想だが、自分のような片田舎で暮らしている人間から見ると何もかも巨大で複雑で桁《けた》外れだ。こんな日本の端で燻《くすぶ》っているより、さっさと警察など辞めて別天地を求めた方がいいのかもしれない。今ならまだかろうじて二十代だ。えり好みさえしなければ仕事だってある。なんだってやろうと思えばやれる。

しかしそこから先へ空想の翼は羽ばたかず、彼は空っぽになった紙コップを握ったまま索漠たる心情を噛みしめることになった。結局自分にはやりたいことなどないのだろう。漕艇部に入ればそれなりに一生懸命オールを漕ぎ、成り行きで警官になれば必死になって適応しようとする。いい成績をあげたい、周りに褒められたい。それなりに器用でそこそこやってのけるがただそれだけだ。芯のない空っぽな男なのだ。

　七重市に着いてもまだ時間があったので、図書館に行き、ここ数日の新聞をざっと地方面を中心にチェックする。〈道路計画〉についてのスクープを派手に一面に掲載したみちのく日日が、その後大した続報を打てずにいることにほっとした。もっとも社会面で細々と〈背後に市の有力者の意向か〉などと書いている。相変わらず読者を置いてきぼりの目配せばかり多い記事だと思った。政界だか議会だかで争うのは勝手だが、こちらを巻き込まないで欲しいと心の底から思う。

　三時半を回ったところで図書館を発ち、駅の近くの駐車場に車を停めて様子をうかがう。滴原美和が首を伸ばすようにして浩明が来るのを待っているのが見える。警察署では大人びて落ち着きのある高校生だと思ったが、遠いところから久しぶりに見ると、ほとんど子供のような儚《はかな》さが目についた。体つきも華奢で中学生のようだ。

　彼は歩いていきながら、どこか人目につかず静かに話せるところはないだろうかと思った。小さな町でいつどこで誰が見ているかわからないし、女子高生と若い男の組み合わせは人の目を惹くだろう。しかしだからといってカラオケボックスのような密室も気が進まない。謹慎中の身の上を考えれば、あとから噂になるようなことは避けた方がいい。

　浩明に気がついて美和が軽く頭を下げた。浩明も会釈を返す。

「わざわざ来てくれてありがとう。近くの交番に移動したいんだけど」

「交番ですか」と美和は顔を曇らせた。

「本当に少し話を聞くだけだから」

二人で歩いて二分ほどの交番に向かった。浩明が中に顔を突っ込むと机に向かって事務仕事をしていた若い警官が弾かれたように立ち上がり敬礼した。名前までは出てこないが見覚えのある顔だった。署か現場かで何度かすれ違っているのだろう。

「貸してもらっていいかな」

浩明が目で奥を指して尋ねると、警官は「どうぞ、お使いください」と直立不動で返答した。自分が自宅謹慎になっていることはどうやら聞いていないらしいとわかって安心する。

浩明と美和はスチールデスクが縦に並んでいる小さな部屋に入った。警官が書類を作成したり、弁当を食ったりする場所だが、店から放り出された酔っ払いを収容することもある。

浩明はデスクの上のノートパソコンを脇にどけて、椅子に座った美和と向かい合った。

美和は少し緊張したように唇を結んでいる。

「それで、どのようなことを聞きたいのですか」

そう言われて少し困惑した。斗南の家が療養所跡地に面していたことから美和に会うべきだと思ったのだが、では何を知りたいのか、と言われると難しい。浩明は内心自分の迂《う》闊《かつ》さに天を仰ぎたい気持ちだった。美和を目の前にするまで質問事項をメモすることさえしなかったのだ。

「えーと、君、ハンセン病って聞いたことあるかな」

「ハンセン病？」と繰り返して彼女は首をかしげた。「名前くらいは。でも詳しくは知りません」

おそらくこれが平均的な日本人の反応だろう、高校生で名前を知っているのなら上等な方だ、と思いながら彼はまた尋ねた。

「以前はハンセン病だとわかると強制的に療養所に入れられたのだけど、岩手の療養所がどこにあったか知ってる？」

「いえ、知りません」と美和は首を振った。本当だろうか？　浩明は美和が何か目的があって斗南の家の周りを歩いていたのではないかと疑っているのだった。そうでなければわざわざ道路から外れる必要はない。療養所に興味があって、あるいは彼女の親戚に患者がいて、わざわざ療養所跡地に行ってみた。そういうことなら一応辻褄が合う。

「本当にそう？　誰かに聞いたことない？　学校とか知り合いとか」

美和はしばらく考える様子をしてから、はっきりと答えた。

「いえ、ありません。もともとこちらの学校ではなかったので」

浩明はもう一押ししてみることにした。

「実は君、ハンセン病療養所の跡地にいたことがあるんだよ。自分の足でそこを歩いたんだ」

美和は首をかしげるばかりでこれといった反応は見せなかった。

「そうですか。高校の近くかどこかですか」

「君が死体を発見した建物の隣だよ。本当は知っていてあの場所に行ったんじゃないの？」

勝負球のつもりだったが手応えはなかった。美和は、だから？　といった顔でこちらを見つめかえす。

だめか、と落胆しかけたとき、突然美和の表情が変わった。あ、という声が漏れ、両眼が大きく見開かれる。頬がみるみる紅潮していくのがわかった。

「何か思い当たる節があるの？」

「見えたんです。年季の入った建物がいくつも並んでいて……窓からこちらを見ている人たちが……」

「どんな人たちが？」

「普通と少しちがう、指がなかったり、鼻が欠けていたり……でもみんなにこにこして優しそうだった――」

ちょっと待ってくれ、と浩明は叫びたくなった。指や鼻が欠けたりするのはハンセン病の二次障害として古い患者によく見られた症状だ。しかしそんな姿を見たというのは、こちらの聞きたい話とはちがう。どう考えても警察の守備範囲ではなく、幽霊話なんて捜査書類にも書けない。

こちらの狼狽《ろうばい》に気がついて美和は一度口をつぐみ、申し訳なさそうに言い足した。

「たぶん、わたしの錯覚……というか、勘違いなんです。わたし、どこか病気なのかも」

浩明はなんと返したらいいのかわからず、視線を落とした。この少女は本当にそのようなものを見たのだろうか。それとも何らかの理由で嘘をついているのか。しかしそんなことをして何になるのか。

しかしすぐに考え直す。人に注目されたくて、あるいは明確な理由なしに嘘をつく十代はたくさんいる。彼女もまたその一人なのかもしれない。そしてまた別の考え方として、人というのは意外なほど簡単に幻覚を見るし、記憶を捏造《ねつぞう》することもある。大学時代、彼はある授業でしつこいほどその実例を教えられたのだった。統合失調症、パラノイア、薬物やアルコールによるせん妄、パニックや過度の緊張による認知の混乱など。そして数秒のうちにたどりついた結論は、これ以上この話題を掘り下げても得ることはないという諦《てい》念《ねん》だった。

二人はしばらく黙ったままぼんやりしていた。

仕方がない、このまま帰ってもらうしかないか、そう思ったとき、美和が顔をあげた。

「刑事さんは椿屋敷って聞いたことありますか？」

意外なほどはっきりした眼差しだった。

「椿屋敷？」彼は繰り返した。「いや、特に記憶にない。どうして？」

美和は何と答えたものか少し迷ったようだった。

「最近、たまたまそこに行ったんです。大間知さんという人の家なんですけど町の人はそう呼んでるらしくて——」

「そこで何か気になることでもあったの？」

彼は再度尋ねたが、美和はまた自分の内側に沈み込んでしまっていた。扱いにくい子だとかすかな苛立ちを感じる。それにしても〈大間知〉という名前を最近どこかで聞いた——。

閉じた扉の向こう、交番の表の方から若い警官の声が聞こえてくる。

「ほら、爺さん、勝手に入ってきちゃだめだよ。そんなこと言われてもうちではどうしようもないんだから」

向こうからドアノブを掴んでガチャガチャさせている。

「まったくもう、困るなあ」と警官が言う。

浩明は立ち上がり、内側からドアを開けた。倒れこむようにして小柄な身体が中に入ってきた。見てみると黒っぽいジャンパーを着込んだ年寄りだった。浩明は驚いて立ちすくんでいる美和と年寄りのあいだに立ちふさがるようにして、困惑顔の警官に話しかけた。

「どうしたの、この人」

警官は警帽を脱いで頭をかいた。

「いや、なんかもう一人で暮らしていけないから保護してほしいと言うんですよ。牢屋でいいから入れてほしいって」

浩明は床に屈みこんでしまった老人の前に腰を落として話しかけた。

「お爺さん、どうしたの？　お金がなくなったの？」

老人は何度も頭を上下させるが何も言わない。体臭はあまりしなかった。けれども身なりを見てもどこか薄汚れている。小脇にパンパンに膨れたボストンバッグを抱えているのは、生活用具一式が入っているからだろう。

　最近はやけにホームレスと縁があるなと苦笑したが、大切な手がかりを教えてくれた仙台のホームレス木村太一のことを思い出すと、目の前の男を邪険にするのもかわいそうな気がした。浩明は怯えたように俯いている老人の顔を覗きこんだ。野外生活のせいか栄養状態の問題か、皺だらけの顔はなめした革のように黒い。年齢は七十代、左こめかみの下の部分に親指大の紫の痣《あざ》がある。

「今夜寝る場所はあるの？　警察はあんたたちみたいな人の面倒は見られないんだよ。牢屋に入るのは悪いことをした人間だけだからさ。だからといってあんた、万引きとかして捕まえてもらおうというのはだめだからね。それよりも市役所に行った方がいいよ。保護施設とか紹介してもらえると思うよ」

　しかし老人は無言で首を振るだけだった。唇を開くが言葉が出てこない。数秒辛抱強く待って、ようやく出てきたのが「警察で……なんとか……頼みます」という切れ切れのセリフだった。

　やれやれ、という思いで困り果てた表情の警官を見る。仕方がない、と音のない息を吐いた。

「今車とってくるよ。市役所まで連れていく」

本当ですか、と警官は安堵をあからさまに表した。「まだ交番勤務が浅いもので慣れていなくて」

奥の女の子が驚かないよう気をつけといてくれ、と言い残して駐車場まで走る。五分ほどで戻ると、意外にも美和がホームレスに向かい合って何か話しかけていた。

「この人、カンナイさんというんだそうです。館に内側の内。出身は青森だって」

見るとホームレスの表情も先ほどよりはだいぶ和らいで感じられる。内気で実のところ暗い印象さえある少女だが、本当は人の警戒心を解く特別な才能があるのだろうかと浩明は訝った。どうしてこんなことに、と警官の方を見ると、「しっかり見ていましたから大丈夫であります」とトンチンカンな答えが返ってきた。

浩明は美和に礼を言った。

「わざわざ時間を取ってくれてありがとう。もう帰って構いません。この人と一緒でよければ車で送ろうか」

美和はすでにとっぷり暮れている外の様子を眺めてから、「じゃあお願いします」と答えた。

館内と美和が並んで後部座席に乗り込むのを浩明はルームミラーで確かめてから出発した。奇妙な取り合わせではあったが、気まずい空気は漂っていない。

すぐに市役所に着き、館内が車を降りるのを手伝った。エントランスを指差し、「いいかい、あそこに入ったら生活援護課はどこですかって聞くんだ。窓口まで行ったら今夜休む場所がないんだって言ったらいい。わかったか？」

しかし館内はゆっくりと首を横に振った。よっぽど市役所の世話になるのが嫌らしい。

「なあ、爺さん、こんな季節に外で寝ていたら凍え死んじゃうぞ。それにホームレス狩りなんてとんでもないことをする奴もいるからな。怪我してからじゃ遅いだろ」

ホームレス狩りという言葉に反応したのか、館内は浩明の袖に強い力でしがみついてきた。

「助けて……殺される……」と呟いている。

「いやいや、何も殺されるってわけじゃなくてさ」

余計なことを言うんじゃなかったと後悔しながら、袖を握る指を一本一本引き剝がす。

それから財布から千円札を二枚取り出して館内のジャンパーのポケットに突っ込んだ。

ほら、ここで見てるから、行っておいでと背中を叩くと、館内はようやく諦めたのか、ゆっくり歩幅の小さな歩き方で動き出した。美和が手を振る。その姿がエントランスの内側に消えるのを確かめてから、浩明は運転席に戻った。

美和の出す指示に従って車を走らせていると、彼女のスマートフォンが鳴った。美和はすぐに出て、うん、もうすぐで帰るから、と短く返答している。電話を切ってから「兄がいつもより遅いんで心配しているんです。警察に呼ばれていたと言うとまたいろいろうるさいから、家の少し手前でおろしてください」と言った。

「お兄さん、心配性なんだね」

「親元を離れて二人で暮らしているから責任を感じているのかもしれません」

確か滴原千秋といったか、と以前に署で会ったときの様子を思い出す。妹と似て確かに暗さと鋭さを兼ね備えている印象だったが、それよりも不躾《ぶしつけ》な好奇心と攻撃性が突出していると感じた。警察署にいたら少しは萎縮《いしゅく》しそうなものだが、むしろ興味津々でいろいろ聞いてきた。のみこみが早く、人と対立することを怖れない。非行に走ったら結構面倒なタイプだな、と余計なことまで考えたとき、背後からあっと声があがった。

「どうしたの」

「今、兄と目が合いました。待ちきれなくて様子を見にきていたみたい。止めてください」

停車するとすぐに背後から雪に濡れたアスファルトを踏んで人影が駆けてきた。美和はため息をついて降車する。千秋はかなり口うるさいのだろうか。しかし浩明が平静でいられたのはそのときまでだった。

「おい、どういうことだよ」不機嫌そうな千秋の声を聞いた瞬間、浩明の脳裏で何かがスパークし、時間が数日分逆流した。とっさに車のドアを開ける。路肩に降りて振り返ると同時に、千秋の顔に驚愕《きょうがく》の表情が走るのがわかる。

浩明は大股に千秋に歩み寄りながら両手を伸ばし、千秋の肩を押さえつけた。

「おい、何すんだよ、やめろよ」と千秋は体をねじったが、浩明はますます力を込めた。

「そうだ、この声だ、この声だよ。県警本部に直接俺の名前を出して電話をかけてきて、市役所の都市計画局に行けと言ったのは君だろ」

「なんだよそれ、なんのことかわかんねえよ」

「どうして俺なんだろう、県警本部なんだろうと思ってたんだよ。前に会ったとき、俺の名刺を受け取ったよな。あそこに県警捜査第一課所属って書いてあるからな」

「だから、なんだよ。もしそう言ったとして、何かいけない理由があるのかよ」

「いや、それだけじゃない。君は俺を利用したんだろ」と言った瞬間、千秋は思い切り肩をひねって浩明の手から逃れた。そのまま数歩後ずさって浩明と対面する。

「利用って何のことだよ。こっちが提供した情報は正しかったんだろ。感謝されるいわれはあっても非難される理由はないじゃないか」

浩明はすっかり紅潮した千秋の表情とその隣で青ざめて立ち竦んでいる美和の姿を見た。千秋も美和を慮《おもんぱか》るように、一度声のトーンを落として、「先に家に戻ってろよ」と言った。

「だって……」

「大丈夫だよ。別に殴り合いをするわけじゃない。ここにいても構わないけど、気分のよくない話を耳にすることになる」

「そんなの聞きたくない」

美和はつっと身を翻すと、肩をいからせて歩道を歩き出した。その背中を千秋はしばらく見送っていたが、やがて浩明に向き直った。

「実際に市役所からの情報漏れはあったんだろ。だったらいいじゃないか」

浩明は怒りを抑えつつ一歩近づいた。

「だが君はその情報を同時にみちのく日日の梶田にも伝えた。あるいは君の方が梶田からその話を聞いたのかもしれない。どっちにしても自分たちじゃ市役所の口を割ることができないから警察を利用したんだ。そして俺にそのネタをぶつけてまちがいないと確信した」

　千秋はニヤリと笑ったが、違うともそうだとも言明しなかった。

「俺はそのおかげでこっぴどい目にあった。だがそれより悔しいのは君や梶田に自由に操ることのできる駒だとみなされたことだ。まだ若い新米デカだからどうとでもなると踏んだんだろう」

「市政の腐敗を暴くのだって立派な警察の仕事じゃないか」

「俺は強行事件の捜査が仕事だ。そういうのは他の部署がやる」

「それこそ縦割りの弊害じゃないですか」

「学生のくせに偉そうな口をきくな」

　いつのまにか雪が降り出していた。千秋は肩にかかった雪の切片を指先で軽く払った。

「話がそれだけだったら、僕はもう行っていいですか。法に触れることをしたってわけでもないですよね」

　そう言って歩き出そうとした千秋の手首を思わず摑む。

「誰が行っていいと言った。大体何のつもりであんなことをしたんだよ」

　千秋は憎悪の眼差しで睨み返してきた。

「そんなこと考えてる暇があったら、この町で何が起きてるか本気で調べたらどうなんだ」

「どういう意味だ。何が起きてるってんだ」

「どうしてあんな場所に大きな道路が必要なんだよ。あの先にはろくに集落だってない。無人の場所に税金を使ってでっかい道路を作る。どうしてだ？」

「俺の知ったことか」

「あの辺りの土地は全部大間知家のものになっている。そのうち東京のゼネコンと大間知グループの建設会社が一緒になってやってくるだろう。山ん中で何かが始まるんだよ。何かとてつもなく大きなことが」

浩明は驚いて千秋の腕を放した。

「何を言ってるんだ。どうして君がそんなことを調べてるんだ」

千秋は顔を背けた。

「そんなことどうでもいいだろう」

「君が言っているのは勝手な思い込みだろ。よくわからないが話が大きすぎる」

「そのうちわかるさ」千秋はそう吐き捨てると背を向けて早足で歩き出した。街灯の光が届く範囲だけ、雪が激しくちらついているのがわかる。千秋は一度も振り返ることなくその雪のなかを歩いていった。浩明は千秋の姿が見えなくなってから、車のなかに戻り、エンジンをかけてヒーターを入れた。風量を最大にする。すっかり体が冷えてしまった。

数分間、彼はアクセルを踏む気分にならなかった。何のことだかさっぱりわからない。

大間知？　誰だ、それは。美和が見たという幽霊めいた姿も、千秋の言う陰謀めいた何かも事態を混乱させるばかりだ。彼はわけがわからなくなって両手をハンドルに叩きつけた。無意味なクラクションが暗闇に響きわたる。

一体、何なんだよ、畜生、と呟いて、彼はなおもまだヘッドライトのビームの内側に浮き上がる無数の白いかけらが落ちていく様に目を凝らしていた。

5

日々は変哲もなく、しかし迅速に過ぎていく。鈍色の冬が毎日少しずつ重さと冷たさを増していく。

幸いにも美和が新聞社のサイトに載ったことは教師を含めて誰も気がついていないようだった。何者でもない老人の死体ひとつ、日常という深淵はあっさりと呑み込んで小さなさざなみさえ広げようとはしない。

あれから美和は陵木から幾らか珠寸子について聞き出した。彼女は十代半ばのころ、ずっと遠くの土地から椿屋敷にやってきたのだという。元のご両親と何かあったのですか、と尋ねると陵木は、それはちょっとここでは言えないようなことがあってなぁと顔を曇らせた。なんというか、周囲の大人が守ってやらなければと思ってしまうような娘だったよ。今はもう近寄り難い感じだけどな。あの家は代々巫女《みこ》さんみたいなのが家を継いでてね、でも珠寸子さんも子供作る気なさそうだし、どうすんのかな、先代の世話だってますます大変になるだろうし。

そこで陵木は横目で美和を見て言ったのだった。もしも、もしもだよ、椿屋敷から美和ちゃんを引き取りたいと言ってきたらどうする？　なんなら戸籍はそのままでいい。

美和はびっくりして一瞬返事ができなかった。手元にあったペットボトルから一口水を飲む。

なんでわたしなんですか、とわざと笑いながら聞き返すと、いやいや言ってみただけだから、気にしないでと陵木はどこか大げさで虚ろな笑い声をあげた。

クラスメートの女の子たちは、特定の男の子だったり、雑誌で紹介された化粧品だったり、何らかの話題に毎日のように夢中になり、毎日のように忘れていくらしかった。誰かがひとつの話題を口にすると、それは熱病のように女子たちのあいだに広がっていく。彼女たちはまるで幾本もの見えない糸で結ばれているように、群舞を繰り返している。けれどその糸はどうやら美和の周辺でぷつりと断ち切られている様子だった。彼女たちの複雑で精妙なダンスに身体を合わせていくことができない。

今話題の中心は二ヶ月ちょっと先の来年のバレンタイン・デーのことらしい。誰が誰にチョコレートを渡すのか、あるいは渡さないのか、ややこしい調整が行われているようだったが、美和はずっと蚊帳《かや》の外だった。ずっと同じ町で育ち、小、中、高と時間を重ねてきた彼女たちには、美和にはわからない複雑に絡み合った関係がある。

だから、休み時間に春奈が席までやってきて、秘密めかして「隣のクラスの戸田《とだ》くんが美和のチョコ欲しいらしいよ」と言ったときも、自分と大して関わりがあるとは思えなかった。

　ふうん、と生返事をして、次の授業の準備をしなくちゃ、と考えていたところ、春奈が唇を尖《とが》らせた。

「どうするの？　あげるの？　あげないの？」

「え？」

　美和はそのようなことを少しも考えていなかったことに気づいて戸惑った。そんなこと、今すぐ決めなければならないのだろうか。

「わかんない。たぶん、あげないと思う」

　春奈は目を輝かせて「どうして？　他に誰かあげる予定の人いるの」と聞いてくる。

　美和はぼんやりと首を振った。どうして？　特に理由はない。そもそも、戸田という男の子の顔が浮かばない。

「わたし、戸田くん、結構いいと思うけどなあ」

　春奈は少し不満気に言った。それから相変わらず反応の薄い美和に苛立ったのか、チャイムを機に立ち上がりざま、棘のある言葉を吐いた。

「やっぱ東京から来た人から見れば、こんなことで大騒ぎしているの馬鹿っぽいんだ」

「そんなことないよー」と笑わなければいけないのは理解していたが、ついタイミングを逸してしまった。春奈が怒った顔で席に戻るのと同時に教室に入ってきた教師が、「さあ、始めるぞ」と声を張り上げた。

　それでも放課後になると春奈は機嫌よく、「一緒に帰ろう」と言ってきた。気分がころころ変わるのは春奈の特徴だが、こういうところが苦手なのだと美和は思う。

「ねえ、あちらの山の麓に大きなお屋敷があるの知っている？」

　と美和は東の特徴のある山容を指差して聞いた。

「お屋敷？　どんな感じのところ」

「とても古い日本家屋で、椿の大きな生垣でぐるりと囲われているの」

「あ、知ってる。椿屋敷でしょ。この町の子なら大体知ってると思うよ」

「そうなんだ。有名なの？」

「有名っていうか」と一度言い淀んだ。「まあお化け屋敷的な位置づけというか。昔からあるしさ、いつもなんとなく薄暗いし、子供のあいだではあそこはやばいってことになってるんだよね」

「具体的に何かがあったわけじゃないんでしょう？　幽霊が出るとか」

「いやいや、それはないね。あったらもっと噂になってる」

　そして数歩歩いてから、でも、と彼女は言葉を継いだ。

「あそこさ、中一のとき、男子が忍び込んだことがあってさ……」

「どうしてそんなことしたの」

「肝試しっつうか。男子なんて馬鹿だからさ」

「それで、何かあったの」

ううん、と春奈は首を横に振った。

「何があったというわけじゃないんだけど」と少し暗い目つきになった。「獣臭いんだって。あの家。ずっと洗ってない犬小屋みたいな臭いがするって……」


数日後、美和は放課後の図書室にいた。

委員会があってまだ帰るわけにいかなかったが、しばらく一人になりたかった。試験前でもないので、図書室には誰もいない。

適当にカウンターに並んだ雑誌をめくっていると、美術雑誌の一ページが目に留まった。黒一色のドローイング。迸《ほとばし》るような荒々しい筆致。

美和はその雑誌をとって閲覧席に座った。

裸の女が質素な木の椅子に座ってこちらを向いている。その体は冬の樹木のように細く、まだ少女と言っていい年齢なのかもしれない。奇妙なのはその女の胸にぽっかりと穴があき、そこから筋のようなものが伸びて、背中合わせに座っている別の女の胸へと続いていることだった。もう一人の女の顔は見えない。けれども、正面を向いた女と似た顔なのではないかと思われた。それくらい頭も体の形もよく似ている。

タイトルは〈つながる〉とあった。つまりこの二人の女は胸にあいた穴によってつながっているということか。ではこの両者をつないでいる黒い筋は血なのだろうか。

作者名はsuzuko oとあった。大間知珠寸子ではないかと気がついてはっとした。もちろん思いちがいかもしれない。スズコなんて名前は幾らでもある。

それでも美和はそのドローイングから目を離すことができなかった。この二人の女はシェヘラザードとその妹ドーニャザードなのかもしれない。二人は姉妹の絆《きずな》によって拘束されていて、一方が殺されればもう一人も死ななければならない。王と姉が交わっているあいだ、妹はそっと気配を殺してベッドの垂れ幕の陰に隠れて様子をうかがっている。そして事が終わったあと、何食わぬ顔でベッドに体をもたせかけ、姉に昨日の話の続きをねだる。やはり、それはいかにも異様な関係だと思われた。どうして二人は力を合わせて王を殺さなかったのかと珠寸子は怒っていた。

見ようによっては怒っているようにも思える女の顔をじっと見つめながら、美和は女の感情を読み取ろうとした。目も口も顔の輪郭も、力強いストロークで描かれていて、細かな表情まではとても見えてこない。

「ねえ」

背後から肩を叩かれて、思わず飛び上がりそうになった。

春奈がちらりと開いていたページに目をやって、興味なさげに目をそらした。

「なにそれ、気持ち悪い」

「そうかな。わたしはそう思わない」

自分の口から出た言葉に驚く。なぜだか春奈にこの絵がわかるはずがないという反発の気持ちが湧き上がったのだった。

春奈は少し驚いたようにこちらの顔を見たが、すぐにどうでもいいやと思ったらしく、ぱっと笑顔を見せて話題を変える。

「わたしさ、直接聞いてみたの」

「何を」

「戸田くん、美和のチョコ貰ってもいいって」

「ちょっと待って。勝手におかしなことしないで」と美和は思わず強い口調で言っていた。

春奈は一瞬たじろいだようだったが、すぐに「そんな怒らなくてもいいじゃない」とむくれてみせた。

「美和がその気だとか一言も言ってない。女子の名前を何人か挙げて、チョコを貰いたいと思うかどうか聞いたの」

「だからそれが勝手だって言ってるの」

珍しく美和が感情を剥き出しにすることに春奈は驚いている。

「わたしそんなこと頼んでないし、そもそも戸田くんって人に興味ない。二度とそんなことしないで。あと、わたしがこう言ったとかああ言ったとか、周りの人に吹聴するのもやめて」

「そんなことしてないし」と抗弁してみせたものの、春奈が驚き、傷ついたのは明らかだった。だが美和は悪かったという気持ちにはならなかった。自分がどれほど図々しくて無神経か、自覚するまで傷つけてやりたい。

「はっきり言って、わたし、あなたのこと迷惑だと思ってるの。どうでもいいことばかり話しかけてくるし、テレビや人の噂くらいしか話題もないし。正直退屈。もうちょっと色々勉強したらいいのにって思う」

　気がつくと春奈は目尻一杯に涙を溜めて、唇を震わせていた。顔からすっかり血の気が引いている。

「やっぱりそうやってわたしたちのこと田舎もんだって馬鹿にしてたんだ」と彼女は震える声で言った。「でもそういうあんただって東京の有名私立に馴染めなくてこっち来たんじゃない？　それなのに自分は田舎もんとは違うって都合が良すぎない？　男子にも恋愛にも芸能人にも興味ありませんって顔して、いっつも周囲を見下して。だから友達ができないんだよ。あんたは一生そうやって孤立して生きてけばいい」

　ワッと泣き出した春奈が図書室から走って出ていったあと、美和は大きくため息をついて着席した。やってしまった。これでもう卒業まで高校では一人ぼっちだろう。

　けれどもそのこと自体をそれほど辛いとは思わなかった。春奈の言うように〈一生〉かどうかはわからないが、自分はつくづく友を得難い人間であるらしい。自然に苦い笑いが漏れて、ドローイングの線を指でなぞった。それがいいことか悪いことかわからないが、少なくともここに描かれた女は、誰かとの逃れがたい〈つながり〉で縛られている。

自分にそのような人間は現れるだろうか。一瞬、最近は何を考えているのかすっかりわからなくなってしまった兄の姿が浮かんで消えた。けれど、自分が本当に望んでいるのは何もかも打ち明けられる同性の友だ――。

その夜、彼女はパソコンでsuzuko oについて調べてみた。

幾つかのサイトに彼女の作品が掲載されていた。中には東京の大きな美術館のホームページもある。suzuko oは複数の展覧会に参加し、賞も幾つかとったことのある〈注目の新鋭アーティスト〉らしかった。プロフィールはしごくあっさりしたもので、顔写真のようなものは見当たらない。

ネットで見られる作品のひとつに、冬山に入ったハンターに同行し、その猟の様子を間近で撮影した写真のシリーズがあった。シリーズは皺だらけの老ハンターが自宅で装備の準備をしているところから始まる。ハンターは派手なジャンパーを着込み、分厚い雪靴を履いて、猟銃を背中に担ぐ。次の写真は徒歩で山に入っていくハンターの後ろ姿だ。輝く白い雪をのせた枝とその下の暗がりのコントラストが眼に眩しい。ハンターは樹木のまばらに生えた道とも言えぬ斜面を登って行く。次の写真は、ハンターが大きな樹木の陰にシートを敷いてうつ伏せになっているところだった。最初、疲れて休んでいるのかと思ったが、その表情には静かな緊張が浸透しているように思われる。その写真の意味がわかったのは、クリックして次の写真を表示したときだった。次の写真は画面の上部から黒々とした枝が視界を遮り、その向こうに雪に覆われた空き地が見えていた。そしてそちらに向けて、細く黒い長方形のシルエットが伸びている。最初はそれが何だかわからなかった。だがやがてそれが獲物を狙う銃身だと気がついた。その写真はハンターの目から見た風景だったのだ。ハンターは獲物から見えないところに隠れてじっと動物がやってくるのを待っている。

　写真はそこで夜に変わっている。小さなテントの横で火を焚くハンター。彼からスープのようなものを受け取る撮影者の手だけが写っている。小さな女の手だった。

　翌朝、ハンターはまた移動を始める。suzuko oにとってこの酷寒の旅は辛くなかったのだろうかと気になった。老練な猟師でも冬山で一昼夜過ごすのは大変ではないだろうか。しかしそうした美和の懸念をよそにハンターは次々に場所を変えているようだった。雪原に残された足跡が日の光を受けて薄青い水のように見える。

　そしてハンターの前に薄茶色の鹿が現れる。白い斑点を纏《まと》い、優美な首筋の線を誇示するようにカメラに注意を払っている鹿は美和の目にはとても美しい生き物に見えた。

　次の画面でその鹿は地面に横ざまに倒れ、口から白い泡を吐いていた。さらにカメラはハンターの腕が鹿の胸元に刃物を突き立てるところをも捉えていた。撮影者も息急き切って駆けつけたのかもしれない。カメラのブレが光の筋となって画面の四方に記録されている。

　そこから写真はハンターによる解体作業の記録に変わっている。ハンターは大きな鹿の下肢を持ち上げて立木に縛り付け、腹に刃物を入れている。続いてカメラは雪の上にうず高く積み上がった赤黒い内臓を写している。手袋をはめた手をそのままそこに差し込んでハンターは内臓を腑分《ふわ》けしている様子だ。次の写真は内臓をすっかりと出され、ピンクと白がまだら模様になっている腹の内側をすっかりさらけだした鹿の様子だった。次の写真では切り離された頭が雪の上に置かれて、まだ生きているかのようにカメラを睨んでいる。シリーズはそのまま鹿が皮を剝がれ、幾つかの大きな肉の塊《かたまり》になる様子を丹念に追っていた。ハンターがその一部を雪のなかに埋め、残った一部を担いで山を下っていく後ろ姿を撮影者は写している。そしてその長大なシリーズは、雪に落ちた鮮やかな血痕を真上から捉えた一枚で終わっていた。

　美和はそれをすべて見終えて、大きく息を吐いた。何だか自分までハンターと一緒に長時間の猟を体験したようでぐったりとなってしまう。最後にあらためてタイトルを確認すると〈つなげる〉となっている。しかし何と何をつなげたというのか。

　すぐに同じページにまだsuzuko oの作品があることに気がついた。どうやら今度は動画のようだ。美和は一度息を吸い込んでから再生をクリックした。モノクロームの画面に斜め後ろから捉えたバストショットの女が映っている。カメラは回り込むように近づいていき、女の口元にズームする。女はものすごい勢いで口に食べ物を詰め込んでいる。食パン、クリームパン、ソーセージや焼そばをサンドしたパン、コンビニのおにぎり、プラスチック容器に入ったスパゲッティ、唐揚げ、さつま揚げ、ゆで卵、ミートボール、シュークリーム、フランクフルト、プリン、サラダチキン、うどん、フランスパン、ポテトチップス、チョコレートクッキー、そういったものを女は手や歯で食いちぎり、指で押し込み、ほとんど咀《そ》嚼《しゃく》することなく飲み下していく。箸《はし》やフォークは使っていない。女の食物を噛み砕く音、飲み込む音、苦しげな息遣いがパソコンのスピーカーから漏れてくる。

やがて限界に達したのか、女は口元を押さえながら立ち上がり、すぐ隣にあった蓋《ふた》の上がった便器の前にひざまずいた。喉に指を差し込み、声にならない声とともに胃のなかのものを吐き出していく。喉から絞り出される喘ぎ声と吐《と》瀉《しゃ》物が水に跳ねる音が重なる。長い髪の毛が横顔を隠しているので女の表情まではよくわからない。ただ女の唇から咀嚼された食物が溢れ出し、流れ出し、顎に糸を引きながら落下していく様子をビデオカメラははっきりと捉えていた。

胃のなかを空にした女は、手の甲で唇を拭《ぬぐ》うと、再び猛然と食物を押し込み始めた。吐いてしまったことですっきりしたように前以上の勢いでジャンクな食べ物を貪《むさぼ》っている。この空間は一体どうなっているのだろうという疑問が浮かんだ。便器から一メートル以内に食物を積み上げたテーブルがあり、背景は木目も装飾も何もない白いだけの壁だ。これは作品のために行われた撮影向けのパフォーマンスであり、この女は雇われた役者なのだろう。だがそう思っても、ひどく暴力的で凶々しいものを見せられているという感覚は変わらなかった。

結局女は計三回過食と嘔吐を繰り返した。時間にして二十分強。見ているのが辛くなってもう止めようと指を伸ばしかけたところで、画面はゆっくりと暗転した。

なんだったのだと思いながら背もたれに寄りかかる。アートと呼ぶには生々しすぎ、記録と呼ぶには作為が目立ちすぎる。このようなものが評価されるのだろうか。現代美術のことなんてちっともわからないけど、これも作品として認められるならずいぶんあやふやな業界のように思える。

　タイトルを確かめておこうとモニターに目をやって、あ、と思った。まだ動画は終わってなかった。さっきまで真っ黒だったところに明るみが加わり、徐々に柔らかな形が明らかになってくる。今度はモノクロームではないようで、薄青い水のようなところに淡い桃色の何かが浮かんでいる。なめらかだがぼんやりとした曲線。まるで望遠鏡が捉えた惑星写真のように、背景と混じり合い溶けていってしまいそうな輪郭。少しずつそれが人間、それも胎児の体だとわかってくる。羊水のなかの胎児。背中を丸め、小さな拳をぎゅっと握りしめ目を閉じて何かを夢みている。それは先ほどの映像の容赦《ようしゃ》のない激しさと対極的な静謐《せいひつ》さをたたえていた。だがそれまで意図的にぼかされていたピントが徐々に合ってくるにつれて何か違和感を覚える。この胎児、どこかおかしい。それが何だかわかったとき、美和は小さな悲鳴をあげた。

　胎児の薄桃色の皮膚はよく見ると微妙に色合いの違う幾つもの区画に分かたれていた。色彩だけではない。ひとつひとつに凹凸があり、積み木を組み合わせたように境目がある。それは生きている胎児ではなかった。その身体を構成しているのは嚙み砕かれた肉片や麺類やパンの耳や崩れかけた食物のかけらであり、すなわち先ほど女の胃の腑から吐き出されたものなのだった。吐瀉物のなかから形のある部分を拾い上げ、胎児の形に成形したものが便器の内側を漂っている。それがはっきりと示された時点で動画は本当に終了した。最後に〈つなぐ〉というタイトルが浮かび上がった。

翌日、美和は椿屋敷に続く坂道を上っていた。

今日は古書店でバイトの日だったのだが、どうしてももう一度、大間知珠寸子に会ってみたくなったのだった。少し風邪気味なので、と電話で伝えると陵木は、それじゃあ、しょうがないなあ、と間延びした調子で言った。それじゃあ今日は半日休みとするか。生《しょう》姜《が》湯《ゆ》でも飲んで、温かくしてるんだよ。

陵木さんには悪いことをした、と杉林を眺めながら思う。けれども陵木さんだってきっと何かを隠しているのだ。

昨日はいろいろありすぎて疲れ切っていたにもかかわらず、結局夜更けまで何度もsuzuko o の作品を見てしまった。何度見ても慣れることができない。それどころか逆に不快感が募っていく。それなのに見るのをやめることができないのは、作品から溢れ出してくる強い怒りのようなものに巻き込まれてしまうからだった。

インターフォンを押すと、小山が現れて驚いた顔をした。

「すみません。アポイントメントも取らないで、いきなり来ちゃって」

小山は、「いえいえ、いいんですよ」と言いながら「ただ、今日は工務店の人がきてるのよねえ」と浮かない顔をした。

小山の後について庭の方に回ると、大間知珠寸子が二人の作業着の男と立ったまま話しているのが見えた。母屋を指差して何か言っている。男たちの方は、手に持った図面と珠寸子が指差す方向を交互に眺めていた。

「あの、お客様が……」

小山が声をかけて、珠寸子はこちらを振り向いた。

「あら、誰かと思えば」

「すみません。お取り込み中のところ」

「ううん、いいの。もうすぐ終わるから」

そして小山に指示を出した。

「家のなかでしばらく待っていただいて。ごめんなさいね。十五分くらいで行けると思うから」

小山に応接間のような部屋に案内された。ここは洋室で立派な革張りのソファが向かい合わせに置いてある。小山が紅茶とクッキーを持ってきて置いた。彼女が下がると美和は一人になった。

美和は紅茶を一口啜り、クッキーを口に含んだ。おいしい。たぶんいいものなのだろう。

壁には山並みを描いた風景画がかかり、タバコのヤニか何かで全体に黄ばんでいた。目の前のローテーブルには大きなガラスの灰皿。窓の外に珠寸子たちのいる庭は見えず、代わりに竹やぶがざわざわと揺れている。壁に作りつけられた旧式の温風式ストーブが強すぎる風を送ってくるので暑いくらいだった。

　気がつけばもう二十分は経っていた。そうしているうちにだんだん尿意が高まってきた。少し迷ってからそっと扉を開けて廊下に出る。幸い、お手洗いは簡単に見つかって用を足すことができた。先ほどの応接室に戻る途中、縁側に立ってガラス越しに庭を見渡した。珠寸子がスーツ姿の男と話している。美和はその男に釘付けになった。なぜ昨日会ったばかりの刑事の人がここに来ているのだろうか。まさか自分を追いかけて来たわけでもないだろうが——。

　そこまで考えて、自分が昨日椿屋敷の名前を刑事の前で口に出したことを思い出した。それでわざわざここまで来たのだろうか。そう思った瞬間、彼と視線が合った。思わず自分の顔が引きつるのがわかる。美和は庭から姿が見えないように背後の座敷にあとずさった。

　動悸が高鳴るなか、美和は急ぎ足で座敷を横切って奥の板敷きの廊下に出た。だが応接室がどちらにあるのかわからなくなってしまった。かといって先ほどの縁側に戻る気にはなれない。たぶんこっちだろうと見当をつけて歩いていくうちに本格的に迷ってしまう。

　何度か鉤《かぎ》の字に折れる廊下を歩いているうちにこちらではないという確信ばかりが募っていく。途中で引き返すが今度は両側に並ぶ襖がどれも同じに見える。こういうとき、天井が低く明かりとりの少ない日本家屋がますます迷路じみて感じられる。応接室は洋間で、壁は白壁だったのだが。

彼女は立ち止まり、少し気持ちを落ち着けようと深呼吸をした。

ふと傍らに階段があることに気がつく。長年人の足に磨かれた踏み板が黒々と艶《つや》めいて光っている。

どうして古い日本家屋の階段というのはこんなに急で薄暗いのだろう。美和はその下に立って階上を見上げた。そこにわだかまった闇が、とろりとこちらに流れ出してきそうだ。

不意に細い歌声が聞こえてきて背筋に戦慄が走った。幼い少女の声、いや、むしろ年老いたものの声だろうか。高くなったり低くなったりするそれに決まった旋律があるのかどうかもわからなかった。病床にある誰かがただ唸っているだけにも聞こえる。

自分が呼ばれているような気がして踏み段に足をかける。

だけど美和は怖ろしかった。この階段を上ってしまえば、二度と降りてくることはできないのではないか。そろりと足を踏み段にのせる。二階の闇が強い磁力で自分を引き寄せようとしている。

「そこで何してるの」

そう呼びかけられて我にかえった。振り向くと珠寸子が睨んでいる。

「すみません。迷ってしまって」

そう、最初だと迷うよね、と珠寸子は肩の力を抜いて笑った。こちらにおいで、と背中を見せた。

しばらく行くと、以前も入ったことのある畳に直接絨毯の敷かれた部屋があった。ここが珠寸子の居室なのだろうか。それにしても奇妙な雰囲気の部屋だった。彼女は柱につけられたボタンを押して「ごめんなさい、二人分お茶を持ってきてくれる」と頼んだ。なるほど、邸内でもインターフォンを使うのか、と感心する。

「ありがとう。来てくれて嬉しい」と珠寸子は言った。

美和は曖昧にうなずくことしかできなかった。本当は珠寸子がsuzuko oなのか知りたくて来たのだが、今ここでそのように問うことはあまりに突飛で不躾ですらあるように思えてきた。美和は目の前の姿をそっと作品のなかの女たちと比較した。珠寸子は、ドローイングで正面を向いていた女に似ている気がする。だがあれは筆致が荒く、顔立ちの細かな部分までは描かれていない。それならあの動画で食べ物を貪っていた女ならどうだろう。あの女は長髪だが目の前の珠寸子は短髪だ。だがその程度のちがいではっきりしたことは言えない。

襖が開き、小山が飲み物を持ってやってきた。前と同じ少し変わった香りのするお茶だった。誰もいない森の奥でひっそりと宙を舞っている枯葉のような匂い。そのお茶が喉を通り過ぎていくのを感じながら、またじっと珠寸子を観察する。切れ長の目、細い眉、薄い唇。その唇と画面で食物を貪っていた唇を重ねてみる。

「あなたは誰と暮らしているの。こちらの人間じゃないんでしょ？」と珠寸子が尋ねてくる。

「兄と二人暮しです。九月にこちらに越してきました」

「そう。お兄さんと」

「この家にはどんな人がいるんですか」と美和は反対に聞いてみた。

「お手伝いさんの小山さん、運転手兼雑用の遠藤《えんどう》さん、それからわたし」と珠寸子は言う。

三人という答えは想定内だった。だから自分の口から「もう一人いますよね、梓《あずさ》さん」という言葉が出てきたとき、美和自身が驚いた。

珠寸子は息を呑み、眉をひそめて美和を見つめた。

「どうして、母の名前を知っているの」

「わかりません。ただ自然に頭のなかに浮かんだんです」

いつか見た窓の内側の白い顔。階段の上から聞こえてきた細い歌声。

珠寸子は小さく息を吐いて笑った。

「母は認知症でもう自分が誰だかすらよくわからなくなってる。だからヘルパーさんにきてもらってるし、そうでないときは三人がかりで面倒を見てるの」

不意に珠寸子が老親のケアに疲弊したごく普通の女に見える。まだそんな歳でもないのに連日の看護に疲れている。

美和はもう一口お茶を飲んだ。体の芯の方から温みが広がり、それが放心まで連れてくる気がした。

珠寸子がまた何かを言った。うまく聞き取ることができなかった。

「すみません。なんですか」

「母はね、まだ子供といっていい年で不妊手術を受けさせられたの。だから生むことのできなかった子の代わりにわたしを呼び寄せた」

「呼び寄せた……」

「私たちは血は違うけれども……同じ……」

「あの、何だか耳が……」

「……つながれている……あなたは……けれど……このまま……逃げたいと……」

珠寸子の声がはるかに遠ざかっていくように感じられる。彼女の唇は動きつづけている。その指が、パンを、おにぎりを、唐揚げをつまみ上げ、唇に押し込む。

「珠寸子さんは食べることが怖いんですか」

珠寸子の顔色が変わるのを見届けたと思った途端に美和は気が遠くなってソファに倒れこんだ。

6

なるほど、これが椿屋敷の名の由来か。

浩明は車の内側から、昨日の雪にも負けず真紅の花々を幾つもちりばめている緑の生垣を眺めた。椿は花ごとぽとりと地に落ちるから、斬首を連想させて武家には嫌われたという話を聞いたことがあるが、実際にはよほど生命力の強い花なのだろうというのが、草花に興味を寄せたことのない浩明の貧しい感想だった。

彼は車を降りて門までの坂道を上っていった。背後は竹林でそのまま山に続いているというあたりが斗南の死んだ家に似てなくもないが、こちらの方は古さびた宏壮《こうそう》な和風建築だ。文化住宅めいた斗南の陋屋《ろうおく》とは天地の開きがある。

それでも門は意外と簡素なものだった。旧家の農家などによくある屋根のついた厳《いかめ》しい門構えではない。それから道路の向かいに工務店のロゴの入った二台のハイエースが停まっているのはこの家の客だろうか。

インターフォンを押すとしばらく待たされてから、年配の女の声がした。

「何のご用件でしょうか」

「警察なんですがちょっとお話を伺いたくて」

「警察？　近くで空き巣でもあったんですか？」

「なかに入れていただければ直接お話しします」

「今、ちょっと取り込んでいるんで、またにしてもらえませんか」

あからさまに迷惑そうな響きをにじませる。

「すみません。是非お願いします。それほど時間はかかりませんから」

そう言うと、女はため息をつき、「少々お待ちください。今、お台所にいるので二、三分かかります」と言ってインターフォンは切れた。

女を待つあいだ、浩明はぼんやり周囲を見渡した。片側は椿の生垣、もう片側は石の上に竹を並べた垣根になっている。足元には三段の石段。

「大間知という一族について知りたい？　何だそりゃ」

昨晩電話で話したときの谷の第一声がそれだった。

谷の前にまず電話したのが岸田で、最初にスピーカーから流れてきたのは〈お父さーん、電話だよー〉と言う女の子の声だったのにはびっくりした。続いて、〈ふうちゃん、勝手にお父さんの携帯に出ちゃだめだって言ってるでしょうが〉と岸田の声がしたのには思わず噴き出したが、その失態を取り繕うつもりなのか、岸田はわざとらしく普段以上に冷たい声を出した。

〈何の用だ。上には全部話した〉

「大間知という家について知りたいんです。七重の大地主か何からしい」

〈はあ、それは事件と関係あるのか〉

「あるのかないのかわかりません。ただその名前が浮かんできたんで一応あたってみるということです」

背後で、ふうちゃん、まだお風呂入ってないの、という母親の声がして、岸田が〈ちょっと待て〉と言って無言になった。サッシを開け閉めする音がしたからにはベランダにでも出たのだろう。風の音が聞こえてくる。

〈俺は七重のことはよくわからん。だけど谷なら生まれも育ちもあそこだから知ってるん

じゃないか〉

「じゃあ、谷さんの電話番号をお願いします」

こうして彼は夜の九時に谷に電話することになったのだった。強面《こわもて》の岸田は意外と子煩悩な父親らしかったが、谷の背後から聞こえてきたのは酒場の喧騒だった。

〈大間知って、おまえ、そんなこと知ってどうすんだ〉

「その大間知家の誰かが久生園に入っていたらしいんです。大間知篤郎と言うんですけど」

東城大学の萩原真弓が大間知篤郎について話していたと思い出したのは午後八時を過ぎたころだった。患者たちの抗議運動の伝説的なリーダー、確かそのように言っていたのではなかったか。

〈大間知篤郎？　確かにどこかで聞いたような名前ではあるけれど、大間知の家からハンセン病患者が出たなんてのは初耳だな〉

「そりゃそうでしょう。患者が出たら家族はひた隠しにする。庶民も名家もそれは変わらないでしょう」

うーんと唸ってから谷は先を続けた。

〈俺の記憶違いでなければ、大間知篤郎というのは今の当主の父親だ。今の当主というのはつまり大間知グループの総帥ということになる。ただ表に出てくるタイプじゃないので、どういう人間なのかはよくわからん。東北財界ではれっきとした顔だと思うが、各種団体の役員にも就かないし、経済誌のインタビューにも応じない。とにかく人前に顔を出さないんで知る人ぞ知るといった存在だ。もともと大間知家というのは岩下鉱山のオーナーだったんだが、戦後一度倒産している。現当主はえらく切れ者らしくて、まだ若い身空でそれを立て直したんじゃなかったかな。なんかそれまでは一族内では傍流だったらしい〉

「それは父親のせいじゃないですか。ハンセン病者の息子だったんだから」

〈そうかもしれないな。だが俺の知ってるのはそれくらいだ。市内に幾つか住居があるらしいが、それがどこかまでは知らん〉

「椿屋敷、というのもそのひとつですか」

〈椿屋敷？　うーん〉と谷は黙り込んだ。

「どうしたんです？」

〈椿屋敷はなあ、最初にその名前を聞いたのはまだ小学校のときだ。まあお化け屋敷っていうか、変な気持ち悪い家があるって感じの話だったよ。そのままずっと忘れていたが、大人になってから何度か耳にした。それもなんか気味の悪いもんだったよ。変な婆《ばあ》さんがいてさ〉

「変な婆さん？」

〈当主の姉だよ。もう八十越えてるんじゃないか。その女が垂れるお告げを政治家やら実業家やらがありがたがってるということだったな。今でもやってんのかな〉

「じゃあ、その女の父親も大間知篤郎なんですね」

〈そういうことになるのかな。でもわからんよ。姉と弟の関係だってどうなってんだか。当主が謎なら、姉はもっと謎だ。巫女さんみたいなもんだ〉

浩明は気づかれぬようため息をついた。またオカルトか。滴原美和と大間知家の婆さん、霊感少女と巫女さんか。

〈しかしどう考えても斗南の事件とは結びつかないんじゃないか。大間知にも久生園にいた人間がいたってだけだろう〉

そうかもしれない。大間知篤郎が死んだのは確か一九六〇年代はじめだったはずだ。そして斗南が汐見哲也を殺したのは一九七一年。ざっと十年の開きがある。自分は明らかに脇道に逸れているのかもしれない。

〈なあ、悪いことは言わない。よほどのことがない限り大間知に手を出すのはやめとけ〉

「どうしてですか」

〈いろいろと面倒だからだよ〉

そう言って谷は電話を切り、浩明はどうしたものかと考え込んでしまったのだった。

しかし、ここまで来たらためらっていても仕方がない。二、三分どころかもう十分近く経っていたが浩明は一度咳払いをして背筋を伸ばした。ちょうど木の扉が内側から開いて初老の小柄な女が顔を出した。

「大間知さんですか」

「いえ、わたしはお手伝いの小山と言います。警察とおっしゃっていましたね」と言うので警察手帳を見せる。

女はそれを受け取って、丁寧にあらためると、「ほら、最近、いろいろと物騒ですから」と言い訳した。

「いえ、防犯に気を遣っていただくのはありがたいことです」

「今、取り込んでいるんですよ、工事の下準備で」

彼女はそう繰り返して先に立って案内する。家に入るかと思ったらその軒先を回って庭に連れていかれた。それなりに広いがすぐそばに山が迫っているためにどことなく凄みのある庭だった。いろいろな樹木が生えているがそれほど入念に手入れがされているとは思えない。

庭の中ほどに若い女が立って作業着姿の男二人と話している。男たちの側には脚立と一緒に測量に使う道具が置いてあった。

「珠寸子さん、警察の方です」と初老の女が言った。

珠寸子と呼ばれた女は話をやめて、こちらに向き直った。三十前後だろうか、髪を男のように短く刈り上げている。名刺を渡しながら、「ご自宅のリノベーションですか」と尋ねた。

「もっと明るく現代的にしたいんです。もう薄暗いのうんざり、空調もうまく効かないですしね」と女は意外とざっくばらんに言った。

「しかしこれだけの家を建て直すとなると――」と思わず建物に目をやった。

「全部壊すわけじゃありません。一部です」そして庭の中央で作業を始めた男たちにしばらく目をやってから、あらためて値踏みするように浩明を眺め直した。「それでご用件は」

「失礼ですが、大間知さんですよね」

「そうです」

「大間知篤郎という方をご存知ですよね」

女の眉が一瞬だけ持ち上げられた。予想しなかった名前を聞いたという印象だった。

「わたしの祖父ですね。といっても血の繋がりはないのですが」

自然に訝しむ顔をしてしまっていたのか、珠寸子はさらに付け加えた。

「わたしは養子ですので、母と直接血は繋がっていないんです」

「そうですか。それは失礼しました。その大間知篤郎さんですが、久生園という療養所に入っていましたね」

核心に触れたつもりだったが、珠寸子は明日の天気でも聞かれたように平静だった。

「そのようですね。と言ってもわたしも詳しくは知らないんです。ずいぶん昔に亡くなっていますし、話を聞くこともありません」

そして一拍置いてから問い直した。

「なぜそのようなことを聞くのですか」

「久生園について調べています。それでゆかりの人にお話を」

「もう亡くなられた方も多いでしょうね」

「きっとそうでしょう」

「母に話を聞きたいんですか」と言いながら珠寸子は建物の二階に目を投げた。浩明は渡りに船と勢い込んで言った。

「ぜひ、お願いしたいです」

珠寸子の薄い唇が笑みの形に歪み、音のない息が吐き出された。

「母が正常な状態なら構わないのですが、病気療養中なんです。面識のない方の面会はお断りしています。年齢が年齢ですから」そして一段と声を落として続けた。「実を言うと認知症が進んでいます。何か尋ねても答えられないし、見知らぬ人と会うと怯えるんです」

浩明は肩を落とした。

「そうですか。それでは仕方ありませんね」

「お役に立てなくてすみませんね」

「介護はご家族で？」とふと聞いた。聞いてから不躾だったかと後悔する。

「週に二度ほどヘルパーさんが来てくれます。それからお手伝いの小山さんと運転手の遠藤さんがいますから」

なるほど富裕層は違うな、と一瞬思ったが、すぐにそういえばその認知症の母親が有力者相手に占いめいたことをしていたのだと思い出した。もっとも噂の域を出ないのかもしれないが。

「そのお手伝いさんと運転手さんはいつごろからこちらに？」

「小山さんはもう二十年以上になりますね。わたしがこちらに来たときにもういましたから」と珠寸子は考えながら言った。「遠藤さんの方は十年くらい前です。この町に愛着があるということで仕事を探していたようで。それまではトラックの運転手をしていたと聞いています」

そうですか、と相槌を打ちながら浩明は周囲を見回した。他に聞いておくべきことがないか思い出そうというつもりだった。

ふと、ガラスの向こうの縁側に滴原美和が立っていることに気がついた。美和も驚いたようにこちらを見つめている。とっさに視線をそらし、何も気づかぬふりを装った。

「それではこれくらいでよろしいでしょうか。まだいろいろ用事があるものですから」

浩明はあわてて珠寸子に顔を向けてうなずいた。

「ご協力ありがとうございました」

結局収穫はゼロだな、と思いながら今度は一人で門まで歩いた。来るときは気づかなかったが道路に面して大きなガレージがあり、ブルーのレクサスを背の高い男が磨いていた。短く切り揃えた半白の髪の毛をしている。肩幅が広く体つきもがっちりしている。あれが運転手の遠藤かと思いながらその後ろを通り過ぎた。男は振り向かず、顔つきを確かめることはできなかった。

運転席に戻り、エンジンをかけたところで電話がかかってきた。通話ボタンに触れると岸田の声が漏れてきた。

「上から伝言だ。明日から捜査本部に顔を出していい」

「それは、復帰ってことなんですね」

「そうだ。じゃあな」

　通話を終えてからもしばらく浩明は呆然としていた。ようやく正式な捜査本部の一員に戻れるのだ。指折り数えるとちょうど一週間経っていた。そのあいだにどれくらい捜査が進展したかが気になるし、他の捜査員にだいぶ引き離されてしまったに違いないと思ったが、それでも思わず笑みがこぼれるのを止めることはできなかった。

　捜査本部の置かれた会議室に踏み入る前に、浩明は一度トイレに寄り道して鏡で自分の姿をチェックした。髪の毛は理髪店で切り直したし、普段はあまり締めないネクタイも曲がっていない。自分がいささかビビっているとは自覚している。しかし謹慎明けの初出勤というのはなかなかのプレッシャーだった。

　だが浩明の不安と期待はあっさりと裏切られた。

　入ってくる浩明を見て、誰もよく帰ってきたと背中を叩くことはなかったし、負け犬のご帰還だと唇を歪めて笑うものもいなかった。捜査員たちはただ垢《あか》のように疲労をこびりつかせた表情でちらりと横目で浩明の存在を確認し、横柄にうなずいただけだった。はっきり言っておまえの存在など忘れていたし、今更帰ってきても何も変わりはない、と告げられたような気がした。

浩明はあらためて、捜査本部全体に漂っている沈滞と憂鬱の空気に驚いた。隈《くま》の浮いた眼、汗染みのついた皺だらけのワイシャツ、何日もゆっくり頭を洗っていないことがわかる肩に積もったふけ。しかし考えてみれば犯人逮捕に至らないまま何日も経った捜査本部ではこれが常態なのだった。深夜に仮眠室に倒れこみ、切れ切れの眠りを貪るような日々を三日も続ければどうしたって脂じみてくる。コンビニ弁当ばかりの夕食は胃がもたれるし、男ばかりの荒っぽいやりとりは表情までささくれ立たせる。

たった数日離れていただけなのに、浩明には自分の職場がずいぶん異常な場所のように感じられた。この場所にあれほど焦がれたことが何だかまちがいのように思えてくる。

会議室の端に一人だけスチールのデスクを持ち込んで座っていた水木課長が手招きした。

浩明はその前に立って一礼した。

「謹慎期間中にずいぶんとあちこち動き回っていたみたいじゃないか」と手に持った電子タバコをいじりながら言った。電子であろうがなかろうが、野外の喫煙スペース以外全面禁煙になって何年にもなるが、この男が吸えない席でもタバコを手放さないのはよく冗談のタネになっていた。

「申し訳ありません」と頭を下げる。

「まあいい」と水木は数ミリ口角を上げた。「幾つか役立つネタも持ってきたみたいだからな」

水木の前から引き下がると、浩明はしばらく室内を見渡してから岸田の近くに寄った。岸田は座ったまま浩明を見上げ、よお、と気だるげな声を出した。

「俺たちに感謝しろよ。上にかけあってやったんだからな」

それだけの働きはしたはずだと反発がこみ上げたが、ここは黙って一礼するだけにした。

「川野さんの姿が見えないんですが、もう外出してるんですか」

「川野？」と岸田は意外そうな顔をした。「おまえ、知らないのか。川野は五日間の謹慎処分になった。譴責じゃ処分が軽すぎるって横槍が入ったらしくてな。もうその期間は過ぎてるが、今度は娘が肺炎になったとかで有給を取ってる。やっぱ女には向かない職業ってのは本当だな」と笑う。

一昨日の夜、電話の向こうで〈ふうちゃん〉と甘ったるい声を出していたのがよみがえる。岸田の家庭は円満なのだろうか。本当かどうか知らないが、刑事の離婚率は突出して高いと聞いたことがある。大して給料がいいわけではないのに、拘束時間が長く、帰宅は不規則、その上基本不機嫌で、家でも暴君になりやすいと得々と語っていたのは交通安全課の女性警官だった。そりゃいつでもご機嫌というわけにはいかない職業だが、そこまで言わなくていいだろうと抗弁した覚えがある。

浩明は人のいない場所を選んでパイプ椅子に腰を下ろした。

絵美が有給を取っている？　千佳の病気が本当に重いのかもしれない。久しぶりに娘と一緒にいたいのかもしれない。しかし、それでもワーカホリックとも言える絵美が休みを取るなんてありえない気がした。

警察を辞める気ではないか、そう考えて慄然とした。処分を受けて心が折れたのかもしれない。これ以上ここにいる意味がないと感じたのかもしれない。

実のところ、今日一番顔を合わせるのを怖れていたのが絵美だった。岸田と谷に情報を流した。そのことで絵美を裏切ったと感じるのは彼女と連係して挽回《ばんかい》を図るという行き方もあったはずだと考えていたからで、その事実を知ったら絵美はどう反応するだろうと不安だった。怒るか、嘆くか、徹底してこちらを無視するか。

しかし、浩明が一番顔を見たかったのも絵美なのだった。捜査本部に戻りたいというのはそのまままた絵美と組んで働きたいという意味だった。しかしこの男だらけの職場は絵美を追い出してどこかでホッとしている。

「おい、ぼうっとしてるんなら電話手伝えよ」と隣にいた捜査員にどやされる。

「何してんです」

「このリストの番号に電話して斗南昭三、汐見哲也って名前に聞き覚えないですかと尋ねるんだよ」とアドレス帳をコピーしたものを渡された。

ああ、そうか。このアドレス帳は俺が入手したものだと知らないんだなと思いながら、長机に並べられた有線電話の方に場所を移した。一本、一本電話をかけては繋がったか、繋がらなかったか、繋がったなら反応はどうだったかを余白に書き込んでいく。

十本ほど電話したところで、昼飯に行こうと立ち上がった。降りていった先のエントランスで、七重署の署長が、でっぷりと肥えた禿頭の男と出口近くで談笑しているのに気がついた。その周りで副署長など幹部連中が追従笑いを浮かべている。その隣をすり抜け、胃にうどんを流し込んでいる最中にあの男、どこかで見たことがあると気がついた。警官になって任官式に出たときに、壇上の来賓席に収まっていた男だ。確か保守党の県会議員とかの肩書だったと思うが——。

捜査本部に戻ろうとしたところで、水木課長に呼び止められた。こっちへ来いと、空いている小部屋に連れていかれる。

この厄介者が、という表情を隠さないまま、「おまえ、昨日椿屋敷に押しかけたそうだな」と水木は言った。

「はい、何も収穫はありませんでしたが」

「大体それがこの事件の捜査と何の関係があるんだ」

「大間知家の人間が久生園にいたという情報があるので、話を聞きに行ったのです」

水木は大げさにため息をついた。

「ただ、それだけか。斗南と直接の繋がりはないんだろう」

「はい、ありません。斗南が汐見に暴力を振るっていたときには、もう亡くなっています」

水木はじっと浩明を睨みつけた。

「念のため聞いておくが、大間知の本家の方には何も言っていないだろうな」

「はい、そもそもわたしには大間知本家といっても何が何やらよくわかりません」と答え、相変わらず水木がしかめ面をしているのを見て付け加えた。「七重という町に足を踏み入れたのも今回の捜査が初めてであります」

「じゃあ、よそ者らしく余計なところに嘴《くちばし》を突っ込まないことだ」と言ってから水木は人差し指を立てて浩明に突き出した。

「いいか、二度と椿屋敷には顔を出すな。大間知の名前も口にするな。絶対だ。これ以上騒ぎを起こされたら、七重署全体が迷惑するんだ。いいな」

廊下を歩きながら怒りがふつふつと湧き上がってきた。あの女、県会議員を使ってクレームを入れやがったのか。昨日はあれほど涼しい顔をしておいて。

とはいえ議員を顎で使えるとは大した威力の持ち主であるのも確かだった。その気になればヒラの捜査員一人などいつでもひねりつぶせるということだろう。それに課長が言う通り、さしあたり斗南の件とは結びつきそうにもない以上、無理やりこちらから地雷を踏みにいく必然性は微塵《みじん》もなかった。あの千秋という奴がわけのわからないことを言っていたが知ったことか。

午後いっぱい電話をかけ続けたが、誰一人、斗南と汐見を知っているというものは出てこなかった。川崎のアドレス帳に記入されているのは本当に長いサラリーマン生活の間に付き合いのあった仕事関係や知人に限られているような気がしてきた。

もっとも電話を受けた人間が本当のことを言うかどうかはわからない。自分が過去に療養所にいたことを職場や家族に隠してきた人は多いと本にも書いてあった。久生園が閉園になってから二十三年。そのあいだ隠し通してきたことをいきなりかかってきた電話の相手に話すだろうか。

何か他のやり方を考えるべきなのかもしれない、と浩明はすっかり固まってしまった首筋を片手で揉みほぐしながら考えた。しかしどうすれば——。

ふと気になって隣の電話に張り付いている同僚に尋ねてみた。

「そういえばマルゲンの件ってどうなったんですか？」

浩明が謹慎処分になる直前、捜査本部では斗南が金を貰って例の家に住んでいたという仮説を重要視していた。そのためにマルゲンの香田を呼んで取り調べようという気運が盛り上がっていたのだ。

「マルゲンか」と初老の所轄の刑事も疲れたようにこめかみを揉んでいた。

「とりあえず仕切り直しだ。マスコミが注目しているうちはうかつに手を出せないからな。報道が収まってから二課と共同で取り調べるってよ」とそこまで言ってから、誰と話しているのか気がついたようだった。

「それもみんなあんたのせいじゃないか」

ハハ、と浩明は乾いた笑い声を立てた。この手の案件なら二課の方がずっと手慣れているだろう。要はお株を奪われたってことか。

夕方になって二人の捜査員が一抱えもある段ボールを持って入ってきた。

「久生園の名簿が届いたぞ」

この声を聞いて捜査本部はにわかに色めき立った。生色を取り戻した男たちが立ち上がって周囲に集まる。ガムテープを破り取ると、出てきたのは昔小学校の先生が使っていたような黒い紐と表紙で綴じられた分厚い書類の束だった。表に「昭和四十年」というように漢数字で年度が書いてある。

パラパラとめくっていた江口が声を張り上げた。

「まずは職員名簿からだ。一九七一年以前に本当に斗南昭三が久生園にいたか確かめろ」

段ボールから書類の束が次々取り出されていく。十五分も経たないうちに「あった」の声が上がった。

「斗南昭三、昭和二十年七月生まれ、補助職員、まちがいありません」

「書いてあることはそれだけか」

「えーと、ちょっと待ってください。評点の欄がありますね。〈若く職務に熱心なれども、しばしば粗暴の振る舞いあり。患者に対する侮蔑、暴言の類多し〉。あ、最後にまた書き足しがあります。小さな字だな、こりゃ。〈昭和四十六年、十一月づけをもって退職〉。以上です」

「よし、十一月の事件でもって自分から退職ということにしたんだな。ＯＫだ。次は入所者名簿から汐見哲也の名前を探し出せ」と言いかけ、「いや、待て」と駆け寄りかけた捜査員たちを制した。

「二班に分けよう。一班は久生園の名簿と川崎のアドレス帳をクロスチェックする。そうすれば全員に電話をかける必要はなくなるはずだ。もう一班は汐見哲也だ」

浩明はクロスチェックの班に加わった。入所者の名前は療養所に入った年ごとに記入されている様子だったが、特に古い名簿は用紙が硬化してしまっていて、不用意に力を入れるとピリピリと破けた。筆やペンで書かれた文字もひどく読みづらく、色褪せてかすれてしまっている文字もあって照会には時間がかかった。

すべて終わったのは午後の七時過ぎだった。アドレス帳と入所者・職員リストの間で共通する名前はゼロというなんとも落胆させられる結果だった。川崎は久生園で一緒だったものの名前をアドレス帳には残しておかなかったのだ。

同じころ、汐見の名を探していた捜査員からもうめき声が漏れていた。

「ない、どこにもない」

「そんなはずはないんだが」

出入りの業者が運んできた差し入れの栄養ドリンクを指して江口が言う。

「よし、みんなこれ飲んでもう一度頭から名簿を当たる。必ず汐見の名前がどこかにあるはずだ」

結局、その晩、疲れ切った浩明が仮眠室のベッドに倒れ込んだのは深夜の一時だった。読みづらい文字を眺めつづけたせいで偏頭痛がする。三回チェックしても汐見哲也の名前はどこにも見当たらなかった。それならば斗南に殺された汐見哲也とは何者なのか。すべては不確かな噂であって、そんな人間は存在しないのか。

浩明は汐見の名前が入所者リストから省かれている可能性を考えてみたが、何年も施設にいた人間が書類に記載されないとは思えなかった。すると一番ありそうなのは、あの名簿がそもそも不完全だということだろうか。たぶん紛失してしまった冊子があるのだ。だとしたらもうどうしようもない。

彼はがっくりして両眼を腕で覆った。隣のベッドから耳障りないびきが聞こえてくる。常夜灯の弱い光で背を海老のように丸めて眠っている男の姿が見えたが、顔まで毛布で覆っているので誰だかはわからない。

そういえば歯磨きもしてなかったな、と気づく。しかし今さら起き上がる気にはなれなかった。ぐったり疲れているのに、神経が昂ぶってしまって眠れない。

彼は枕元のスマホを取り上げて、しばらくぼんやりニュースサイトを眺めてから、メールが数通来ているのに気がついた。その大半はどうでもよい広告メールだったが、その中に宅配便からの不在通知が一通あった。彼はがばりと上半身を起こした。川崎英夫から父のノートが送られて来たのかもしれない。

時刻を見ると深夜一時半。しかし明日だって受け取り可能な時刻に自宅にいることはないだろう。彼は自分で営業所まで取りに行こうと決めて七重署を出た。深夜の冷たい空気に触れると、頭蓋の中に立ち込めていた靄《もや》が一気に吹き払われていくような心地がする。

真夜中の東北自動車道を走っているのはコンテナを牽引するトレーラーや大型トラックばかりだった。一瞬でも気を許せば、大型車のあいだに挟まれて一瞬でぺしゃんこになりそうだ。盛岡インターチェンジで降り、一度車を停めて、家から一番近い営業所を検索した。街外れの田んぼが広がる地域にその営業所はあった。幸い今いる場所からそれほど距離もない。

人影はもちろん、対向車さえほとんどない平坦な道路を飛ばしながら絵美のことを考えた。彼女は高卒組だからかれこれ十七年ほど警察に奉職しているはずだ。今から転職して生活していける道がどれほどあるのだろうか。しかし同時に自分もそんな長くいたらやめてしまいたくなるときが必ず来るだろうとも思う。

田んぼの一角に水銀灯の青白い光が間近まで降りてきた星のように輝いていた。道路際に残った雪が光を反射している。

営業所の隣はスペースをたっぷり取った駐車場になっていて、宅配便のマークをつけたトラックがグリルから排熱を吐き出している。少し離れたところに、戸別の配達に使うのだろう小型車やバンが影のなかに沈んでいた。

浩明は防寒のため二重ガラスになっている入口のサッシを引き開けた。

「すみません。荷物を受け取りに来たんですが」

奥のガスストーブにあたっていた若い男が立ち上がってやってきた。

「この時刻にですか」と訝りと迷惑が半々という顔をしている。ガスストーブの脇に封を切ったコップ酒が見え、空気にスルメの匂いがした。夜勤の合間にちょっと一杯といったところだったのかもしれない。

「申し訳ありません。どうしても急ぎで荷物を受け取りたくて」
「荷物の受付番号ありますか」
「これでいいですか」とスマホに来ていたメール内の番号を読み上げる。男はそれをメモ帳に書き取ると、壁一面に設えられたスチール棚に歩いていった。区画ごとに番号が割り振られ、大小様々の段ボール箱が並んでいる。
「これですね。結構重いですよ。持てますか」と男が運んできたのは四十センチ幅ほどの段ボール箱二つだった。持ってみるとなるほどかなり重い。浩明は着払いの料金を払い、凍った路面で足を滑らせないよう注意しながら、それらを自分の車に運んだ。トランクに積み込むとき、紙の束がぶつかる感触が確かにあった。

自分の部屋まで戻る気はしなかった。早く中身を確かめたいし、ベッドが隣ではつい休んでしまいかねない。

五キロほど先の二十四時間営業のファミリーレストランに入り、六人がけの一番大きなテーブルを占拠する。茶色い髪の店員が何か言いかけたがどうせ空いているのだから構わないだろう。ブレンドコーヒーのラージを注文してから、座席の上の段ボール箱を開けた。

入っていたのは十数冊の大学ノートと、九冊のスクラップブックだった。スクラップブックを開くと、ハンセン病関連の新聞記事がびっしりと貼られている。微妙な活字の違いから複数の新聞だとわかり、これだけの新聞紙をハンセン病報道を追うために購読していたのかと思うと、川崎健吾の執念に圧倒された。

もう一つの段ボール箱の中身は十数冊の書籍だった。どれもタイトルにハンセン病の文字が踊っている。ところどころページの隅が折られたり、鉛筆で傍線が引かれていたりするので、どれも熱心に読まれていることがわかる。

ノート類を取り出そうとしたときに、箱の底に封筒が落ちているのに気がついた。開くと便箋が四枚。送り主の川崎英夫からだった。

〈お約束の父のノート類を送ります。父は晩年、長いあいだ家族にも語ることのなかった自分の前半生について考え直そうとしていたようでした。いろいろな本を読み、新聞記事を切り抜いていました。ご覧になればわかるように、記事のほとんどは一九九六年のらい予防法廃止以降のものです。それまでハンセン病者の半世紀以上にわたる苦難はほとんど世間に知られることなく、患者たちは打ち捨てられていました。そしてようやく世の中がそのことに気づいたとき、患者の多くは高齢者になっていました。だからこそ父はなんとか自分の体験を記録に残したいと思っていたようです。その願いは残念ながら叶いませんでしたが、ノートには父の記憶がいくつも断片的に書かれています。また父はまだ生きている患者仲間とも連絡を取り合いたいと思っていたようです。ある日、酒もタバコもやらない父が明け方近くになって帰ってきたことがありました。服からは強いタバコの香りがしました。古い知り合いとずっと語り合っていたというのです。その人からはいつまでも怒りにとらわれていても仕方ない、と言われたのだそうです。死ぬ前に俺も怒りを捨てるべきなのかな、でも俺にはできないとも言っていました。飲み屋をやっている女性だそうです。このように父は最後まで社会への怒りとそこから解放されたいという矛盾する気持ちを抱えていました。来月の十五日が父の三回忌になります。その日に少しでも父のことを思い出してくだされればと思います。〉

　そうか、一月十五日が三回忌かと便箋をたたみ直しながら思う。それからあらためて不思議に思った。川崎健吾の熱心さから考えても、彼が斗南の暴力の被害者の名前をまちがえて記憶していたとは考えづらい。ましてや嘘をつく理由も思いつかない。それならばなぜ汐見哲也の名前が入所者名簿に見当たらないのか。どこかに重大な見落としがある――。

　しばらく考えても何も出てこないので彼はあきらめて机の上のノートを開いた。手をあげてコーヒーのお代わりを注文する。それからノートを開いて中身を読むうちに惹きこまれていった。

　ノートに書かれていることの大半は川崎健吾の少年から青年期にかけての記憶や風景を断片的に綴ったものだった。寒い朝、暖房の不十分な部屋で似たような年頃の仲間と体をくっつけあうようにして眠ったこと、同居人が大切に世話していた籠の小鳥が死んでおり、悲しませないよう仲間と相談して戸を開けたら逃げてしまったのだと嘘をついたこと、視覚障害を持つ夫の手を妻が握って毎朝園内を散歩する老夫婦の姿、両手が不自由なために口に万年筆をくわえて一文字一文字彫るように手紙を書く男、雪の日にかまくらを作って遊んだこと、園内の印刷所で初めて仕事をしたときの緊張感、別棟の少女への儚い恋、待遇改善を求めて開いた集会での熱い討論――。

そこには一人の若者の瑞々しい人生があり、そして周囲のものたちの幾つもの生があった。そのものたちの日常は病と偏見の重荷に押し潰され、歪められていたが、それでも生き生きと精一杯毎日を過ごしていた。いつのまにか浩明には川崎健吾という見知らぬ青年がごく身近な知己のように感じられてきた。浩明は手帳がわりのダイアリーを取り出して来月十五日の部分に印をつけた。英夫のもとに花でも送り、遠い北国から黙禱するつもりだった。その日までには犯人を捕まえたい。

窓ガラスの向こうの空が白々と明けはじめていた。彼はコーヒーを飲み干し、またお代わりを頼んだ。先ほどとは違う十代に見える女の子が煮詰まって焦げ臭い香りのする褐色の液体をマグカップに注いだ。

浩明は新たな断片に夢中になっていた。健吾青年の親しい友人Ｓのもとに複数の職員たちがやってくる。職員たちはＳを懲罰のために特別病室に入れると言う。健吾たちはＳに腕を絡め守ろうとするが、特に暴力的な三人の職員——二人は男で一人は女だ——に殴られたり蹴られたりしてＳを連れていかれてしまう。その日から激しい寒波が園を襲う。健吾もまた自分の暮らす部屋から出ることを禁じられる。ある晩彼はこっそり職員の目を盗んで特別病室へ向かう。その部屋には暖をとるものがなく、窓にはガラスの代わりに鉄格子が嵌められている。暗がりの中、Ｓの名を呼ぶと部屋の隅の塊が動き出し、窓際までやってくる。健吾は持ってきた握り飯を差し出す。Ｓは鉄格子越しに食べさせてくれと言う。寒さのために指が凍傷になっちまった。鉄格子の隙間から差し出されたＳの指は青黒く変色していた。

　そのあと、空いている部屋に寝かされた遺体を囲んでささやかな通夜が行われている描写もあった。同じ施設にまだ十代の汐見の弟がいたらしく、彼は一晩中声をあげて哭《な》いたと言う。彼が指の落ちてしまった兄の手を取り上げて頬をすり寄せる様子を川崎は描いている。

　断片はそこで終わっている。川崎健吾の昂ぶる気持ちを示してか、文字は次のページまで跡が残るほどの強い筆圧で刻み込むように書かれていた。ところどころに文字の乱れや歪みも見受けられる。それがすべて、彼の内側で当時の情景が溢れ出し、書き手を圧倒している様を表しているように思われた。

　浩明を驚かせたのは、もっとも暴力的な三人の職員がそれぞれトンカチ、カンナ、クギというあだ名で呼ばれていることだった。入所者たちが彼らのことをそのように呼んでいたらしい。若く屈強なトンカチが一番凶暴であり、怒り出すとためらいなく人を殴りつけた。カンナはその手下で、トンカチが暴力を振るうとき相手の手足を押さえつけておくのが役割だった。痩せこけているためにクギと呼ばれていた看護婦は陰鬱で冷笑的であり、トンカチらがつけた傷を不注意による怪我と書類に書き込んだ。

　点と点とがつながり、浩明は小さな叫びをあげながら立ち上がった。テーブルに膝をぶつけ、マグカップが揺れてコーヒーが溢れた。近くにいたウエイトレスが怯えた表情でこちらを見た。

斗南の死亡現場の壁に刻まれていた〈トンカチ　カンナ　クギ〉の文字はこの三人を意味していたのだ。そしてトンカチの文字だけが上から引っ掻き傷で消されていた。つまりこれは復讐のための処刑リストだったのだ。だとしたら次は、カンナとクギが狙われる。

浩明は散らばっていたノートやスクラップブックを掻き集めて段ボール箱に収めると、それらを抱えて立ち上がった。早く残された二人を発見しなければならない。


早朝の捜査本部に人影はまだ少なく、デスクで朝刊を広げたままあくびを噛み殺している捜査員が一人いるだけだった。他の人間はラッシュの渋滞に巻き込まれてイライラしているか、仮眠室前の洗面所で歯でも磨いているのだろう。

浩明は一睡もしていなかったが、眠気などとっくに吹き飛んでいた。久生園の職員名簿に駆け寄って、昭和四十六年度を調べる。トンカチが斗南であるのはまちがいない。看護婦の名簿のなかにある櫟《くぬぎ》ひろ子というのが〈クギ〉ではないだろうか。補助職員の一人に〈館内利夫《としお》〉というのを見つけたとき、彼は思わずうめき声をあげた。そういえばカンナはこめかみに紫の痣があるという描写があった気がする。もしそうならば浩明はカンナに出会っているのだ。滴原美和と一緒にいたときに、七重駅前の交番で。それどころか警察に保護を求めてきたカンナを追い払い、市役所まで連れていっている。

捜査員たちが数人フロアに入ってきていた。浩明はその中に水木の姿を見つけて近づいた。

「おはようございます。犯人が次にどのような行動をとるかわかりました」

脱いだトレンチコートをハンガーにかけていた水木が驚いた顔で振り向く。

浩明は片手に持った川崎健吾のノートを差し出して話し出したが、すぐに「まあ、落ち着け」と制止された。

「そこに座って、意味がわかるように最初から説明しろ」

結局水木を納得させるまでに二十分ほどが経過した。そのあいだに二人の周囲には捜査員たちによる輪ができていた。

すべての話が終わると、水木は立ち上がり、部下たちに指示を飛ばした。

「よし緊急配備だ。顔に痣のあるホームレスの男、名前は館内利夫。もし市内にいなければ隣接する市町村まで捜索範囲を拡大する。所轄の全警官で男を捜し出せ」

「もしそれで見つからなかったら」と江口が尋ねた。

「県警本部に応援を仰ぎ、県全体を対象とする」そして「江口は何人か選抜して、館内と櫟ひろ子の鑑を洗え。俺は署長に報告に行ってくる」と歩き出した。

しかし水木はすぐに戻ってきた。そして浩明を睨みつけると、「もし館内が殺されるようなことになったら、おまえは懲戒免職だ、いいな」と宣告した。

その日、浩明も車で七重のあちこちを回った。館内のいそうなところ、ホームレスの集まっているところを捜して回遊する。署を出るときに同僚が言っていた「この時期、宿無しがいられるところなんてたかが知れてるからすぐに見つかるさ」という言葉が耳に残っていたが、浩明はそもそもこの町の表面しか知らない。いきおいあてどなく車でぐるぐる走り回るだけで、ホームレスなど一人も見つけることができなかった。

　車載無線による連絡で、館内は一度も市役所に姿を現していないと知って、浩明は唇を噛んだ。あのとき、市役所の入り口まで館内を送っていったのは無意味だったのだ。せめて窓口まで一緒に付き添っていれば、どこかの保護施設にいる彼をすぐさま確保できたかもしれないのに。

　この通りも二度目か三度目だと思いながら、のろのろと車を走らせて窓の外に目を配る。ふと一枚の看板が目に入った。〈ルーエ〉。そういえばあの店に入ったのは何日前だろう。

　浩明はブレーキを踏んで路肩に車を駐車した。

　まだ日が高いので、店に出入りする人間はいない。店の前の道路は、歩道も車道も足やタイヤによって踏みしだかれた雪でみぞれまじりの水たまりになっている。

　彼が急にアクセルを踏み込んだので、車の背後に水しぶきが飛び、抗議のつもりか後ろからきた車が短くクラクションを鳴らした。

　浩明はＵターンすると盛岡方面に向かって走り出した。

　途中で電話するべきか迷ったが、ここはいちかばちかアポなしで行くことにした。下手に連絡すると姿をくらまされる可能性があると思ったからだ。

　絵美の家は瀟洒とは言い難い古びた小さなマンションだった。インターフォンを押すと、すぐにチェーンをつけたまま扉が開かれ、不機嫌そうな絵美が顔を出した。

「どうしたんだよ、急に」

「娘さんの具合はいかがですか」

絵美は背後を振り向き、「いいから、部屋にいな」と手を振った。浩明にもちらりと七つくらいの女の子の姿が見えた。

「まあ、大したことはないんだよ。一晩だけ病院に泊まったけどな」

結局娘はどこまで絵美の休暇の理由なんだろうと思いながら、「少し時間をもらえませんか」と聞いた。

「時間って？」

「一時間でいいんです。そのあとどうするかは任せます」

絵美が連れてきたのはマンションから歩いて数分のところにある喫茶店だった。個人営業の店らしく、メニューにコーヒーや紅茶と一緒にぜんざいやおはぎといった甘味が並んでいる。

「まず現在の捜査状況を説明させてもらえますか」と前置きして、彼は自分が東京に行ってからのことを一つずつ順に話していった。水木課長に館内が殺されたら懲戒免職だと脅されたところまで話すと、絵美は初めて笑い顔を見せた。

「そりゃ、刑事が交番から追い出した人間が殺人被害者になったらちょっとやそっとの騒ぎじゃすまないな」

浩明はわざと大げさにため息をついた。

「館内は自分の昔の仲間が殺されたことを知って保護を求めてきたんですね。それを追い返しちゃったんだからこのままでは僕はクビです」

「就活サイトでも覗いてみるか」

絵美の軽口には構わず、浩明は真顔で彼女の顔を見つめた。

「川野さんも一緒に見ますか。どうするんですか。辞めるんですか」

絵美は一瞬たじろいだようだったがすぐに目をそらす。

「なんだよそれ、関係ないだろう」

「辞めないでください。手伝ってほしいんです。川野さんに助けてほしい」

浩明がそう言うと絵美は目を剥いた。

「何をだよ」

「前にマルゲンの香田を締め付けに行ったあと、川野さん、僕にしばらく香田の様子を見張っとけと言いましたよね。そのとき、香田が会いに行ったのが久保正志です」

「ちょっと待て。話が見えない」

「香田は僕らから自分のところの物件で斗南が死んだことを知った直後に、久保正志がやっているルーエという店に飛んでいった。何か口裏を合わせに行ったんでしょう。つまり久保という男は何かを知っている。久保を尋問すべきです」

「そういう風に上に言えばいいじゃないか」

「言いますよ。だけどその前に川野さんと話を固めておきたい」

「どうして」

「僕は久保という人間を知っている。同級生だったんです。中学校のとき、そして進学した高校でも一緒だった」

「だから自分には尋問できないというのか」

「ちがいます。僕にしかできない。だけど一人じゃ無理だ。だからこそ助けてほしいんです」

絵美は言葉を飲み込み、顔をしかめながらテーブルの上を見渡した。それからカウンターの中にいた初老の男に声をかけた。

「マスター、ここタバコ置いてる？」

「ないなあ。ほら、最近受動喫煙ってうるさいから」

「マスターが普段吸ってるのあるでしょ。一本頂戴」

そうしてマスターから封を切ったハイライトと灰皿を受け取るとまず火をつけた。

「千佳ちゃんにタバコ臭いって言われません？」と浩明は尋ねた。絵美は相変わらずしかめつらだが、瞳に光が戻っている。

「うるさいな。一日一本って決めてんだ。それより先を話せよ」

「久保というのは大変頭の切れる厄介な男です。幼いころの事故で下半身付随、車椅子に乗っています。だけど数年前には仙台で振込詐欺グループの幹部になっていた。同級生からそういう噂を聞いたとき、あいつならありうると思った。口が達者で人の心を読むのがうまい」

　絵美が勢いよく煙を吐き出して身を乗り出してきた。

「結局久保は捕まらなかったんだな」

「起訴まで行かなかったんでしょう。でも周囲の連中は大体やられている。それで仙台を引き上げたんでしょう。だけど仙台に地盤のある彼が斗南をマルゲンに紹介したんじゃないかと思ってます」

「なるほど。でもそれだけなら今急いで久保を尋問する必要はないだろう。それよりも館内と櫟を見つける方が重要だ」

「でもそれは僕じゃなくてもできます。久保から話を引き出すのは僕にしかできない」

「なんでそんなにこだわるんだ」

　コーヒーはすでに空にしてしまっていたので、浩明はコップの水を一口飲んだ。

「少し長くなりますよ」

　すべて話し終えたときにパッと天井の明かりがついた。日が陰ってきたためにマスターが照明を入れたのだった。

「一度家に戻って娘の様子を見てくる。もう母が帰ってきているはずなんだが一応念のため」と絵美が言った。一本きりのはずだった吸い殻がうず高く灰皿に積もっている。「あたしはそのあと県警に行って、久保の過去の逮捕歴を洗ってみる。麻戸は捜査本部に戻って明日、久保正志を任意で聴取したいと申し出るんだ」
「わかりました。聴取前に打ち合わせして戦略を考えましょう」と浩明は応じ、二人で同時に立ち上がった。腹の底から湧き上がってくるものがあった。

水木課長に特別に頼んで聴取は透視鏡のある取調室で行うことにした。よく映画などに出てくる隣室から取り調べの様子を観察することのできる部屋だが、これまで浩明は使ったことがなかった。

久保の取り調べはまず絵美が主体となって行う。浩明はパソコンで調書を取るのに専念する。耳には無線のイヤホンを嵌め、必要に応じて隣室からの指示に従えというのが言い渡された命令だった。

彼はパソコンの電源を立ち上げてからちらりとミラーの方を見た。その向こうに水木と江口が座っているはずだ。

低いモーター音がして、電動の車椅子が入ってきた。後から神妙な顔つきの絵美が続く。彼女も身障者を取り調べるのは初めてだと言っていた。

久保正志は涼しげな表情で部屋に入ってくると、机の前まで来て止まった。
「わざわざご足労いただき、ありがとうございます」と向かいの椅子に腰掛けた絵美が挨拶した。

調書を取るために部屋の隅でパソコンに向かい合っている浩明にちらりと目を投げたが、

久保の表情は変わらなかった。

「はじめまして。どんな用件で呼ばれたのかさっぱりわかりませんが」

「では早速始めさせていただきます。先月七重市の蓮台で死体が発見されました。ご存知ですか」

「ニュースで聞きました。でもそれくらいです」

「被害者の斗南昭三さんに会ったことありませんか」と絵美は斗南の写真を渡す。

「いえ、ないと思いますね。店に来ていたら別ですが、そうだとしても全員の顔を覚えているわけではないので」

「じゃあ、話を変えます。マルゲンという不動産会社とお付き合いがありますよね。社長の香田光雄を知っているはずです」

　久保は首をかしげた。

「確かに知っていますが、それが何か。時々、店に来てくれます」

「この斗南昭三が亡くなった現場がマルゲンの所有する不動産だったんです。それで香田に事情を聞きに行った。その直後にですね、香田はあなたの経営するルーエを訪れています。なにか斗南昭三に関して相談する必要があったのではないですか」

　久保は小さな笑い声をあげた。

「確かに香田社長がしばらく前にやって来ましたが、それは会社のクリスマスパーティーをうちの店でやる打ち合わせのためでした。社員を招いて貸切でやってくださるそうで、うちとしても大変助かってます。その斗南という人の話は出ませんでしたね」
〈ヤクザがクリスマスパーティーをするかよ。向こうのペースに乗せられるな〉と耳に嵌めたイヤホンから聞こえてきた。水木課長の声だ。久保に言い抜けられるのを懸念している。

浩明は何も聞こえていないふりをして二人の会話を打ち込みつづける。

「その事件で、犯人の目星はついていないのですか」と久保の方から尋ねてきた。探りを入れてきているのだろうか。

「詳しいことはお話しできませんが、非常に危険な犯人であることは確かです。警察は全力を挙げて捜索を続けていますが、市民の方にもご協力いただきたいんです」

「それは協力は惜しみませんが、本当に何も知らないんですよ」と久保は肩を竦めてみせる。

浩明に合図をして絵美は立ち上がった。彼女に代わって浩明が久保の正面に座る。

「ご無沙汰してます。麻戸です。この前少しだけ会ったけど」

久保は唇の端に笑みらしきものを浮かべただけでこれと言った反応は見せなかった。

「どうも」

「今日はせっかくだから少し昔話をしようか。最後に話をしたのは八年前の夏だったよね」

久保は、おや、というように眉をあげた。本当にその話をしたいのかい、とその顔は言っているように見えた。

「君は町外れの川辺にいた。何であそこにいたのかわからないけど」

「そんな話をするためにわざわざ呼び出したわけ？」と久保はあからさまに白けた顔をした。

「僕には脳性マヒの弟がいる。車椅子なしでは生活できない」と浩明は話を続けた。

「そんなこと知ってるさ。同じ学校にいるんだ、意識しないわけがない」

「あのとき、自分は誤って弟を怪我させてしまって混乱していた。夏のリハビリ合宿で弟を痛めつけてしまった。家に帰ることもできずフラフラしていた。ほとんどパニックみたいになって――」

　不意に言葉が途切れたのは、あの夏の夜のことが自分でも驚くほどの生々しさでもって蘇ってきたからだった。

　生温かい夜の空気とうるさいくらいの虫の鳴き声、川面を渡ってくるどこか生臭く感じられる風を受けて、繁茂した夏草がざわざわとそよいでいる。

　家から歩いて二十分ほどの川べりの土手だったが、浩明はどうしても両親の顔を見る気になれずさまよっていたのだった。久保正志は土手の端に車椅子を止めて夜の流れを見ていた。川を隔てた先の街の灯りが、湿っぽい空気のなかで瞬いていた。

　黙り込んだ浩明を見て、久保が吐き捨てた。

「あんたが思い出に耽《ふけ》りたいだけなら帰らせてもらうよ」

浩明はその言葉を無視してつづけた。

「あの夏の夜のことはその後も何度も思い出した。君のことも考えた」

「あんたと関係ないだろう」

「次に君の話を聞いたのは、逮捕されたと噂が流れてきたときだった。さすがに驚いたよ。今度調べてみたんだ」

浩明は手に持っていた封筒から資料を取り出した。

「二十五のときに特殊詐欺と恐喝の疑いで宮城県警に逮捕されている。君が捕まったのは部下の一人が密告したからだ。結局立件できなかったようだけど」

久保はもう苛立ちを隠そうとしなかった。唇をひしゃげてしかめ面で浩明を見ている。

「君はリーダー格だったわけだ。大したもんだよ。その体で柄の悪い連中を従えていたんだから」

浩明は言葉を切り、資料から顔をあげてまっすぐに久保を見た。

「もし自分のしたことが久保の人生の転機になったのだったらどうしようとずっと考えてきた」

久保が鼻を鳴らした。

「何勝手なこと言ってんだ。思い上がってんじゃねえよ」

「少なくとも夏までは普通に大学を卒業して社会に出るつもりだったはずだ。久保くらい優秀ならどこでだって活躍できただろうし、もっと明るい道を歩くことができただろう。

はっきり言ってケチな犯罪だ。あぶく銭は稼いだのかもしれないが、何年も続けられるようなものじゃない」

「はっ、大学の成績が何だってんだ。そんなもんで俺たちが普通に就職できると思ってるのか」

「それにしたってリスクが高すぎる。一生この評判はついてまわる」

〈おい、いつまで昔話をしてるんだ。本筋に戻れ〉とイヤホンから水木課長の声が聞こえてきた。浩明は一旦深呼吸した。

「八年前のあの夜、僕はイラついていた。なんで障害者なんているんだと思っていた」

〈麻戸、おまえ何言ってるんだ〉とイヤホンの声が喚いた。

「弟のせいで、弟が生まれてきたせいでこんなに苦しい。八つ当たりだとはわかっていた。だけど、弟が最初からいなかったら、あるいは普通の体を持って生まれてきてくれたら自分がこんなに悩まなくていいのにとずっと考えていた」

久保が嘲りの笑みを浮かべた。

「そう考えるあんたはフツーの人間だよ。みんな本心ではそう思ってるんだ。俺たちが町を行くだけでどんな言葉を投げられるか。舌打ちなんていい方だ。邪魔だ、早く行け、目障りなんだよ、おまえらみたいのにどんだけ税金が使われていると思ってんだ、なんて聞こえよがしに言われるんだ。あんたと一緒だよ」

「あの日の夜、僕もそう言った。目障りなんだよ、ここから消えろ、と君に言った。覚えてるよな」

〈今すぐ話すのをやめろ。取り調べは中止だ。川野、絶対今の言葉を調書に残すな〉

浩明は耳からイヤホンを外して机の上に置いた。絵美は何の感情も表さぬままパソコンの前に鎮座しているが、その手は先ほどから動いていない。浩明はもう一度正面から久保を見据えると、そのまま深々と頭を下げた。

「すまない。ずっと後悔していた」

「ふざけんな」と久保が大きな音を立てて机を叩く。

あの夜、一人になりたくてやってきた川べりに同級生の久保を見出したのだった。彼もまた人を避けてそこにいたのかもしれないと気がついたのはずっと後になってからのことだ。建物もまばらな深夜の町外れに通行者の姿はなく、ときおり車のヘッドライトがあたりを一瞬照らしては去ってゆくばかりだった。

久保は立ち尽くしている浩明に気がついて少し驚いたようだった。まさかこんなところで顔を合わせるとは思わなかったのだろう。その表情が浩明を苛立たせた。嫌なときに出会ってしまったと思った。

何してるんだよ、と浩明が言うと、何でもいいだろ、と久保は返答した。目障りなんだよ、消えろよ。何だと、もう一度言ってみろ。お前こそ消えろ。はあ？　やる気かよ。やってみろ。

浩明は車椅子の久保に近づき、その肩を小突いた。軽く突いたつもりだった。だが存外に力が入っていたようで、車椅子がぐらりと揺れた。そのことが浩明を怯えさせた。畜生、岳大のときと同じだ。俺はこの男まで怪我させてしまうかもしれない。

しかし久保は歩き去ろうとする浩明にしがみついてきた。何だ、てめえ、逃げるんじゃねえよ。俺を突き落としてみろよ。この川に突き落としてみろ。目障りなんだろう。だけどそうあっさりとは溺れてやらないよ。お前にしがみついて道連れにしてやる。やめろよ。調子に乗んなよ。久保の腕を振り払っても車椅子で追いかけてくる。やめろって言ってんだろ。再び払いのける。それでも久保は浩明の腕を離そうとしなかった。そこまで言うんなら突き落としてやる。自分がどこまで本気だったのかはわからない。久保正志の身体を考えれば怪我では済まない事態になっていたかもしれないのだ。気がついたとき二人は絡まり合ったまま急傾斜の土手を転げ落ちていた。水しぶきがあがる。浩明は必死で水をかき、岸辺の砂利に膝をついて飲んでしまった水を吐き出した。

久保はどうなったのか。はっと気づいて立ち上がり振り返る。両手で体を引きずりながら水から上がってくる黒い影があった。危うく人一人殺してしまうところだったと思うと膝が震えた。

浩明は四つん這いになって土手の草はらを息を切らして登った。土手の上まで来て川を見下ろすと、ひっくり返った車椅子のシルエットが墨を流したように黒い水の中から突き出していた。

目を閉じて机すれすれにまで頭を下げつづけていると、久保の車椅子がすぐ隣にやってくる音が聞こえた。

耳元で久保は囁いた。

「あんたに目障りだと言われたとき、ついに本音が出たと思ったよ。弟をよく庇《かば》っているのは知っていた。通学中にからかってくる連中を追い払っていたのを見たこともある。だけどそんなあんたでさえ、結局こうかと思った。これが健常者様の本音かと思った」

浩明はまぶたを開き、すぐ間近にある久保の顔を見た。久保の目は赤く血走っていたが、同時に潤《うる》んでいるようにも思われた。

「だけど地べたからは逆にお前らみたいにただ五体満足だというだけでこちらを見下ろしてくる人間の間抜けづらが良く見えるんだよ。俺たちは障害があるということで健常者より劣っている、少しでも健常者に近づかなければならないと小さいころから教え込まれている。だけどそんなのは嘘だ。俺の車椅子はお前らが走るよりも速い。俺はお前たちよりよほど頭がいい。お前たちが威張って俺たちを見下しているのは単に数が多いからだ。もし足萎《な》えの国があれば二本足で立っているお前たちの方が身障者だ」

浩明はゆっくりと頭をあげて、久保と向かい合った。

「助けてほしいんだ。今のままだと斗南に続いて、二人の人間が殺される」

久保はしばらくのあいだ、薄く唇を開いて浩明を見つめていた。

「何が知りたいんだ」

「どのように斗南と接触したか。どうしてあの家に斗南を住まわせたのか」

「後から権利だなんだとうるさく言わない人間を探していた。分け前のことで揉めるのが嫌だからと言うことだった」

「依頼したのはマルゲンの香田だな」

久保は否定しなかった。それを肯定とみなして浩明は先を続けた。

「仙台で斗南を見つけたのか」

「宿無しなら文句を言わないだろうということで、ホームレスのたくさんいる仙台まで行って探させた。俺はホテルでやってくる候補者たちを面接した。そのとき、あの場所の写真を見せたんだ。斗南はその写真をじっと見て、ここだったらよく知っていると言った」

「自分からここに住みたいと言ったのか」

「そうだ。あんな辺鄙な場所だ。文句が出てもおかしくない。だがあの男はなぜか懐かしそうだった。それが決め手になった。別にこちらは誰でもよかったんだ」

低いモーター音を立てて久保の車椅子が立ち去ったあと、浩明はぐったりと机に突っ伏した。すべて出し尽くしたという気持ちだった。

絵美がポンと背中を叩いた。

「まあ、及第点だろ。上も引き揚げた。帰ろう」

一日を終えた捜査本部はいつものように疲労と諦めの空気で満たされていた。いや、いつも以上に焦燥の炎がじりじりと空気の底を炙っている。緊急配備を二日続けながら館内の足跡一つ見つけることができないのだ。上も下もじっとしていられぬ気分になるのも無理はない。

　明日からはいよいよ県全域に捜査拡大だ、という声が耳に入った。帰り支度をしているものもしていないものも、口を開けばくぐもった声になる。愚痴とも自虐ともつかない低い呟きを男たちは囁き交わしていた。

　浩明は今夜も署に泊まることにして、近くのコンビニまで走って、夕食の弁当と一緒に着替えの下着類を買うことにした。幸いワイシャツも一枚売れ残っていたので購入した。

　飯を食い、シャワーを浴び、汚れた衣服をビニール袋に詰め込んでロッカーに放り込もうとしたとき、ワイシャツからタバコの香りが臭った。昨日喫茶店で絵美と一緒に打ち合わせをしていたときについた臭いだ。

　ロッカーの鍵をかけてから、最近似たような話がどこかにあったと思い出した。なんだったか？　川崎英夫から受け取った手紙だ。

　彼はもう一度着替えると階下の捜査本部に向かい、消してあった照明をつけなおし、段ボール箱に収められている封筒を取り出した。

〈ある日、酒もタバコもやらない父が明け方近くになって帰ってきたことがありました。服からは強いタバコの香りがしました〉

　川崎健吾はどこかの飲み屋で古い知り合いと朝まで語り合う。そこで怒りを捨てることができるかが議論になる。ここで当然汐見が殺されたことが問題になったにちがいない。この飲み屋をやっているという〈古い知り合い〉となんとか接触できないか。

浩明は川崎のノートも取り出して、せわしなくページを繰った。この日の出来事について何か書き残されていないだろうか。

ふとあるページで指が止まった。〈夜光虫〉という文字が余白に書き込まれ、周囲をボールペンの線がぐるぐると囲んでいる。それだけ川崎健吾にとって大切な単語だったということだ。そしてこれは飲み屋の名前を思わせないか。

浩明は壁に張り出されているアドレス帳を一ページごとにコピーしたものを確認した。夜光虫、ある。余白には、三回電話したが誰も出なかった、とある。もし飲み屋なら、昼間に電話しても誰もいない。

時計を見ると午後十一時二十三分だった。デスクの電話の受話器を取り上げると、すぐに相手が出た。

〈はい、夜光虫です〉

「夜分遅くすみません。ママさんいますか」

〈わたしですけど〉

「経営者の方ですよね」

〈そうよ。何か御用？〉

「川崎健吾さんってご存知ですよね。古いお知り合いかと思うのですが」

女の声がかすかに緊迫した。

〈健吾ちゃんに何かあったの？〉

「残念ながら亡くなられています。二年前に……」

しばらく沈黙があった。

〈そう。健吾ちゃん、亡くなったの……。最後に会ったときは元気そうだったのにね〉

「そのお会いしたときの話を伺いたいんです。過去の怒りを捨てることができるかについて話し合われたそうですね。その話って、久生園のことですよね」

久生園の名前を出したのは様子を見るためだった。女の声は再び硬くなった。

〈なんでそんなこと聞くの？　あなた誰？　健吾ちゃんの家族なの？〉

浩明は一瞬ためらってから答えた。

「警察です。斗南昭三と汐見哲也のことで聞きたいことがあるんです」

一瞬息を吞む音がしてからガチャリと電話が切れた。

彼はあわててもう一度番号をプッシュした。一回、二回、三回と何度コールが鳴っても相手は電話に出ない。彼は一度電話を切り、またすぐに掛け直した。だめだ。やはり受話器を取ろうとしない。浩明は祈るような気持ちでもう一度電話をかけた。頼むからどうか出てくれ。

何十回目かのコールの途中で受話器が持ち上げられた。

〈もういい加減にしてほしいの〉

「お願いです。どうしても話を聞かせてほしいんです。川崎健吾さんのためにも。そうでないと彼も浮かばれません」

受話器の向こうから深いため息が響いてきた。

〈じゃあ、明日店に来て。明日は昼カラをやる日だから、その前に。十時半ごろがいいわね〉

女は三《み》笠《かさ》ミツヨという名前と葛飾《かつしか》の住所を告げた。電話を切ってから浩明も大きく息を吐き出した。これで名簿上に存在しない汐見哲也の謎に近づけるかもしれない。

それから今度はスマホで絵美に通話した。

休んでいたところなのだろうか、〈なんだよ、こんな時間に〉とあからさまに不機嫌な声が返ってくる。

「僕は明日、朝一で東京に行ってきます。川崎健吾の久生園時代の知り合いが見つかったんです」

彼は簡潔に状況を説明した。

「それで川野さんから課長に僕が出張したと報告してください」

〈なんだよ、あたしがどやされる役かよ〉とぼやきながらも、絵美は〈いいネタ拾ってこいよ〉と激励して通話を切った。

翌朝彼は京成線青砥《あおと》駅の改札から二分ほど歩いた路上にいた。

小さなビルの一階にスナック夜光虫はあった。〈ミツヨのカラオケ教室　本日十二時より〉という手書きの張り紙が電飾看板にテープで留めてある。

彼は扉をそっと押し開けた。薄暗がりのなか目を凝らすと、小太りの女がカウンターの手前のスツールに座っているのが見えた。

「いらっしゃい。あなたが警察の人？」とミツヨの方から声をかけてきた。

浩明は挨拶をして名刺を差し出す。ミツヨは老眼鏡を取り出してからしげしげとそれを眺めた。

「ふうん、わたしは三笠ミツヨ、昭和二十三年生まれ、もう六十八歳になっちゃった」

浩明は彼女と向かい合うソファに腰を下ろしながら尋ねた。

「以前、久生園にいらしたことがあるんですよね」

ミツヨはカウンターの上の水のグラスを取り上げた。中の氷が触れ合って硬質な音を立てる。

「八つから二十三の年までいたよ。私の人生はね、パキッて二つに分かれてるの。久生園時代と久生園以降。そして前半部分はなかったことになっているの」

浩明は思わず頭を下げた。

「それなのに、今日はありがとうございます」

「どうして警察が久生園のことを知りたがっているの」

「斗南昭三のことを調べているんです。斗南昭三という男をご存知ですよね」

ミツヨは白いむっちりとした首をのけぞらせて笑った。

「知ってるよ。忘れるはずないじゃない。あの男が哲ちゃん殺しちゃったんだから。あんときはもう泣けて泣けて大変だったわよ。私と哲ちゃん、とても仲よかったのよ。一度は結婚しようかなんて話まで出たの。まあ冗談みたいな感じになっちゃって、何にもなかったけどね」

　浩明は興奮して前のめりになった。

「その哲ちゃんというのは汐見哲也さんですよね。汐見さんは久生園に本当にいたんですね」

　何を今更、という顔でミツヨはこちらを見つめ返した。

「そりゃそうよ。哲ちゃんには仲間もたくさんいたし、みんなからも好かれてたわよ」

　浩明は安堵の思いが全身に広がるのを感じた。これでこれまで川崎健吾の言葉のなかにしか存在しなかった汐見を実在の人物と証明することができそうだ。

「斗南昭三、館内利夫、櫟ひろ子、この三人が汐見さんを殺した。これもまちがいないですか」

「そう。あのころは威張っている職員がたくさんいたけど、その三人は本当にひどかった。なんであんな暴力職員を放置していたのかねえ。哲ちゃんは前から目をつけられていたから、それであんな目にあわされたのね。帰ってきた遺体がもうひどい姿で見てられなかった。あちこちが凍傷でね、あんな寒いところに閉じ込められて……」

　ミツヨはティッシュを一枚引き抜くと音を立てて鼻をかんだ。涙腺が緩んできた様子だった。

浩明はずっと考えていたことを口にした。

「けれども三笠さんはここ数年以内に斗南昭三と再会したんじゃありませんか」

ミツヨはティッシュを丁寧に折りたたむと、ゴミ箱に放り投げた。きれいな放物線を描いてそれはゴミ箱に収まった。

「なんだかもうすっかりわかってるみたいね。そう、四、五年前の冬よね、斗南が偶然この店にやってきたのよ。もうびっくりしたわよ。何十年経ってもあの顔は忘れない。わたし、また殴られるんじゃないかと思ってね、カウンターの内側でずっと包丁握ってたのよ。だけどね、向こうもこっちに気がついていたのね。他の客がいなくなるまでずっと粘ってね、それで最後はぐでんぐでんになって泣くのよ。俺はもうだめだ、俺は本当にひどい人間だったって。困っちゃうのはこっちよ。もう何年もあの男だけは許さないと思っていたのに、そんな風にされたらどうしようもないじゃない……」

だからそのあと、川崎健吾と意見が分かれたのだと浩明は考えた。酔って啜り泣く人間に怒りを抱き続けるのは難しい。その姿を見てしまったミツヨと怒りを純粋に保ちつづけた健吾のあいだで議論になった。

「じゃあ、去年の冬、仙台で車上生活していた斗南にわざわざ会いに行ったのは三笠さんなんですね」

ミツヨはふっと薄く笑った。

「そう。自分でもなんでこんなことしてるのかと思ったけど、仙台まで行っちゃったのよ。ほんとばかよね。でもわたしたちハンセン病者のことなんて誰も覚えてないんだから、お互いに助け合うしかないのよ。あら、変ね。そう言っても斗南とわたしたちじゃ全然立場がちがうのに。わかんない。理屈じゃないのよ。助けてやらなきゃって思っちゃったのよ」

彼女は少し途方に暮れているように思えたが、そのうち立ち上がった。

「ごめんなさい、ちょっとおトイレいいかしら」

彼女が消えたあいだ、浩明は自分のスマホを確認した。絵美からメールが一通来ている。件名が「汐見静雄の似顔絵」となっているのを見て胸が騒いだ。本文は空白だったが、添付ファイルを開くと初老の目つきの鋭い半白の男の鉛筆画がモニターに浮かび出た。

水が流れる音がし、扉が開いたのであわててスマホをしまった。

ミツヨは大儀そうに歩いてきて、先と同じスツールに腰掛けた。口を開いたのは彼女の方からだった。

「ねえ、久生園のお骨ってどこ行っちゃったか知ってる？」

「お骨？　どういうことですか」

「久生園には納骨堂があったのよ。死んでも家のお墓に入れてもらえない人が多いから。哲ちゃんもそこに入ってたんだけど、園が閉鎖になっちゃったでしょ。あそこのお骨どうなったんだろう。大間知さんとかもねえ」

「大間知さん？　大間知篤郎ですか」と浩明は繰り返した。

「あら、大間知さんのことまで知ってるの？」

「いえ、ほんのちょっぴりしか」

「大間知さんはわたしが十五のときに亡くなったの。東京オリンピックの前の年よ。あれも忘れられないお葬式だった。大間知さんはすごい人だったからねえ。哲ちゃんも大間知さんの姿を見ていなければ、あんな風に園と命がけで争ったりしなかったでしょうね」

「どういう人だったんですか」

　不思議なことに、ミツヨの顔はどこか遠い昔の甘美な思い出の話でもするようにほころんだ。まるで恋人のことを語るような表情だ。

「聖人みたいな人だった。戦争の前からいたんだけどね。なんでも知ってるのにとても物静かで」

　それから彼女はしばらく物思いに耽るように視線をゆっくりとさまよわせた。

「彼がずっと言っていたのは自分たちから命をつなぐ権利を奪うのはおかしいということだった」

「命をつなぐ権利というのは？」

「療養所にいる人間は結婚はできても子供を作ることは認められてなかったの。女には不妊手術、男には断種手術が強制的に行われていたから」

「その話も聞いています」

浩明はうなずいた。

「でもね、自分たちみたいな人間が子供を作ったって育てられない、産んだってどうせ不幸になるだけだって言われたら、なんとなく納得しちゃうのよね。みんなそう思ってたの。大間知さんがそれはおかしいと言い出すまでは」

「大間知篤郎は各地の療養所でも名前が知られていたみたいですね」

「そうよ。彼はみんなの希望だったのよ。大間知さん本人も子供を作ったの。あれもびっくりしたわ。療養所にちょっと頭がおかしいと思われてばかにされている女がいてね、普段は穏やかなんだけど、ときどき神がかっておかしなことを言い出すの。まあ予言っていうのかな。それで子供を二人産んで、女の子と男の子だけどね、無理やり引き離されるまで療養所に一緒にいた。とってもきれいな子供たちだった」

「その後、その子たちに会ったことがありますか」

「大間知さんのお葬式に来てた。二人ともすごい立派な身なりをして、なんと運転手付きの車で来たのよ。びっくりしちゃった。大間知さんの家ってお金持ちだったのね。それなのに園に入れて放りっぱなしで本当にひどい」

彼女はまたティッシュを抜き取ると目の縁をぬぐい出した。

「大間知さんがすごかったのは名前も決して変えようとしなかったことね。園が与えた名前で呼ぼうと決して返事しようとしなかった」

「どういう意味ですか？　与えた名前？」

「あら、知らないの。療養所に入るときは、それまでの名前を捨てて、新しい名前を受け取るのよ。世間とは別の場所に来たのだということを思い知らせるためよね。わたしも園ではずっと三笠ミツヨとは違う名前を使ってたの。健吾ちゃんだって当時はヒロフミよ、斎藤《さいとう》ヒロフミ」

「じゃあ、汐見哲也というのも戸籍上の名前じゃないんですか」

浩明がとつぜん大声を出したのでミツヨは驚いたようだった。

「そりゃそうよ。それは園の名前だもの」

「本名はなんていうんです」

「知らない」と彼女は首を振った。「そんなこと話して何になるの。外に置いてきた親や家族の話はしないの。だって辛くなるだけじゃない」

浩明はしばらく呆然としていた。それではいくら汐見哲也の名前を入所者名簿で探してもないわけだ。

ミツヨが時計を見て「あら、こんな時間」と言い出した。「もうすぐ生徒さん来ちゃう。今日はもう帰ってくれる？」

浩明は気を取り直した。もう一つだけ、どうしても聞いておかなければいけないことがある。彼はポケットからスマホを取り出すと、先ほど絵美から送られてきた画像を開いた。

「この顔に見覚えありますか。年齢は五十代、大柄で物静かな感じの男です」

ミツヨはまた眼鏡をかけ直した。しばらくモニターを眺めてから言った。

「いつだったか店に来たわよ。この人斗南の甥《おい》っ子なんでしょ。斗南の行方を捜していると言ってた。もう年をとって心配だから引き取りたいって」

「それでなんて答えたんです」

「仙台にいるって教えてあげたけど」

　浩明は大きく長い息を吐いた。これで点と点がすべてつながった。

「うまく斗南を見つけられたのかしら。あの男、今なにしてるの。まだ仙台で暮らしてるの」

「ついこの前亡くなりました」

「そう、斗南も死んじゃったの」と言うとミツヨは大きな音を立てて鼻をかんだ。「あんな男でもいなくなると寂しいね。みんないなくなっちゃうんだね」

　あなたが居場所を教えた男が殺したんですとは浩明は最後まで言えなかった。

　薄暗い店内から眩しい路上に出ると軽く目眩《めまい》がする。灰色の建物が並ぶ地平線の一角に、青空に突き立てられた針のようなスカイツリーのシルエットが見える。


　浩明はすぐに絵美に電話をかけた。

「入所者名簿で、一九七一年十一月に病死している若い男を洗い出してください」

「どうして」

「汐見哲也というのは本名ではなく、園内でのみ使われていた名前なんです。その月に病死で処理されている男がいたら、彼が汐見哲也です」

「わかった」

浩明が東京駅に着いたころに折り返しの電話があった。

「該当する人物は遠藤行彦《ゆきひこ》ただ一人。この弟の名前を遠藤静雄と仮定して、いま運転免許の情報を取り寄せている」

「了解しました。今から新幹線に乗って戻ります。盛岡に着くのが四時半ごろだと思います」

「わかった。待ってる。こちらはだいぶ吹雪きそうだ」

しかし新幹線は予定通りには進まなかった。降雪と強風のため先行車輛が遅れているということで、浩明の乗った列車は仙台で三十分の待機を余儀なくされた。浩明はデッキに立ち、ホームで寒そうに肩をすぼめている乗客たちをぼんやり眺めた。客たちはいつまでも出発しない浩明のいる車輛をどこか恨めしげに見つめていた。おそらくそこにいるのは、この次か次の次の新幹線のチケットを持っているものたちなのだった。

とつぜんマナーモードにしていたスマホがコートのポケットで震え出した。彼はあわてて通話ボタンをタップした。絵美の声が響いてきた。

「やられた。逃げられた」

「どうしたんです」

「遠藤静雄は市内にいた。椿屋敷というところで運転手をしていた」

椿屋敷と聞いて絶句する。ついこの前、椿屋敷の運転手が車を磨いている後ろ姿を目撃したばかりだ。犯人のすぐ近くにいたのだと思うだけで震えが這い上がってくる。

「それで、どうしたんです」

「急行したが二日前に辞めて出ていったと言われた。行き先はわからないと言っている」

浩明はデッキの壁に据え付けられている金属の手すりを握りしめた。なんてことだ。遠藤は自分を見て警察の手がもうすぐ伸びてくると気づいて仕事を辞めたのにちがいない。

「そんな遠くに行っているはずがない。まだ館内と櫟は見つからないんですか」

「ああ、まだだ。遠藤については、昔トラック運転手をしていたころの同僚とも連絡がついた。仕事でどこか行くたびに斗南という男を知らないかと聞いて回っていたらしい。もう何十年も斗南を捜してまわっていたんだ。斗南もいろんな場所を転々としていたからな」

「昨年ようやくその居どころを見つけたんですよ。それで動き出したんだ。遠藤はもう捕まるのを恐れてなんかいませんよ。今後の人生を棒に振っても子供のころからの恨みを晴らすつもりなんだ」

「何かあったらまた連絡する。そちらも岩手に着いたら電話をよこせ」

結局浩明が盛岡に到着したのは午後六時過ぎだった。車窓からもわかっていたのだが、轟々《ごうごう》と風が夜空を駆け抜け、水銀灯の投げる光のなか雪のかけらが渦を巻いている。駅から自分の車が停めてある駐車場まで走るだけで、髪や肩に雪がびっしりしがみついてきた。

シートベルトを締めてスマホを取り出すと、絵美から一通メールが来ている。着信時刻はちょうど五分前だ。開くと、〈館内のヤサが見つかった〉という一言とともに七重市内の住所が書かれてあった。

東北自動車道も、降りてからの一般道も、今の浩明にとっては暗闇のなかをどこまでも延びていく一本の白い帯のようなものに過ぎなかった。時折無意識のうちにアクセルを踏みすぎていることに気づき、仕方なく足を緩めて、運転可能な速度に復帰した。フロントガラスに次々にぶつかってくる雪片のせいで視界は限りなく悪かった。ほんの一瞬のハンドルの切り遅れがあれば、浩明はガードレールと渾然《こんぜん》一体となった金属の塊の一部になってしまうだろう。けれどもいまは事故の危険を冒してでも一分でも一秒でも早く七重にたどり着きたかった。絵美が知らせてきた住所に、館内のところに到着したかった。

浩明は広くもない道路の片端に幾台もの車が停まり、赤色ランプまで回転させているのを見てブレーキを踏んだ。空いている場所に車をねじ込み、膝まで雪の積もった街路に足を下ろす。

歩道の向こうの建物の扉から光が漏れていた。中に入ると、色彩のない白い廊下を複数の捜査員が行き来していた。壁に一列に同じ臙脂色をしたドアが並んでいる。

浩明は絵美の姿を見つけて声をかけた。

「ここは？　なんなんですか」

「コンテナハウスだよ。どうりで野外を捜しても見つからないわけだ」と臙脂のドアの一つを指差した。ドアの内側は飾り気のない二畳ほどの四角い空間で、床にマットレスや寝袋が投げ出されていた。落ちていた黄色い液体の入ったペットボトルを拾い上げてから、それが尿だと気づいて急いで床に戻した。

「どうしてこんなとこに」

「いま、管理会社と話していたところなんだが、ときどき住み着いてしまうものがいるらしい。もちろんバレたら即契約解除だが。しかし幾ら毛布を重ねたって寒いだろうに」と足元の毛布の小山に視線を落とす。

「いま、館内はどこにいるんです」

「夜間は警備の仕事を日雇いでしているらしい」

「でもこの雪じゃ今日は中止になるんじゃないですか。いつ帰ってくるかわかりませんよ。表の赤色灯――」と示唆すると、絵美は、あっと叫んで廊下に飛び出した。

「おい、外の赤色灯回しっぱなしにしているバカは誰だ。警察が来たってわかっちまうじゃねえか」

　数人の捜査員がどやどやと外へ出ていった。浩明と絵美も一緒に建物の外へ出た。

「車も移動させろよ、普段と変わらないようにするんだ」と絵美が怒鳴っている。

　浩明も自分の車の運転席のドアに手をかけてふと通りの向かいを見た。

　フードつきのジャンパーを着た老人が道路の向こうからこちらを見ている。雪と闇とに隔てられても確かにその顔に見覚えがあった。

「いた。館内だ」と叫ぶと同時に老人は身を翻して走り出した。

浩明が通りを渡り、ガードレールを飛び越えたときには、数人の捜査員が先行していた。館内はよろめきながらも意外なほどの速さで逃走する。浩明は雪に足をとられて転び、タイヤに踏みしだかれた雪混じりの冷水が溜まっている中に胸から倒れこんだ。思わず悲鳴をあげたくなるような冷たさだ。それでも立ち上がり、必死で館内を追う。

館内は赤信号の交差点を渡った。通り過ぎる車が派手にクラクションを鳴らし、みぞれ混じりのしぶきが盛大に上がる。対向車線をやって来た車が急カーブを切ってブレーキをかけ、歩道に乗り上げて走り去ろうとする館内の行く手を遮った。浩明は助かったと思った。応援がやって来たのだ。

しかしその車から降りてきた男は館内の襟首《えりくび》をつかんでそのまま地面にうつ伏せに押し倒すとその上に馬乗りになった。

何かがおかしい。そう思って浩明がふらふらと道路を渡りかけたときだった。

小ぶりの鉈《なた》が振り下ろされるのと老人の悲鳴が上がるのが同時だった。浩明はそのなかに、「おまえは指だけで許してやる」という怒号が混じっていたのを聞き取った。そのまま男の飛び乗った車は急発進でバックし、また交差点に混乱を引き起こしながら走り去った。浩明は他の捜査員と一緒に歩道に倒れたままの館内のところに駆け寄った。館内は片手を押さえたままのたうちまわっていた。真っ白な雪のあちこちに赤い血しぶきが散っており、雪を溶かして淡く滲んでいる血だまりのひとつに、根元から切り落とされた中指が落ちていた。

7

いつのまにか空を舞う雪の量が格段に増えていた。

吹き下ろしてくる風が強いので、雪は静かに舞い落ちるのではなく、渦を巻きながら直接むき出しの顔に叩きつけてくる。美和はコートのフードを被り直し、腕時計で時間を確かめた。

まだ四時半だが空はすっかり暗く、分厚い雲の向こう側に太陽があるなんてとても思えない。美和はうっかり春奈の言う通りにしたことを後悔しはじめていた。

今日数日ぶりに、彼女の方から一緒に帰ろうと話しかけてきたのだった。

仲違い以来ほとんど口をきいていなかったので少し意外だったが、だからといって断るのも子供っぽい。良くも悪くもこだわりのないのが春奈なのだと考えて、美和はうなずいた。帰り道でも春奈は相変わらず他愛もないことばかり話していた。クラスメートの噂、体重の悩み、チーズケーキは焼いたものと生とではどちらが美味《おい》しいか。

田んぼ沿いの道を歩いていたとき、春奈が小さな砂利道を指差して、この道を行くと美和の家まで近道なんだよ、と言った。道はどうやら森の一部が岬のように田んぼに張り出しているのをぐるっと回って続いているらしい。

ここを行くとすぐに馴染みのコンビニの前に出るから。そこからなら美和の家まですぐでしょ？
ふうん、そうなんだ。じゃあ、行ってみようかな。そう答えたのは春奈と二人きりでいるのが結局気づまりだったからかもしれない。春奈のおしゃべりに、一人でいる方が気が楽だと思いはじめていた矢先だったのだ。

　だが別れ別れになったころから降雪が激しくなった。空が暗くなるのと並行して、暗い灰色の雪が視界を埋め尽くしていく。

　その上通常の昼間ならでこぼこや雪の積もり方でわかる路面がわからなくなり、どこまでが道でどこからが田んぼかが判別できなくなった。美和はうつむいてじっと足元を見ながら歩いた。

　それにしてもだいぶ前に森のすぐ脇は抜けているのに、とっくに見えていいはずのコンビニは影も形もない。何もない四辻《よつつじ》にポツンと立っている店だったから、かなり遠くからでも店内の明かりが見えるはずだ。美和はどこか祈るような気持ちで暗闇のなかでぼうっと発光しているコンビニの四角い建物を思い描いた。最近店内に設置されるようになったコーヒーメーカーでホットココアを買って飲みたい。

　足元の雪が靴の下で崩れ、美和はバランスを崩して横ざまに転がった。悲鳴をあげる余裕もなかった。気がつけば冷たい雪の底に横たわっている。

　頬のすぐ下から水の流れる音がする。上半身を起こし、雪を掻き分けるとコンクリートの水路蓋が出てきた。いつのまにか道を逸れてV字の用水路の底に落ちてしまったのだ。

それでも水路そのものに蓋がしてあったのは幸いだった。もしなければ今ごろ全身びしょ濡れになって凍えていたにちがいない。

　怪我をしていないか注意しながら立ち上がる。右の足首をひねってしまったらしく、力を入れるとずきりと痛んだ。それでもなんとか歩けないほどではない。

　四つん這いになって一メートルほどの斜面を登る。手袋をしていても指先が濡れて冷たかった。歩いているとやはり足首が痛む。しかしここで立ち止まるわけにいかない。コート一枚で朝までこんなところにいたら本当に凍えてしまう。

　そのうち、なんだか足元が変だと気がついた。屈み込み、雪の中に手を差し込むとなんだか固いものに触れた。雪を掻き分けてみると秋に刈り取られた稲の切り株だった。やはり自分は田んぼの上を歩いていたのだ。さっき誤って水路の反対側の斜面を登ってしまったにちがいない。

　しかし引き返すにしてももう方角がわからなくなっていた。吹雪のために自分の足跡もみるみるうちに消えてしまう。風がますます強まってきていてただ歩くのさえ重労働だ。耳元でびゅうびゅう風が唸りを立てる。

　落ち着け、と美和は自分に言い聞かせる。ここで冷静さを失うと取り返しのつかないことになる。吹雪の夜に凍死するものが何人かいるという話は前から聞いている。雪で車が動かなくなり、家まで歩いて帰ろうとして道を見失うのだ。中には自宅の数十メートル手前で死んでいるものもいるという。

コートのポケットに入れていた右手が何かに触れた。数日前に買ったキャラメルだった。箱の中に残っているのは一粒きり。それでも美和は嬉しくなった。とりあえずこれを舐めて気持ちを鎮めよう。ところがかじかんだ指で包装紙をうまく剝がせずに、指から落ちて消えてしまった。美和は泣きたくなった。足元の雪を探るが見つからない。もう自分の足元さえ見えなくなっている。

それから電話で助けを呼べばいいのだと気がついた。そんなことも思いつかないなんて、やっぱり自分は動転しているのだろう。だがモニターに圏外の表示が出ているのを見てがっくりきた。通常はこんなことはないのだが、いつの間にか山襞の谷間に迷い込んでいるのかもしれない。

それでもスマホをライト代わりに使えると思いついて少しほっとした。スマホをかざして周囲を見回す。すべて渦巻く雪ばかりで物影のようなものは見つからない。電池が減ってしまうのが惜しくて明かりを消した。電波の届くところに着く前に電池切れになったら目も当てられない。

このまま真っ直ぐ進むか、それとも引き返すか。もしもこの先が山地ならますます町から遠ざかることになる。しかしこれまで歩いてくる途中で人工の明かりを見なかったことを考えると、そのまま戻っても仕方ないのかもしれない。

考えた挙句、九十度右に折れることにした。しばらく歩くうち、歯がカチカチ鳴るのを止めることができなくなった。このままでは低体温症になるのではないかと不安になった。

雪中での遭難はまず低体温症から始まるという。吹雪で激しい震えが止まらなくなったら低体温症を疑えと学校でも教わっていた。体の中枢部の体温が三十三度以下になると各臓器の活動に支障をきたす。心臓の収縮が悪くなり、血流が減って酸素を体の隅々まで送ることができなくなる。指が自由に動かず、細かな作業ができなくなる。意識が薄れ強烈な眠気に襲われて、歩いていてもよろめくようになる。やがて体のバランスが取れなくなり、数歩歩くだけで転倒するという。そういう状態になった人間は多くが幻覚を見る。幻覚に誘われて乏しい体力を振り絞り、道のない森に迷い込んだり、谷底に落ちたりする。もしそうなったら凍えて死ぬしかない。

　不意にすぐ手前に黒い木の幹が聳えているのに気がついた。その背後にも木が並んでいるのがわかる。美和は体の向きを変えた。とにかく山と森を背にして歩きつづけることだ。しばらく行くとまた目の前に黒い影が浮かび上がってきた。今度は樹木ではない。もっと幅広で平面的なもの。手で触れてようやくそれが木の板であるとわかった。人工物、建物だ。残念ながらそれは人の住む民家ではなかった。小さすぎるし明かりもついていない。美和はスマホを点灯して窓から中を覗き込んだ。農具小屋だった。肥料などの袋が並んでいる。それでも中に入れれば風と寒さをしのぐことができる。彼女は手探りでぐるりと廻《まわ》って戸口にたどりついてうめき声をあげた。南京錠がかかっていた。

　美和は風下に廻りこんで座り込み、小屋の壁に背中をもたせた。もうこれ以上歩けない。モニターは相変わらず圏外を示していた。寒さももうはっきりとは感じられなくなっている。それよりも眠い。彼女は抱えた膝に頭を埋めた。

椿屋敷で意識を失ったときのことが思い出された。

気がつけば美和は布団に横たわっていた。まだ目は開けていないが、ここが屋敷の一室であることはわかっていた。そして枕元に、誰かがしゃがみこんでじっとこちらを見ている。女の子供だろうか。長い髪。小さな背丈。

ハッと目を開けた。

座敷には美和以外誰もいない。ついさっきまで、まちがいなく女の子がそばにいると思えたのに。

彼女は上半身を起こした。邸内はひっそりと静まり返っている。珠寸子も小山もすぐ近くにはいないようだ。立ち上がり、布団のすぐ横に置いてあった通学鞄を取り上げる。これ以上長居するつもりはなかった。廊下でも玄関でも誰にも会わなかった。珠寸子たちは出かけてでもいるのか、まるで無主の屋敷になってしまったようにどこもかしこも無音だった。

家に帰ってから何があったのか考えてみた。昨夜明け方までsuzuko oの作品を見ていたため寝不足だった。ここ数日いろいろなことがありすぎて疲れていた。どちらも正しく、どちらもまちがっているような気がした。ただ自分はあそこで寝ているあいだにあの屋敷の奥深くまで入っていったと思った。あるいは反対に、あの屋敷がわたしを呑み込んだ。

風の音がずいぶん遠く感じられるようになった。それだけ聴覚さえ衰えているのかもしれない。自分はここで死ぬのだろうかと思った。明け方になるころには自分は雪に埋もれてしまっているかもしれない。この前見つけた男のように睫毛に霜をこびりつかせた死体になっているのかもしれない。しかし美和にはもうそれを怖ろしいと思うだけの気力さえ残っていなかった。

いつか寒い土地を馬と旅していた旅人が、冬の嵐に巻かれて雪の洞窟に閉じ込められる話を読んだことがあった。追い詰められた旅人は愛馬の腹をナイフで搔っ捌き、その内臓に全身を潜り込ませることで寒さを凌《しの》ぎ朝を迎えたという。

自分にも同じことができたらどんなにいいだろう。馬でも鹿でもいい。その皮膚にナイフを突き立て、縦に裂くと内側から熱い湯気とともに血と内臓の強い臭いが立ち昇る。美和にはその光景が、赤と桃色と黄色の形もさまざまな内臓が、その向こう側のピンク色の肉と脂肪がはっきりと見えた。それはもう命を失っているにもかかわらず、圧倒的なまでに具体的な熱と命によって、美和を生きながらえさせてくれるのだった。美和はそこに両腕を差し伸べた。血まみれの内臓に体を埋めようとした。しかしそれは瞬時に消え去り、暗闇を流れる雪片に変わった。そしてその雪の流れのなかに真っ赤に濡れた少女がいた。少女は皿のように丸い目でこちらを睨みつけると、身を翻して四つん這いで歩き出した。そして美和が座ったままでいるのに気がつくと、振り返って早くついてこいという仕草をした。

美和は夢うつつのまま立ち上がった。女の子のあとを追わねばならないと思った。女の子は二本足で立って走り出した。美和はよろめきながら彼女の背中を追いかけた。周囲はとっぷりとした闇だったが、どういうわけか女の子の後ろ姿だけは闇に溶けることがなかった。彼女は裸足で、雪原を走っても足跡がつくことはなかった。見えない糸で結ばれているように、彼女の後ろを美和は引きずられる思いでついていった。

　不意にギラギラと金属的な光を放つ黄色い照明が視界に飛び込んできた。数時間ぶりに見る人工の照明はまるで太陽のようで思わず目をつぶりたくなるほど眩しかった。そのライトは高いポールの上に据えられ、その下のガソリンスタンドの看板を照らし出していた。光の輪のなかにはガラス張りの事務所もあり、作業着を着た店員が中で動いているのが見えた。

　いつのまにか女の子は消えていた。美和が道路を横断して事務所に近づくと、雪まみれの彼女に気づいた店員が驚いた顔で立ち上がって近づいてきた。


　結局、美和は病院で三日間を過ごした。

　低体温症の可能性があったのは確かみたいだけど、まあ若いし、後遺症は大丈夫でしょうと白衣の医者は笑った。

　あとは足首の捻挫《ねんざ》と耳と指の軽い凍傷。美和は治療のために指を一定の温度に保たれた温水につけなければならなかったのだが、死にかけていた組織が蘇生するのに伴って、猛烈な痒《かゆ》みに襲われたのに閉口した。

春奈がやってきたのは美和がベッドで半身を起こして温水に手を浸していたときだった。彼女は病室に入ってきたときから泣きじゃくっていた。まさかこんなことになるとは思わなかったの。すぐに道が違うことに気づいて引き返すだろうし、天気予報でも吹雪になるなんて言ってなかったし。

どうやら彼女が教えたのは、最初から誤った道らしかった。軽いいたずらであり、復讐でもあったのだろう。だけど美和にはもうどうでもよかった。

あなたとはもう友達じゃないと思う、と告げると、春奈は洟を啜りながら出ていった。

退院してから数日後、美和は三度目になる椿屋敷への訪問を行った。

午後の穏やかな日差しが窓から差し込んで病室を照らしていた。

この前の嵐が嘘のような透明な青空の広がる日だった。

インターフォンを鳴らしてしばらく経つと、小山が現れた。料理でもしていたのか、外したエプロンを手に持って桜色のカーディガンを着ていた。またしても約束なしにやってきた美和に目を白黒させている。

「珠寸子さんは？」

「奥の方にいらっしゃいます。今、呼んできますね」

「いえ、いいんです」

美和は靴を脱いで框を上がった。「すみません、失礼します」とあわてる小山の横をすりぬける。

「ちょっとあなた、何するの」という声が背後で聞こえたが気にかけなかった。もしもあの屈強な運転手に止められたら厄介だと思っていたのだが、幸い姿を現さなかった。

この前は薄暗い迷路のように感じられた屋敷が今では自ら美和を導いているようだった。彼女は迷うことなく鉤の字に折れた廊下をゆき、木の廊下を滑るように走った。艶を放つ黒い階段に足をかけたとき、「待って」と声がかかった。振り向くと珠寸子が青白い顔で立っている。

「お願い、やめて。母はもう人じゃないのよ」

「お礼を言いたいんです。そして二度とわたしの前に現れないよう頼みます」

美和は一気に階段を駆け上がった。

ほとんど触れるまでもなく襖は開いた。甲高い、怯えた獣の立てる叫び。

座敷の向こうにはまた襖があった。この向こうに誰かがいる。強い気配を感じながら引き開ける。やはり向かいにある襖がガタガタと揺れている。美和は深呼吸すると座敷を横切ってその襖を開けた。叫び声とともに狒々《ひひ》のようなものがガラス窓を破って逃げていくのが見えた。畳の上には子供にふさわしい鮮やかな千代紙が散らばっていた。室内に漂う獣の臭いを吹き払うように破れた窓から冷たい風が入ってきた。

8

浩明は運転席の窓を細く開けて、冷たい空気が吹き込んでくるのに任せた。

すでにこの場所に陣取って六時間。トイレと食料補給のために近くのコンビニに走る以外は体を動かしていないので、体の節々が石になってしまったような気がする。

張り込み中にいわゆるエコノミークラス症候群で肺血栓を起こしたベテラン刑事の話を聞いたことがある。胸の痛みと呼吸困難に襲われて一時は本当にもうだめだと覚悟したらしい。目の前にちらついたのが妻子の顔ではなく、面倒くさい死に方しやがってとうんざりした表情の上司だったという落ちでみんな失笑する定番の持ちネタだった。

せめて上半身だけでも血を巡らせようと肩を回し、首を右に左にとねじる。両手を擦り合わせ、指と指を組んで頭の後ろにまわす。

高架の下でうずくまっていた人影が立ち上がって移動しだしたので、浩明はささやかな運動をやめて助手席の双眼鏡を取り上げた。

〈櫟ひろ子〉は元が何色だったのかわからないほど色あせた大ぶりのケープを肩からぐるぐると巻きつけている。白髪交じりのざんばら髪が額にかぶさっているために表情まではよく見えないが、きっと不機嫌そうに歪んでいると浩明は確信している。地面につきそうな長いスカートをまさぐっていた彼女の片手が電子タバコを握っているのを見て浩明は驚いた。ホームレスがあのようなものを持っていていいものなのか判断がつかない。彼は百メートルほどの距離を置いて停められている三台の車に目を走らせた。こうして一応屋根のあるところに居られるだけで恵まれているのだろう。使い捨てカイロを四つも五つも体に貼り付けてどこかで寒さに歯を鳴らしている同僚もいるはずだ。

館内利夫が右手の指を切り落とされた時刻から二時間後、川べりに乗り捨てられた黒のマークⅡが見つかったが、遠藤静雄の行方は不明のままだった。車からの足跡は朝まで続いた降雪で消えてしまい、吹雪の夜とあって目撃者もいない。

しかし遠藤静雄は犯行を続けるだろうというのが捜査本部内の一致した見解だった。彼は館内に対してそうであったように逮捕の危険を冒しても最後まで復讐を遂げようとするだろう。

三日後、普段ならば雪っこ祭りのお知らせだの、駅前商店街の特売日情報だのばかりが載っているローカル・ニュースサイトに、厳寒の冬を乗り切ろうと苦心するホームレスたちという社会派風の記事が出た。それを書いたのが梶田正信であることは捜査会議で聞いて知っていた。梶田はみちのく日日の正社員ではなく、他の中小媒体にもしばしば原稿を書いているらしい。

「一応あれでも老舗《しにせ》新聞社だったんだけど、あそこももうだめだな。まともな給料払ってまともな記者を雇うだけの財力がないらしい」と水木課長と一緒に会議室から出てきた梶田の姿を見て谷が毒づいた。

梶田の記事のなかに、〈櫟ひろ子さん（六六）〉が登場していた。彼女は昼間のうちに商店街を回って売れ残りのコロッケを貰ったり、捨てられた雑誌を拾い集めたりして生活しているという。スケベな連中からちょっかいを出されるのが嫌で、他のホームレスとは距離を置いている。昼間は高架の下、夜は地下通路に移動する。

その記事が出た日から、浩明たちの張り込みが始まった。しかし今日でもう五日目だ。捜査本部でもそろそろ撤収すべきだという声が高まっている。

〈櫟ひろ子〉がまた動き出した。生活用具一式を詰め込んだキャリーバッグを後ろ手に引きずりながらのろのろと薄暗い高架下を歩いていく。しきりに後ろを振り返るのに気がついて浩明は目を凝らした。背後に灰色の人影のようなものがある。

エンジンをかけ、アクセルを踏んでゆっくりと移動する。櫟の少しあとをやはりホームレスらしき大柄な男が歩いている。彼女に話しかけるつもりなのだろうか。

とつぜん彼女はキャリーバッグを両手で持ち上げると、後ろの男に向けて放り投げた。男は身をかわし、路上に金属の食器やら何やらが散らばる。櫟は猛烈な勢いでダッシュした。背後の男が彼女を追う。浩明も車から飛び出した。他の場所からも一斉に捜査員たちが駆けてくるのが視界に入る。

男は櫟の腰に後ろから抱きつき、彼女を押し倒す。男はずいぶん力がありそうだ。女がもがくのを上から押さえつける。ケープが緩んで広がり、女はもがきつづけながら、右手に持った警棒で男の側頭部を強打した。男の顔がねじれ、そのままどうと地面に倒れる。

その上に複数の捜査員が覆いかぶさった。一歩遅れた浩明は、上半身を起こそうとしている女に手を差し出した。

「お見事でした。怪我はしませんでした？」

〈櫟ひろ子〉はうめき声をあげながら立ち上がって腰をはたき、薄汚れたウィッグを外して浩明に渡しながら毒づいた。

「一日か二日って話を信じてひどい目にあったよ。絶対特別手当を出すように掛け合ってやる」

　そして後ろ手に手錠をはめられて地面に押しつけられている遠藤静雄を見下ろした。

「残念ながら本物の櫟ひろ子は大阪で今も元気に暮らしてるよ。孫が二人いるそうだ」

　遠藤は首をねじってこちらを見上げていたが、やがて目を閉じてがっくりと路面に頬をつけた。

　一週間ほど昼も夜も取り調べと書類作りに追われて、浩明たちが解放されたときはクリスマスが間近だった。

「千佳ちゃんへのプレゼントはもう買ったんですか」

　唐揚げを頬張りながら絵美に尋ねる。二人は七重署の近くの小さな中華料理屋にいた。

「ニンテンドー3DSだってさ、それにマリオカートとポケモンの何かをつけて」

　餃子の皿に直接醤油《しょうゆ》と酢をかけまわしながら絵美が答える。

「今、どこに行っても品切れみたいですよ。あらかじめ予約しておかないと」

「マジかよ。もしそうなったらクマのぬいぐるみにチェンジする」

「それはマズイですって。親子のあいだに亀裂が走りますよ。僕だって、プレステ頼んだのに化学実験セットが届いたときの恨みは今でも忘れられないですもん」

「はあ？　まだそんなことで親を恨んでんの？　つくづく器の小さな人間だな。大体、恨むべきはサンタであって親じゃないだろう」

「だからサンタなんかいないと知ったときにあらためて怒りがこみ上げるんですよ」

　翌日捜査本部は解散することになっており、浩明と絵美は一足早く本部に帰ることになっていた。また新たな事件が起きないかぎり、当分七重を訪れることはないだろう。

　返事がないので絵美の方を見ると、彼女は口をポカンと開けて天井ぎわに据え付けられたテレビを眺めている。

「どうしました」

「今、アナウンサーが七重市って言ってたぞ」

　彼はもう一度テレビを眺めなおした。

〈……以上のように政府が岩手県七重市内の鉱山跡地に大規模な核廃棄物貯蔵施設を建設する計画を発表したことを受けて、電力会社各社は歓迎の意を表明しており、ウィーンのＩＡＥＡ本部も協力を惜しまない旨声明しております。計画によれば貯蔵施設は国内のみならず各国からの廃棄物を受け入れる能力を持つということで、今後国際的な注目が集まることが予想されます。一方、地元の岩手県知事はこれから地元住民との対話を重ねてい

きたいと広報室を通じて見解を……〉

　気がつけば店内にいる客たちも皆箸を止めてテレビを見つめている。厨房にいる店主まで、大きな中華鍋を握ったまま、テレビの音声に聞き入っていた。

　絵美がわざとらしいほど大きな音を立てて中華麺を啜りはじめた。

「なんですかね、このニュース」

「さあ、どっちにしろあたしたちには関係ねえよ」

　岩下鉱山の跡地に核廃棄物貯蔵施設を作る。そういえばフィンランドに似たような施設があったはずだと思いながら、浩明はあえてテレビを無視しているように見える絵美に尋ねてみた。

「今回の事件のことなんですけど、遠藤静雄の単独犯行ということで決着したじゃないですか」

「ああ、それがどうした」

「本当にそうだと思います？」

　絵美は箸を丼の縁に揃えて置いた。

「どういう意味だよ」

「大間知珠寸子とその使用人は遠藤静雄がやってることを本当に知らなかったのか。彼は少なくとも数日間、斗南と一緒にいたわけです。準備だって必要だったでしょう。何も気づかなかったんでしょうか」

「なんで大間知珠寸子が遠藤の個人的な復讐に協力する必要があるんだ」

「ハンセン病患者を家族に持つものとしての連帯感、でしょうか」

絵美は腕を組み、しばらく黙り込んだ。

「遠藤が三笠ミツヨから斗南の居場所を聞いたのだとして、それほど遠くない時期に久保が仙台で斗南に声をかけ、療養所の隣の家に住まわせている。これが偶然だと思うか」

「偶然ではないでしょうね」

「しかし遠藤と久保とのあいだに直接繋がりはない。誰かがあいだに入っているわけだ」

「大間知珠寸子しか考えられませんね。珠寸子がマルゲンに働きかけたか、あるいは更に誰かがあいだに入るのかはわかりませんが」

「でも捜査会議では珠寸子のことは問題にならなかった。どうしてだ？」

「大間知の名前は出さないという了解が上で共有されていたんでしょう」

しばらく二人は黙ったまま見つめあった。

「何か言いたいことがあるんじゃないか」

「そうですね。とりあえず早く食べないとラーメンのびちゃいますよ」

へっ、と失笑すると絵美は箸を取り上げた。

「珠寸子が遠藤を全面的にバックアップしていたとしても、直接手を貸したわけではない以上、殺人幇助《ほうじょ》に問うのは難しい。検察だって手を出しやしないだろう。どうせ立証は無理だったんだよ」

「そうでしょうね」と浩明もコップの水を飲み干しながら言った。ちらりとテレビを見たがすでにニュースはドラマに変わっていた。ましてや国家的な巨大プロジェクトの中心人物の身内ということになれば。

「ちょっと一本電話かけてきます」と言って浩明は立ち上がった。

絵美を助手席に乗せて走り出してから「少し寄り道していいですか」と浩明は尋ねた。

「どこに」

「現場です。そこで待ち合わせしてるんです」

斗南が暮らしていた家の前まで来るとすでに相手は先に来ているのがわかった。モスグリーンのスズキアルトが路肩に停めてある。

絵美が一人で行ってこいと言うので、浩明は運転席を降りて、アスファルトに張った氷で滑らぬよう気をつけて歩いた。滴原千秋は道路の端にこちらに尻を向けて立っている。その背中の向こうには柔らかな毛布のような雪にくるまれた平坦な空間が広がっている。

「昔、この場所に療養所があったんだ」と隣に立って声をかけた。「妹さんから聞いたかな」

「そうみたいですね」と千秋は前を向いたまま答えた。「でももうすぐここを貫いて大きな道路が走る」

「すべて大規模な核廃棄物貯蔵施設を建設するため、というわけか」

浩明は千秋の顔を覗きこんだ。

「どうしてそんなことを知っていたんだ」

千秋は苦笑した。年に似合わない老成した表情をする若者だと反発心が疼《うず》く。年相応にもっと単純な顔つきをしたらどうだ。

「知ってたわけじゃないですよ。でも報道を追っているだけでも山間部で何かが起きていることはわかった。すべて大間知家が数年かけて入手していた土地です」

「あのニュースの意味が俺にはわからない。なにしろどデカすぎる話だ。俺は一介の警察官だ。そのとき扱っている事件のこと、身の回りのこと、家族のことくらいしか考えられない。なんでこの場所に貯蔵施設なんて物騒なものを作るんだ」

また蔑視めいた笑いが出るかと思ったが、意外にも千秋は静かにうなずいた。

「僕にだって全貌はわからない。いろいろな勢力の思惑が絡み合って利害が一致したんでしょう。だけど一つ言えるのは、大間知は大変な力を手にしようとしているということですよ」

「力？　どういうことだ」

「政府だって自由にはできない王国を建設しようとしてるんです」

またひとつ、巨大すぎる言葉を突きつけられた気がして浩明は眼を剝いた。国家権力の末端に位置するものとして、うかつに聞き捨ててはならないような気もしたけれども、そこから先は考えることを体が拒否していた。浩明はため息をつき、「それで、君はどうするの」と我ながら間が抜けて聞こえる問いを口にした。

「どうするって、どうしようもないですよ。一大学生に」と千秋は自嘲する。

「でも君はずっと大間知にこだわってきた」

「おかしな因縁があってですね、そうなってしまったんです。でももう適当にしておきますよ。将来のことでも考えていた方がずっといいですからね」

本気なのか韜晦《とうかい》なのかわからぬまま浩明が言葉を探していると、千秋は「それじゃ、これで」と言い置いて歩き出した。浩明は彼のアルトが動き出すのを見送ってから自分の車に戻る。

「今の若いの、誰」

「斗南の第一発見者滴原美和の兄です。ちょっと聞いておきたいことがあって」

「ふうん」

絵美はそれ以上何も聞かなかった。浩明はアクセルを踏み込み、後続車を一台やり過ごしてから走り出した。

「麻戸は盛岡に帰ったら何をしたい」

珍しく絵美が雑談めいたものを仕掛けてきた。

「久しぶりに自分のベッドでぐっすり眠りたいですね。三十時間くらい眠れる気がしますよ」

「それだけか。いい年して彼女とかいないのか」

「いないっすね」

「あたしのレディース時代のダチで、彼氏探してんのがいるけど会ってみるか？　バツ二で子連れだけど、結構エロいぞ」

「いやー、さすがにちょっと手強すぎる気がしますね」

しばらく他愛のない馬鹿話をして、気づくと絵美は寝息を立てていた。彼女にとってもいつになく緊張を強いられるひと月強だったのだろう。

路肩の市境を示す掲示が後ろへと飛んでいき、浩明はかすかな寂しさに襲われた。次にやって来るとき、ここはすっかりちがう町になっているのかもしれない。曇天からまた白いものが落ち始めたのでワイパーのスイッチを入れる。暖房が少しきつすぎる気がして、設定温度を下げ、一センチだけ窓を開けた。

冷たい風が耳元に吹き込む。年も押し詰まり、いよいよこれからが寒さ本番だ。暗い雲が空に垂れこめてみんなうつむいて歩く日々を思ってうんざりする。

早く春が来ればいいのに。そういう呟きが唇からふと漏れて、隙間からひらりと舞い込んだものに目を誘われた。雪のかけらだとわかっているのに、ほんの一瞬だけ桜の花びらに見えた。

参考文献

熊谷晋一郎『リハビリの夜』医学書院、二〇〇九年
荒井裕樹『障害者差別を問いなおす』ちくま新書、二〇二〇年
荒井裕樹『隔離の文学―ハンセン病療養所の自己表現史』書肆アルス、二〇一一年
荒井裕樹『障害と文学―「しののめ」から「青い芝の会」へ』現代書館、二〇一一年
伊波敏男『ハンセン病を生きて　きみたちに伝えたいこと』岩波ジュニア新書、二〇〇七年
福西征子『ハンセン病療養所に生きた女たち』昭和堂、二〇一六年
坂田勝彦『ハンセン病者の生活史　隔離経験を生きるということ』青弓社、二〇一二年
古谷謙一監修『そこが知りたい！　日本の警察組織のしくみ』朝日新聞出版、二〇一七年

本書は書き下ろしです。
本書はフィクションであり、実在する
団体・人物とは一切関係がありません。

倉数 茂（くらかず・しげる）

1969年生まれ。大学院修了後、中国大陸の大学で5年間日本文学を教える。帰国後の2011年、第1回ピュアフル小説賞「大賞」を受賞した『黒揚羽の夏』でデビュー。18年に刊行された『名もなき王国』で第39回日本SF大賞、第32回三島由紀夫賞にダブルノミネート。他の著書に、『始まりの母の国』『魔術師たちの秋』『あがない』がある。

忘れられたその場所で、

2021年5月31日　第1刷発行

著　者　倉数 茂
発行者　千葉 均
編　集　小原さやか
発行所　株式会社ポプラ社
〒102-8519
東京都千代田区麹町4-2-6
一般書ホームページ　www.webasta.jp
組版・校正　株式会社鷗来堂
印刷・製本　中央精版印刷株式会社

N.D.C.913/300p/19cm ISBN978-4-591-17009-0

読者の皆様からのお便りをお待ちしております。
いただいたお便りは著者にお渡しいたします。

P8008343

黒揚羽の夏

倉数茂

文庫

離婚協議中の両親の都合で、祖父のいる東北の田舎に預けられた千秋、美和、颯太。町に台風が訪れた日、美和は水たまりに映る不気味な女の姿を見る。それが不可解な事件の始まりだった。押入れから出てきた六十年前の日記、相次ぐ少女の失踪、奇妙な映画のフィルム……交錯する現在と過去に翻弄されながらも、千秋たちは真相に迫る。圧倒的な世界観で全選考委員を魅了したピュアフル小説賞「大賞」受賞作。妖しくも美しいひと夏のミステリー。

〈解説・金原瑞人〉

魔術師たちの秋

倉数茂

文庫

父親の工場が倒産、高校も停学中の中井ケンジは、廃屋で謎めいた少年・ツキオと出会い、奇妙な事件に巻き込まれる。一方、三年ぶりに七重町を訪れた滴原千秋は、住民の睡眠調査を行う団体に関する不穏な噂を耳にする。〝呪われた土地〟で起きる不可思議の連鎖、深まる謎の果てに、彼らが見つけるものは。『おすすめ文庫王国2012』（本の雑誌社）国内ミステリー部門第8位に選ばれるなど話題を呼んだ『黒揚羽の夏』につづく、衝撃の幻想ミステリー。

〈解説・千街晶之〉